Der Steppenwolf

荒野之狼

Hermann Hesse 赫曼・赫塞　柯晏邾——譯

目錄

【導讀一】

找不到出路的時代焦慮與心靈困境

花亦芬（台灣大學歷史系專任教授）

二〇一二年是赫曼．赫塞（一八七七─一九六二）逝世五十週年紀念，德國學術界出版了兩本赫塞新的傳記重新探討赫塞的一生與文學成就。兩本傳記都一致強調，赫塞因為雙親管教過於嚴格，天性纖細敏感的他，從小就深深感到不被父母瞭解與接納；也沒有機會享受孩童與青少年時期該有的童稚與天真。這種被高度壓抑、甚至於不被允許可以好好發展自我意識的成長經驗，不僅讓赫塞一生飽受精神官能症之苦；而且在他後來的寫作生涯裡，他也經常刻意透過描寫不受拘束、任意而行的小孩與狂飆少年，來捕捉自己不曾享受過的青春爛漫滋味。

嚴厲管教子女的雙親，在赫塞時代的德國社會並不少見（雖然他的雙親長年在印度傳教），因為當時正是「鐵血宰相」俾斯麥以軍國主義快速帶領德國成為強權國家的時代。整齊劃一、唯上命是從，成為赫塞成長過程中，社會上隨處可見的行為基調。年輕人不知道自己是誰，即便努力尋找，但不一定能找到，因為外在環境對具有叛逆意識的年輕人極不友善。有些人屢屢受挫後只能退回舊日窠臼。比較具備戰鬥意志的年輕人，卻又不一定能找到一條可以在日後讓自己沉穩徐行的路。誠如著名的近現史家霍布斯邦（Eric Hobsbawn）對二十世紀所做的定義「極端的年代」，被極端化／兩極化的思潮與意識形態不斷在這個世紀互相對抗、企圖尋找自己可以生根茁壯的土壤。有些人不是徹底避世禁慾、不然就是在塵俗裡盡情放縱。就連尼采對悲劇哲學的詮釋也都是從理性的太陽神阿波羅與縱慾狂歡的酒神戴奧尼索斯兩個對立的文化創造力量談起。

兩極化的論述大興，有時其實是意味著看不到出路。看不到自己的想法與世界有進行對談、謀求讓世界往更良善方向發展的可能。尤其麻煩的是，在兩個極端之間互相爭戰的，不僅是不同立場的個人或群體，有時也會是同一個人自己內心深處撕裂矛盾的自我。

看不清，放不下，只能在兩個極端之間擺盪，看不到前路的困獸之鬥，但又自以為是地想乾脆用戰爭來解決所有無法解決的問題。

奮力想掙脫父權的宰制，卻終究讓自己落入以威權對待他人的網羅，想用以暴制暴來清除自己心中感到不舒坦的障礙。

焦慮、厭倦、沮喪、不時緊抓著在黑色旋渦裡載浮載沉的脆弱理性覺知。這一切構成患有精神官能症的赫塞對「自我」的認知。他無法與人靠得太近，包括自己的妻子；他也不太能與自己好好相處，內心常常陷入嚴重的自我矛盾。

對赫塞而言，面對內心世界與外在環境的混亂、失衡，唯一能讓他證明自己存在價值、打造個我生命意義的，就是文學的美，就是書。然而，連這個部分，他都有痛。傳教士的父母親看重的是道德、倫理、品格、培養謹小慎微讓自己不要犯錯的堅韌意志。音樂文學的美固然不錯，但卻「只是」次要的附屬品。眼見自己雙親將藝文之美視為可有可無，這讓對追求美感經驗無比嚮往的赫塞自小就深感不被瞭解。他曾在一九二六年寫給妹妹的信上提到，這個創傷讓他感到與父母親疏遠。相較於雙親孜孜矻矻在亞洲傳教，真正能讓飽受精神病症糾纏的赫塞看見自己與永恆連結的，卻是自己筆下營造出來的美感世界。

然而，參雜著病態美感的暴力也算是美的一部分嗎？

這是赫塞在《荒野之狼》想討論的問題之一，也是這本書經常受爭議之處。出版這本書後，赫塞一直深感自己在這本小說裡對問題的闡述受到很多誤解。但是，作為讀者，當然我們也可以問，寫這本書時的赫塞真的有掌握到足夠的文學技巧來把這個複雜異常的問題妥善處理好嗎？

赫塞將他個人心中經常感受到的黑暗爭戰，透過年近五十歲的故事主人翁哈勒爾的自我放逐生活展現了出來。哈勒爾睥睨地望著人間，小說裡女房東姪子在〈出版者前言〉裡將他刻畫為深具靈性與天賦的個體，但不時會將周遭令他感到難耐之人視為「庸庸碌碌之輩」（見頁五五，「庸庸碌碌之輩」這個譯法為筆者所譯，與本書中譯為「脆弱沒價值的個體」不同）。哈勒爾既沉湎於無關世俗價值的美感世界，卻又有著殘害別人的意念。赫塞在《荒野之狼》的〈出版者前言〉裡假託發現哈勒爾手稿的女房東姪子之口說：「在這份手稿中看到的是時代的紀錄，因為哈勒爾的精神疾病——我如今瞭解到——並非個人的怪念頭，而是時代本身的病態」。

赫塞企圖將文學書寫轉化為時代精神病學的剖析，把長年糾纏自己的精神官能症看成是時代巨輪給過度壓抑自我的年輕人留下的無情印跡。他在書中描述太過壓抑的人生傷痕如何透過重拾青春期少男的無所顧忌、為叛逆而叛逆來尋找自我療癒之路。這樣的說法讓這本書成為歐洲六八學運與美國七〇年代嬉皮文化拿來反抗世故、反抗社會傳統制約的寶典。然而，隨著當時西方年輕人嗑藥、吸毒、濫交、自製炸彈、綁架名人……種種傷人傷己的高爆發力行為越來越層出不窮，這本書即便當時相當暢銷，但也掀起比剛出版時更多的爭議，只是赫塞在此之前幾年就已經過世了。

一九六〇與七〇年代的西方正處在冷戰時期。歐美雖然以自由民主陣營的龍頭自居，然而冷戰時的東西對峙，卻讓西方陣營不免在威權政治籠罩下，也蒙受不少民主與人權受傷的陰影。年輕人透過反傳統的種種行徑想要追求更為民主化的社會，他們援引赫塞的書作為思想啟蒙的奧援，但是他們當時的主張卻與赫塞當初寫作此書時，對精神官能症患者懷抱著關懷的出發點有相當大的出入。而且從其他方面來看，赫塞在寫作《荒野之狼》時，並沒有六、七〇年代西方年輕人追求政治社會體制更廣泛民主化的理想，他反而是困在十八、九世紀德意志知識菁英認為自己屬於一個特殊精緻文化階級的傳統思維裡，即便他不斷批評屬於這個階級裡的一切（例如歌德與莫札特）。他雖然想用超越的情懷徹底擁抱和平主義，但外在世界的芸芸眾生對他而言，卻是他不斷想保持距離的庸庸碌碌之輩。他雖然強烈地想擯棄所有市儈的世俗價值觀，卻仍努力在他所厭倦的社會裡贏得聲名與榮耀。他既極力反抗父母親的威權，卻又不自覺地掉進成就壓力的漩渦，一心想用自己不凡的聲名來回應父母曾經對他抱持的高成就期待。

在這方面，我們也應同時瞭解，與赫塞同時的德國智識菁英正因不少人都有這種睥睨傲世、不願與俗人同列的心態，讓一戰結束後的威瑪共和民主政治運作難以好好建構出可以化解階級歧見的公民共同體意識。左右派的叫囂、資產階級與無產階級的對立、知識精英與凡夫俗子互看不順眼，林林總總各逞己是、互不相容的結果，最後給希特勒這個大獨裁者帶來收編各個不同陣營勢力的大好良機。

然而，弔詭的是，這本對普羅大眾文化並不抱持肯定態度的小說卻在二十世紀六、七〇年代被反菁英文化的西方社會運動者視為幫助他們跳脫傳統枷鎖制約的寶典，甚至當時就有搖滾樂團直接以「荒野之狼」（Steppenwolf）為名唱出「Born to be wild」。

後世讀者這樣的閱讀經驗讓我們清楚看到，一本書問世之後，就有它自己的生命，有時會迥異於原來作者書寫的出發點與預設的讀後影響。但也正因為如此，我們要注意，不應從六、七〇年代的西德赤軍連與美國嬉皮第二代的行徑來論斷《荒野之狼》的寫作動機與闡述主旨。我們只能說，六、七〇年代的年輕人反抗運動讓《荒野之狼》這本小說真正紅了起來；但是，這本小說卻也被當時社會運動極力強調的某些特定反傳統面向片面化了赫塞原本想廣泛探索的問題。

一個五十歲的靈魂，受困在想重返青春期可以肆意地為叛逆而叛逆的懷想中；沉溺在無以自拔的茫然、不知如何與自己好好相處的困境裡。這是赫塞想要透過故事主人翁的心理處境來傳達的無家可歸時代感。然而，好的文學與藝術本質上應是時代性與普世性兼具。但是，就《荒野之狼》而言，作者想書寫一個特定的時代，但當時的他有可能還沒發展出足夠精湛的文學技巧，可以透過書中情節的交織與鋪陳，引導讀者去感受如何從那個受困的時代走出來，往上攀越到另一個可以好好遠眺過去、現在與未來的觀視制高點。赫塞只在書中留下伏筆暗示讀者，故事主人翁哈勒爾並不會如大家所想像的那樣走向毀滅自己或他人之路。

「我」作為一個有主體性、有清楚自我覺知的人，並不需要像故事主人翁哈勒爾那樣，把自己視為世界的中心。更不需要在感受到個我與外在世界無法好好溝通對談時，就產生要進行毀滅的想法。「荒野之狼」裡的我，是飽受精神官能症折磨的我。赫塞出於自身實際的體悟，深知患者內心感受到的混亂與惶恐多麼令人痛苦。他希望透過這本小說書寫出這樣混亂黑暗的心緒。但是，我們也要知道，赫塞即便深深被這些精神問題所苦，他並不像六、七〇年代一些拿著他的書走向極端激進路線的人那樣傷害自己、也傷害別人。就經歷兩次世界大戰的德國而言，男性國民傷亡的情況十分慘重。相較之下，赫塞在希特勒尚未在德國政壇掀起狂潮之前就敏銳地嗅到時代不安的氣息、早早躲到瑞士避難。他不僅躲過納粹帶來的大災厄，比他同輩的德國人幸運許多，平安享有八十五歲高壽；而且在老年時，還獲得許多肯定與推崇。

赫塞在一九四六年獲頒諾貝爾文學獎，沒有親自去領獎，改由妻子代勞。此後，他也不再從事文學創作，但是花很多時間繪畫與寫信。走過自己心靈的風暴與時代的晦澀幽暗，老年時的赫塞花不少心力寫信安慰許多沮喪、不知前途在何方的德國年輕人。

換句話說，赫塞雖然透過寫《荒野之狼》來呈現他當年在大環境裡感受到的精神困境，但寫完之後，他並沒有一直受困在書中所描述的心靈暗牢裡。他不僅透過寫作抒發鬱悶，透過寫作在文字裡尋找安身立命之地，同時他也積極尋求醫師的幫助與治療。他清楚的病識感也讓他在書中提醒讀者，毀滅自己或別人都不是解決生命困頓之道，即便他因為生病的關係，有時不免會浮現這樣的念頭。

就像赫塞在《荒野之狼》這本書一開頭的〈出版者前言〉裡特別提醒讀者的：故事裡的主人翁哈勒爾即便有那麼多糾結自縛的心緒，但還是努力活了下來。即便哈勒爾在書中不斷與自己心靈的困境搏鬥，但是，他終究選擇與「生命」長長地共處，即便是「在某個地方拖著疲累的雙腳」。《荒野之狼》這本書走過上個世紀狂飆躁動的六、七〇年代後，現在又走進了二十一世紀——這是一個必須好好解決上個世紀極端思想與自我認知病態發展留給我們許多待解問題的時代，一個年輕人精神健康與生命出路應該被高度重視與關心的時代。

【導讀二】

華麗舞台上的一與多

柯晏邾（譯者）

子曰：「五十而知天命」。知天命，認識自己此生所命定，知曉自身在天地間的定位，明瞭此生的任務。「知」天命更有接受的意涵，面對過去的生命歷程，不論好或壞，認清一切所構成的就是一生的道路，不能反駁，不能重來，只能說「原來如此」然後繼續走下去。即使能在五十歲的時候知天命，那我們該拿五十歲之前的生命怎麼辦？即使四十已經不惑，走在生命的道路上，不時躊躇、顛躓不正是人之常情？或者從不惑到知天命之間正是這樣的一段時期，正是要我們把自以為已經不惑的再翻騰一遍，尤其對自身產生無比的懷疑，然後才有希望對自己說：「我知道了」？

荒野之狼哈利，年屆四十七、八的知識分子，似乎正處在這樣的生命階段。然而他有什麼好抱怨的？過去的成就如今顯得無足輕重，曾經的榮耀與地位只帶來毀謗和輕蔑，家族離散，人際關係疏離？哈利的人生苦楚有何特殊之處，值得提出來大作文章？或說哈利的故事和赫塞的經歷若合符節，書寫只為了個人解脫？或者該反過來說，正因受苦是人世日常，因此值得著書論述。哈利與狼的人物和故事畢竟超乎尋常，這樣的小說能引起多少讀者共鳴？

《荒野之狼》出版後不久，赫塞在寫給友人的書信當中曾表示：「我的生平如果有任何意義，那麼必然是我個人無藥可救卻勉強控制住的，重視精神生活的人的精神官能症，同時也是時代精神的病徵。」（一九二六年十月十三日致雨果．巴爾）「過去三年來因為我人性及精神的孤立和疾病，除了把我的狀態變成寫作客體，我找不到其他出路……」（一九二六年十二月十六日致歐托．哈爾特曼）誠然，赫塞之所以寫下這個故事，部分固然是為了逃脫自身困境，卻也在於他自認所遭遇的困境不是個人的，而是「時代精神的病徵」，具有一定的普遍性，因此不惜把個人最不堪的一面呈現在讀者面前，好讓大眾認識到這個「時代病徵」。為了使這樣的「材料」具備一定的客觀性，必然要經過相當的處理才能讓故事昇華，其中之一就是增加作者和角色之間的距離。這個距離也是作者敘述故事所必需的。對個人而言，命運打擊總是毫不容情，要把這樣的苦難訴諸文字談何容易！有如把自己推上祭壇，赫塞築起了華麗的舞台，層層疊疊，然後親手執刀，一筆一刀劃開自己的生命，鮮血淋漓，一層一層逐步展露，直到內心最深處，直到故事的核心。

於是我們最先讀到的不是以哈利的觀點所進行的描述，而是〈出版者前言〉，一個曾和哈利的生命有短暫交集的人，以他「中產階級」人士的立場，觀察和自己的生活方式格格不入的哈利，描述哈利其人及其看似荒誕、病態的生活，探索「疏離感」、「精神官能症」的根源，藉著「出版者」轉述哈利最初的論點：

「（…）人類生命之所以變成地獄，只發生在兩個時代、兩個文明或宗教相交錯的時候。（…）而現在有些時候，整個世代處於兩個時代，兩種生活形態之間，因而失去其正當性，喪失所有道德，失去任何安全感和無辜。」（頁五六）

〈出版者前言〉之後眼見就要進入小說的情節敘述，卻被〈論荒野之狼〉的反覆論證篇幅打斷，論文之後才又繼續敘述哈利的生命故事。這種安排和後來布雷希特（Bertoldt Brecht）

為敘事劇所發展的手法「疏離效果」（Verfremdungseffekt，一九四八年左右發展成完整戲劇理論）頗有異曲同工之妙，都是為了創造距離，除了拉開作者和主角之間的距離，也有牽制讀者太快進入角色，轉而針對特定主旨思考或反思自身的作用。此一手法在小說技法當中非常罕見（若非前所未見），根本違反文學作品讓讀者代入、認同角色的常見期望及設定，結果是讀者在這個階段不會沉入角色，而是和作者一樣維持客觀的高度。

在一般的情節敘述之間插入論文，就結構上看似形式、情節分離，就整部小說主旨而言卻是相續相乘的，不斷圍繞著主題以不同觀點來闡述，產生另一種效果，亦即出現哈利的第一個鏡像，似乎是哈利／荒野之狼卻又不完全等同，是哈利自行營造多重哈利的第一步。這樣的安排自有深意，容後文再敘。此外這篇論文點出整部小說的核心觀點，首先描述哈利／荒野之狼的生命特徵，他的性靈生活、藝術家氣質，和中產階級的依存、排斥關係，是夜行族群，也是自殺一族；接著指出這類人解脫的途徑在於「幽默」，唯有幽默才能讓他們認識自我，讓衝突的心性和解。論文總結處卻提出「最後一個假定，以解開根本的偽裝」，顛覆前面所提出的人／狼、精神／本能二元觀點——這種分裂只是哈利／荒野之狼解釋命運的托辭，「是種非常粗糙的簡化」，其實卻是苦難的根源，因為「哈利不是由兩種本質組成的，而是有著成千上百種本質」。作者提出之所以想像只有一個所謂的「自我」乃是種文化虛妄，因為古老亞洲人有著完全不同的理解：「人類是無數層膜組成的洋蔥，是許多絲束合成的組織」，但這卻是哈利畏懼的，因為他相信「兩個靈魂裝在單一個心裡已經太多」，再多幾個必然完全撕裂；其實完全相反，是兩個太少，找出自己的其他面向才能讓他變成完整的人：

「你即將踏上更遙遠的、更辛苦也更艱難的成人之道，你要將自己的一分為二更加倍分裂，你的複雜性還必須要更加複雜。不是窄化自己的世界，不是簡化自己的靈魂，你必定要將更大部分的世界，最終將整個世界納入你痛苦擴張的靈魂，才得以也許在某一天走到終點，能夠平靜下來。」（頁一一〇—一一一）

至此作者的論點已經完整闡述，接下來的情節大致朝這個方向鋪陳。赫塞一向擅長將他的想法落實在小說結構上面（所謂「內容與形式統一」），既然藉著〈論荒野之狼〉提出「人是無數層膜組成的洋蔥」，這個主旨也就充分反映在小說行進間對「人」的探討。除了適才已經剝開的兩層（甚至再加上赫塞／作者這一層）和一個鏡像之外，還安排了其他鏡像，其中最重要的一個就是赫爾敏娜。赫爾敏娜這個角色在小說當中具有多重意義，其中一層意義在於使作者的論點更具有客觀性和普遍性。她或許不像哈利那般受過高等教育，未曾享受過一定的社會尊崇，但是她卻同樣受到社會的壓縮，使她無法完全開展自己的能力。另一層不是那麼直接以文字表達的，是她充當鏡像的功能——是哈利的也是赫塞的：她的名字是赫塞名字的女性變形（Hermann 轉成 Hermine），在小說中代表哈利年少時的同學赫爾曼；是哈利認定的「心靈手足」，她就是女性的哈利，和哈利有著相同的困境，能把哈利模糊感受清楚地表達出來；她以女性的角色卻讓哈利表現出被動、順從、依賴、被導引，簡言之即傳統女性特質，呈現哈利陰柔的一面。赫爾敏娜是女性也是男性，哈利面對這個鏡像也隨之呈現為男性或女性。藉助角色多面化，作者就是要打破角色的一致性，進一步呈現「人」的多重面向，強調沒有一個同一的「自我」，追求這樣的「自我」就是哈利這類人痛苦的來源。

但是這還不是作者闡述的最後手段。如果只說出經歷的痛苦和困境，點出問題所在卻沒有提出解決之道，那麼這部小說也就只不過是發了一頓牢騷而已。即使藉由小說結構及角色安排已經隱約指向答案所在，真正的「實踐」卻在壓軸的「神奇劇場」，讓哈利確實看清自己，知道人生的目的，以及他想要成為的是什麼樣的「人」。雖然小說出現框架情節不是新的手法，但是最後的這一部分，神奇劇場，卻是文學分析上無法歸類的，因為它很難被視為框架情節的一部分，卻也不完全獨立於故事架構之外；此外它的內容可說是顛倒現實與虛幻，時間、空間一再交叉錯置，這種種安排在文學史上是極為罕見的。

哈利在遇見赫爾敏娜之前可說幾乎看不見任何逃脫生命困境的途徑——除了自殺之外。但是讀過〈論荒野之狼〉之後，他似乎有所領悟，於是當他遇見「心靈手足」，他宛如終於能追隨那道微弱的金色生命之光，終於看到生命出現其他可能性，於是他也湧身一躍——若說小說的前半段讓哈利從身體開始解放自己，學會跳舞、調情，享受感官之樂、魚水之歡，正視他從前所鄙夷的事物自有其意義，明白並非只有沉重的文化才是美，把自我消融在狂歡的群體當中；赫爾敏娜宛如讀著他的心思說出的話使他明白永恆才是值得追求的，這一切卻還不足以讓他認清自己，世俗或說中產階級道德依舊禁錮著他。哈利需要的是更強烈的，要能顛覆他過往的思想和依附，擺脫他一直以來所養成的「個性」，讓他直視自己的心靈、他過往、現在、未來的生命，重新實現被遺忘的面向——現實生活、理性世界可有這樣的潛能？

對作者而言，「神奇劇場」是必要的，只有在這個劇場裡才沒有二分法，沒有真實與虛假，也沒有善、惡／對、錯之分，萬元俱立而且沒有界限，善即是惡，真即是假，是混亂沒有秩序的宇宙，唯有這個劇場才能提供哈利所需，任他擷取以重新建立起多面向的自己。帕布羅對哈利說，劇場最終的目的要教他學會「笑」，學會幽默，而「所有更高的幽默都從不再把自己個人當回事開始」，於是他以一陣大笑震碎了「自我」，然後進入這個似實、似幻的空間，在其中放縱摧毀工業文明的渴望，重新面對人／狼二分的不堪，品味童年的甜蜜愛情，吞下成年後的感情苦澀，就在以為獲得重生之際卻重新墮入中產階級的道德桎梏，終究被逐出神奇劇場，最後的救贖功虧一簣，卻又獲得臨別的撫慰，以嘲笑為處罰卻是今後的人生功課：笑吧，如果已經哭不出來！

荒野之狼的故事就在此結束，哈利找到新的生命目標和活力，努力成為永恆的一部分。但是嘲笑世界和自我，幽默地面對世界真的能帶來救贖嗎？或許每個讀者都有自己的答案。我們或許能理解當時的時代病徵，但發生在兩個時代和生活形態交錯之下的生活地獄，哈利和中產階級的糾葛，這些和今日的讀者有何關連？赫塞的觀察在大方向是正確的，他也不是當時討論西方文化沒落、精神官能症或是中產階級情結的唯一作家，若說不同處則在於他對這些現象的態度其實偏向正面，認為如果能大破大立則不失為再出發的契機，震破鏡子的那一陣大笑，小說的最後一句都可以讓我們看出端倪。而經過將近百年，其他學術領域已經深入研究這些社會現象，以不同的語言加以論述。好比所謂「兩個時代交錯」之間對人所產生的撕扯，今日社會學稱之為「社會結構轉換壓力」，或者不那麼正統地稱之為「社會轉型壓力」。當時赫塞所處的西歐其實工業化尚淺，正由農業社會轉型到完全工業社會，接著發生一次大戰，首當其衝的人遭受的壓力比較偏向物質層面，但物質困境會引發精神層面的疾病，有興趣的讀者也可以參考當時的其他文學作品如德布林的《柏林亞歷山大廣場》（Alfred Döbling, *Berlin Alexanderplatz*）。而其他不那麼直接受到衝擊的階層，好比赫塞所屬的知識中產階級，因為工業發明侵入原先的生活，這種壓力則呈現為對文化的威脅，好比從前地位崇高也不易掌握的音樂賞析，如今卻好比透過收音機變成廣告配樂之類，原先以為自豪的文化如今貶值，久而久之連帶自覺社會地位下降。不論是哪一個階層的人或多或少都會受到影響，這就是社會結構轉換壓力。

我們當代社會呢？表面上看起來已經完全工業化，資本主義是主流，據說世界已經變成平的又變成圓的，無論何處的生活形態都很類似，價值觀也沒有太大的差別。事實上這個世界進行的速度快到我們很難察覺，社會結構不斷變動，我們其實無刻不處在這種壓力之下。看看最近二、三十年間台灣產業、就業結構發生多少變化，變動有多快；中年失業、青年貧窮、老年化、少子化、M型社會等等，想想這幾個關鍵字大概就能明瞭，精神官能症（包括焦慮症、恐懼症、神經衰弱、身心症）何以早已是現代社會典型的文明病。社會工業化、資本化的另一個特徵，隨著分工越來越細，人越趨向「專業」，思考方式就越狹隘而趨向單一，精神生活隨之貧乏，連帶也自認只能以單一方式和社會互動，最糟的情況是只剩下物質方面的聯繫，這也是後來的德國哲學家馬爾庫塞（Herbert Marcuse）所批判的「單向度的人」。有多少時候我們會出現：「我別無選擇」這樣的念頭？甚至不自覺的依照最習慣的方式，以同樣的思惟套路對待周圍不同的人？除了工作頭銜混忘了自己的其他社會角色？的確，「他當時孤獨而無法理解地承受著的，如今是成千上萬人的遭遇」。詩人的語言或許並不如學術語言精確，卻總是先我們一步感受到人類困境。看清自己的多元心靈，告別單面向，認可自己的每一重社會角色，這就是赫塞給當代讀者的禮物！

【推薦】
哈利和他的時代

呂秋遠（律師）

對於赫塞的第一個印象，說起來很有趣，竟然是在舜天嘯與王地寶的《那一夜，我們說相聲》的段子裡。兩人在聊起當年的文青筆友要見面時，會約在台北市仁愛路的圓環上，有個于右任的銅像。兩個人要如何相認呢？就約好各自拿本書，對話裡一直講錯的作者，就是赫塞，這位浪漫主義的代表性人物。

浪漫主義在西方哲學與文學中，扮演相當重要的轉折角色，雖然繼承了啟蒙時代的遺緒，也就是法國大革命所歌頌的自由、平等、博愛價值，但也從中粹練出人與自然間的調和關係。反映在文學上，就是高度的自我、信任、熱情等情感層次在論述中。這些價值在《荒野之狼》這本書中，可以看到赫塞如何透過細膩的筆觸加以描述。

不過，我不是要來爆雷的，即使這本書，應該有許多人早已看過。

我要談的是哈利這個人跟他的時代。

當時的德國，還不算是真正現代化的德國，然而日耳曼中產階級的嚴謹、整潔、服從等特性，已經成為靈魂中的一部分。哈利討厭這樣的特質，可是又沉溺於這樣的習性。此外，他心中另外隱藏的渴望，則是驅使他不斷的去挑戰既有的生活模式與環境。直到他拿到了一本小冊子，哈利才開始真正的去面對他心中不同層次的個性，想要掙脫，又害怕離去。這是一種自然與人文間的辯證，或者說，應然與實然的爭鬥。

許多評論者把哈利性格中的特質，歸類為「人性」與「狼性」，並且把這兩種特質認為是「人的本質、精神的」及「狼的本質、動物的」，而將兩者的交戰，認為是人與狼之間的性格衝突。不過我覺得應該可以用佛洛伊德的本我、自我與超我三個層次來分析會更細膩。

本我，代表思緒的原始來源，也就是動物滿足本能衝動的欲望，如飢餓、生氣、性慾等情緒。自我，自我是人格的心理組成部分，個體透過社會化過程，區分心靈中的思想與圍繞著個體的外在世界的思想。超我，由道德原則支配，屬於人格結構中的道德部份。超我是一種文化規範的符號內化，由於對客體的衝突，超我傾向於站在「本我」的原始渴望的反對立場，而對「自我」帶有侵略性。從這三個概念來看，狼性就是一種本我，人性就是一種超我，反映在哈利身上的，就是自我。

其實哈利就是一般人的縮影，因為我們生存在這個社會中，當文明的禮教規範以超我的型態，不斷的規訓本我，隨著每個人的接受程度不同，就會有不同的自我出現。這種過程對於個人融入群體社會，看來似乎是好的，畢竟避免人與人之間出現狼性般的鬥爭，就是必須要不斷的制約本我，甚至是頌揚超我。不過，比較有趣的事情在於，因為赫塞的思維是贊同回歸本我，或許他會持反對的立場。這兩種想法的衝擊無可厚非，不過就是赫塞認定的狼性，與佛洛伊德的本我，或許是不一致的。

是不是一致？看完本書或許就知道了。

Hermann Hesse

Der Steppenwolf

出版者前言

這本書是那個男人留在我們這裡的手稿，那個我們以他自己常用的名字「荒野之狼」來稱呼的人。他的手稿是否需要一篇導讀式的前言還有待商榷，我個人卻認為有必要在荒野之狼的手稿外再加上幾頁，試著寫下我對他的記憶。我對他不甚了了，我依然不知他全部過往和出身，不過我對他個人抱持某種強烈而且——無論如何必須說——討人喜歡的印象。

荒野之狼是個將近五十歲的男人，幾年前某天他站在我姑媽的房子裡說話，想找一個附家具的房間。他租下頂樓的閣樓以及旁邊的臥室，幾天後帶著兩個皮箱還有一個大書箱過來，跟我們一起住了大約九、十個月。他的生活安靜而封閉，如果不是因為我們的臥室相鄰，偶爾會在樓梯和走道打照面，我們可能根本不會認識對方，因為這個人並不合群，他的高度不善交際是我不曾在其他人身上見識到的。就像他有時自稱的，他真的是隻郊狼，陌生，狂野，內向，甚至可以說是來自不同於我的另一個世界，非常怯生的一個人。對於他因為本性和命運而活到這般自我孤立的境地，以及他對於將這樣的孤立視為宿命有多少自覺，這些一直到我讀過他所留下來的手稿以後才瞭解；因為早先的偶遇和談話，我對他無論如何有些許認識，他的手稿給我的印象和我從彼此交往所產生的印象——當然也比較模糊而不完整——基本上是一致的。

荒野之狼第一次踏進我們家向我姑媽租房子的那個片刻，我是湊巧遇上的。他在中午時分過來，我們的盤子還放在桌上，在我非得進辦公室之前還有半個小時的休息時間。我並沒有忘記初次相遇他給我的那種奇特又非常矛盾的印象。先拉了鈴，他穿過玻璃門，姑媽在半黑的走廊裡問他有什麼事，然而他，荒野之狼，只是把頂著俐落短髮的頭仰高，嗅著，用他神經質的鼻子吸著周遭氣息，在他還沒回答問題或報出自己的名字之前就說：「啊，這裡的氣味真好。」他微笑著，我那好好姑媽也笑著，我卻覺得這些打招呼的話相當奇怪，因此對他有些反感。

「對了，」他說：「我是為了您想出租的房間而來。」

在我們三個要上頂樓而走在樓梯上的時候，我才得以更仔細地打量這名男子。他並不很高，卻有著高個子的走路方式和仰頭的姿勢，穿著件摩登而舒適的冬天大衣，此外是中規中矩卻也不甚修飾的穿著，鬍子刮得乾乾淨淨，頭髮很短，前前後後有些泛灰。剛開始我一點都不喜歡他走路的樣子，有點費力而猶豫，和他鮮明而匆忙的形象以及說話的語調和脾氣都不相稱。直到後來我才注意到也才曉得他生病了，而走路讓他很疲累。臉上帶著奇特的、當時讓我同樣覺得不舒服的微笑，他看著樓梯、牆壁和窗戶，樓梯間的老舊高大櫥櫃，他似乎喜歡但同時又覺得這一切可笑。這整個人就是給人一種印象，好像來自另一個世界，海外遙遠的國度，來到我們這裡覺得一切雖然不錯卻又有些怪異。我只能說他其實彬彬有禮，甚至友善，也立刻毫無異議地接受這個房子、房間、租金、早餐和其他一切，但是這個男人渾身就是有種陌生的——正如我想認定的——不好或是敵對的氣息。他把房間租下來，還另外租了小臥室，瞭解一下暖氣、用水、服務和居住規定，專注友善地傾聽，對一切都沒意見，還隨即承諾預付部分租金，然而他對這一切似乎又是那麼漫不經心，自覺行為怪異卻又不當一回事，好像租個房間、和人說德語對他而言是罕見而新奇的，似乎心裡其實正忙著思索毫不相關的事。這些都是我當時的印象，如果不是後來各種小事穿插進來修正，我不會覺得他是好人。他的臉尤其是我一開始就喜歡的，即使有著陌生的神情我還是喜歡，那是一張也許有些獨特也有些哀傷的臉，但也是一張清醒、充滿思想、思慮透徹而脫俗的臉。此外他特有的禮貌和友善更讓我無法苛刻，雖然他似乎要費些力才能保持，倒也並不高傲——恰恰相反，他的禮貌和友善當中有種幾乎讓人感動、有點懇求似的意味，我後來才找到其中的答案，讓我立刻對他產生一些好感。

在參觀兩個房間和結束其他商量之前，我的午休時間已經結束，必須回去工作。我向他們道別，把他留給我姑媽。我晚上回來，姑媽告訴我那個陌生人已租下房子，這兩天就會搬進來，他只要求別向警察登記他的入住，因為他，一個多病的人，無法忍受這些形式以及到警察局排隊這些事。我還清楚記得，當時這讓我起疑，我如何告誡姑媽要小心，謹慎處理這項要求。這個男人本身的疏離和陌生正呼應他對警方的迴避，好讓自己不會顯得可疑。我對姑媽分析，無論如何決不可貿然應一個全然陌生人的要求，接受這類有些奇怪的想法，畢竟滿足這些要求可能為她帶來非常不好的後果。接著我才得知姑媽已經答應滿足他的期望，而且被這個陌生人籠絡，對他感到著迷。其實她從不接受她無法以任何人性的、友善的、姑母似的，或者根本就是母親一般的關係來對待的房客，這一點也被從前的一些房客徹底濫用。這個新房客最初幾個星期也是如此，我一直挑剔他，而我的姑媽每次都溫和地袒護他。

因為我不高興省略警局登記這件事，我至少想瞭解姑媽對這個陌生人，對他的出身和意圖知道多少，她也的確已經知道一兩件事，雖然那天中午我離開以後他也沒有多做停留。他告訴我姑媽，他想在我們這個城市停留幾個月，使用這裡的圖書館，參觀這個城市的古蹟。其實他只想租這麼短的時間並不合姑媽的意，不過他顯然已經贏得她的好感，即使他的出現有些突兀。簡而言之，房間已經租出去了，我的抗議來得太遲。

「他為什麼說這裡很好聞？」我質疑著。

我那總是很有概念的姑媽這時說了：「我可清楚得很。我們這裡有乾淨和整潔的味道，聞起來是友善而規矩的生活，而他喜歡這樣。他看起來已經不再習慣這樣的生活，應該是過去有所欠缺吧。」

是哦，我心想，隨你吧，我說：「但是，如果他不習慣好好的、規矩的生活，後果會怎樣？如果他不愛乾淨，把一切弄得亂七八糟，或是每天半夜喝得醉醺醺回家，該怎麼辦？」

「我們再看吧。」她笑著回答，我也就不多說了。

事實上是我多慮了，這個房客雖然過的絕不是規矩而理性的生活，卻不曾打擾我們或是造成我們的損失，我們到今天仍然喜歡想起他。但是我內心，在心靈上，這個男人卻擾動了姑媽和我，讓我們心裡沉甸甸的，而且坦白說，我跟他還沒有了結，我經常在夜半夢見他，覺得我因為他，因為單是這種人的存在而感到深深的騷動和不安，即使我已經覺得他變得可親。

○○○

兩天以後，司機把這個陌生人的東西載過來，陌生人的名字是哈利．哈勒爾。一個非常漂亮的皮箱讓我產生好印象，另一個大而扁平的隨身皮箱則顯示出先前經歷的遙遠旅途，至少貼在上面泛黃的旅館和運輸公司標籤都是來自不同的而且是大海彼岸的國家。

然後他本人出現了，於是展開我逐漸認識這個奇特男人的一段時間。起初我這方面什麼也沒做，雖然從看到他的最初幾分鐘就對他產生興趣，但在頭幾個星期我卻沒有採取任何行動好碰上他，或是和他說話。我必須坦承，相反的我無論如何從一開始就多少觀察著這個男人，有時也趁他不在的時候進入他的房間，出於好奇而祕密地刺探。

關於荒野之狼的外表我已經稍微描述過了。他完全地、而且是第一眼就讓人有種印象，覺得他是個重要、罕見而且非常有天賦的人，他的臉龐完全洋溢著性靈，臉部線條異常細微而靈動的變化反映出他有趣、非常靈活、極度細膩而敏銳的精神生活。雖不是常有機會，但和他交談時他會跨越習以為常的界限，跨出他的疏離感而以個人的、自己的話語述說著，這時我們就只能甘拜下風；他思考的比其他人多，在精神事物上有著那種近乎冷淡的實事求是，那種無可動搖的澄澈思慮和知識，正如那些真正充滿性靈的人所擁有的；這類人沒有任何虛榮心，不曾企求自己發光或是說服他人，也不堅持己見。

我記得他住在這裡的最後一段時間，他曾說出一些根本不算格言的格言，只是偶然說出的話。其中一段是有關當時有個著名的歷史哲學家兼文化評論家，一個名震全歐洲的人，要在城裡的大禮堂發表演說，我成功地說服荒野之狼去聽這場演講，他原先不想去的。我們一同前往，在演講廳裡並肩而坐。演講人踏上講台，演說一開始就讓一些聽眾感到失望，因為他的外表過度修飾而虛華，有愧於這些聽眾原本還把他視為先知。演講人開始侃侃而談，說些討好聽眾的話，感謝這許多人出席云云，這時荒野之狼飛快地看了我一眼，眼神裡帶著對這些話和演講者個人的批判。啊！那是多麼難忘而可怕的目光，這一眼的含意足以著述成書！他的目光批判的不僅是那個演講人，以他雖然溫和卻迫人的嘲諷完全否定台上那個名人，這還是最微不足道的；他一瞥之中的哀傷多過嘲諷，簡直是徹底而絕望的悲傷；這個目光蘊含的是種沉靜的，相當確切的，幾乎已經變成習慣和模式的絕望。這目光裡絕望的澄澈不僅讓這個做作的演講人無所遁形，譏笑並凌駕那一刻以及聽眾的期望和情緒，還有這個演講有些高傲的標題——不，荒野之狼的目光貫穿的是我們整個時代，庸庸碌碌，汲汲營營，完全的空洞，自以為是而膚淺的教養所玩的一切浮面把戲——啊，可惜這一眼的含意還要更深遠，遠不只著眼於我們這個時代、我們的智識、我們文化的缺憾和無望，這一眼直直望穿所有人類文明的核心，轉眼間意味深遠地說出一個思想家，甚至是個智者的所有質疑，質疑尊嚴，最終質疑的是人類生命的意義。這一眼說了：「看看這些猴子就是我們！看，這就是人類！」而所有的榮耀，所有的知識，心靈的所有成就，人心追求崇高、偉大和永恆的努力隨之傾頹，一切不過是猴子把戲！

走筆至此我已經透露太多，說出有關哈勒爾的一些根本的事，這其實非我本意也不符合計畫，我原本想隨著敘述結識他的過程逐步揭露他的圖像。

既然現在已經敘述太多，也只能繼續描述哈勒爾謎般的「疏離」，詳細記載我是如何逐漸推敲並認識到他這種疏離，他極端且可怕的孤立的原因和意義。這樣也好，因為我希望盡量讓我個人維持在幕後，我不想發表自己的聲明，或是寫篇新穎敘事，也不作心理分析，我只想當個目擊者，協助拼湊出這個奇特男子的圖像，這個留下荒野之狼手稿的男人。

早在第一次看見他，那時他穿過姑媽家的玻璃門踏進來，把頭像鳥一般昂揚著讚美房子的好氣味，當時不知怎的我就是注意到這個男人的特出之處，而我的第一個天真反應曾是反感。我察覺到（和我是不同類人的姑媽，完全不是知識分子的一個人，也察覺到同一件事）——我發覺他病了，是某種心靈、情緒或是性格上的病態，使得我以健康人的直覺來抗拒他。這種防禦心隨著時間被好感所抵消，因為對這個長期極度受苦的人深感同情，在一旁看著他的逐漸孤立和內在死亡。這段時間裡我越來越覺察到，這個苦難者的病不是因為他的天性有任何缺陷，相反的只是因為他無法調和的偉大天賦和力量。我認識到，哈勒爾其實是受苦的天才，以尼采某些格言來說，他在自己身上培養出一種獨特的、無可限制的、可怕的忍受力。我同時也瞭解到，不是棄絕世間而是自我鄙視才是他悲觀的根源，因為他能一邊毫不容情而否定地評論社會機制或是一些人，卻也從不曾將自己排除在這些批評之外，他永遠都是第一個被自己的箭矢瞄準、被自己憎恨而否定的人……

走筆至此我必須加個心理學註腳：雖然我對荒野之狼的生平所知有限，卻有充分的理由推測，他是由慈愛卻嚴格並且非常虔誠的雙親和師長，那種以「摧毀意志」當作教育根本的長上教養成人的。這些對個人的否定和意志的摧毀並未在這個學生身上生效，他太強太堅定，太驕傲也太有靈性。沒能否定他的個人，就只能教他憎恨自己，對抗自己，他於是一生都把自己想像力的絕對天賦，以及思想力的整個強度轉而針對自己這個無辜而高貴的對象。因為不管如何，他的內在是個徹頭徹尾的基督徒，也是完全的殉道者，使得他把每一絲銳利思考，每個批評，所有惡意，所有他能發出的恨意，都主要而且首先針對自己。而對其他人，對周遭環境，他不斷以最英雄式也最嚴肅的嘗試去愛這一切，合理對待，不去刺痛他們，因為「博愛」就像對自己的恨一般被深植在他的內心，使得他一生變成例證，證明缺乏對自己的愛就無法親愛他人，他的自我憎惡也是如此，最終就像尖銳的利己主義一樣造就出同樣殘酷的孤立和絕望。

不過現在該是我收起自己的想法，陳述事實的時候了。我在哈勒爾先生身上的第一個經驗——部分透過我的刺探，部分藉著我姑媽的評語——和他的生活方式有關。他是個有思想、喜歡看書、沒有實際職業的人，這點很快就能看得出來。他總是長時間躺在床上，經常快到中午才起床，穿著睡袍從臥室走幾步到他的客廳。客廳是個寬闊舒適有兩扇窗戶的閣樓房間，才不過幾天，看起來就和另一個房客住的時候不同，裡面塞滿東西，隨著時間變得越來越擁擠。牆壁上掛著幾幅畫，釘著幾張圖，有時是從雜誌裡剪下來的圖片，經常更換。一張南方風景，某個德國小城的幾張照片掛在那兒，顯然是哈勒爾的故鄉，中間穿插幾幅彩色、明亮的水彩畫，我們後來才知道那是他自己畫的。然後是一個漂亮年輕女性或是年輕女孩的照片。有一陣子牆上還掛了一幅暹邏佛像，後來被一幅米開朗基羅的《夜晚》複製畫所取代，之後又換成一張甘地的圖片。書不僅塞滿了大書架，還四處散放在桌上，放在美麗的古老寫字檯上，在躺椅和椅子上，在地板四周；書裡有放進去的書籤，不斷變換位置。書籍不斷增加，因為他不僅從圖書館帶了整包書回來，還越來越常收到郵寄的書籍包裹。住在房間裡的這個男人可能是個學者，籠罩一切的雪茄煙霧，隨處散落的雪茄菸蒂和菸灰缸也很契合。然而這些書大部分都沒有學術內涵，頂多的是各個時代不同民族的詩人作品。在他經常整天窩著的躺椅上有段時間放著厚厚六本的套書，書名《蘇菲從梅莫爾到薩克森的旅行》，源於十八世紀末；《歌德全集》以及《尚．保羅全集》似乎經常被翻閱，諾瓦歷斯以及雷辛、雅可必和歷希登貝爾格也一樣；有幾冊杜斯妥也夫斯基的作品被塞滿紙條。在比較大的桌面上，在許多書和筆記本之間經常有一束花，那周圍也總是狼藉，散落著一個水彩盒，上面總是布滿灰塵，在菸灰缸旁邊——我不願避而不談——還有一堆裝著飲料的各種瓶子。一個編織草稈托底的瓶子通常裝著義大利紅酒，那是他在附近一家小店買的；有時也放著一瓶法國勃艮第紅酒，或是西班牙馬拉加葡萄酒，還有一個裝著櫻桃酒的厚實瓶子，眼看著很短的時間內就快見底了，然而卻消失在房間角落，剩下的酒也沒有繼續減少，只是放著生灰塵。我不想為自己的刺探行為辯解，我也坦白承認，這些跡象起初雖然顯示出生活充滿性靈，卻也相當懶散沒有節制，引起我的鄙夷和不信任。我是個中規中矩、規律生活的人，不只習慣工作和準確的時間分配，也不喝酒抽菸，比起那些亂七八糟的繪畫，哈勒爾房間裡的那些瓶子更讓我討厭。

就像睡眠和工作一樣，這個陌生人在飲食方面也非常隨興而沒有節制。有些天他根本不出門，除了早上的咖啡以外什麼都不吃，有時姑媽發現他的殘餚只是一片香蕉皮，有些天他卻在餐廳用餐，有時在優雅美好的餐廳，一下子又跑到市郊的小酒館。他的健康狀態似乎不佳，除了腿部的不方便讓他經常要很費力才能爬上樓，他似乎還被其他病痛折磨，有一次他隨口說，他好幾年來都沒有好好消化和睡過覺了，我想這尤其要歸咎於他的貪杯嗜酒。後來，有時我陪他到常用餐的餐館，我經常見識到他是怎樣快速而隨性地把酒灌進嘴裡，然而不管是我還是其他人都沒有看過他真正喝醉。

我從不曾忘記我們第一次單獨見面。我們對彼此的認識原本僅止於租屋房客之間。有天傍晚我從公司走回家，驚訝地發現哈勒爾先生坐在二、三樓之間的台階邊緣，坐在最上面的梯階，轉向一邊好讓我過去。我問他是否不舒服，表示願意陪他走到上面。

哈勒爾看著我，我注意到，我把他從一種睡夢狀態叫醒。慢慢地他開始微笑，以他俊俏而可憐、總是讓我心情沉重的微笑，邀請我坐在他身邊。我謝過了，表示不習慣坐在別人家門前的樓梯上。

「是啊，」他說著，微笑更濃：「您說得對，不過請您再等一會兒，我一定要指給您看，我為什麼非得坐在這兒。」

他一面指著二樓公寓前的地方，那公寓裡住著個寡婦。在那個樓梯、窗戶和玻璃門之間，鋪著木條的地板上有個包著老錫的桃心木櫃倚著牆，在櫥櫃前方地面兩個比較矮的小架子上，有兩株植物種在大盆子裡，一盆是杜鵑，另一盆是南洋杉。這兩盆植物看起來漂亮，一直都維持得很乾淨而無可挑剔，我之前就覺得驚豔。

哈勒爾繼續說：「您看，放著南洋杉的這一小塊地方聞起來是那麼美妙，我每次走過這裡都要停留一會。您姑媽家也很香，到處都井然有序又非常乾淨，可這放著南洋杉的一小片地方是那麼明亮純潔，除塵、抹拭又清洗，無可指摘的乾淨，著實散發出光芒。我每次走過，總要嗅個滿鼻——您不也聞到了嗎？那種地板蠟的味道，帶著一絲淡淡的松節油氣味混合著杜鵑香味，洗過的植物葉子，這全部升起一種香氣，是中產階級追求純粹的極致，充滿謹慎和認真，對細節的責任和忠誠。我不知道住在裡面的是誰，不過在這扇玻璃門後面一定是精粹而無塵的中產階級生活天堂，秩序的天界，憂心忡忡又感動地奉獻在小習慣和義務上。」

因為我沈默不語，於是他接著說：「請您不要以為我這番話是在譏諷！親愛的先生，嘲笑中產階級生活和秩序決不是我的本意。的確，我活在另一個世界，不是這個世界，我也許根本不能忍受住在一棟種著南洋杉的房子裡超過一天，而就算我是隻老邁還有些粗魯的荒野之狼，卻也是母親的兒子，我的母親也是個中產階級婦女，也會種花和打掃房子樓梯、家具和花園，努力讓她的房子和生活那麼乾淨、純粹、整潔，而不是得過且過。松節油的氣味還有南洋杉的香味讓我想到這些，於是我經常隨便坐著，看著這個秩序井然的沉靜小花園，因為它依然存在而感到高興。」

他想站起來卻很吃力，我要幫他，他也沒有拒絕。我保持沉默，然而就像發生在我姑媽身上的，一時之間我被這個怪人的某種魅力收服。我們相偕慢慢走上樓到他的門前，手裡拿著鑰匙，他再一次深深地、非常友善地看著我的臉，然後說：「您從公司回來？真是，我完全不知道這些，我的日子過得有些迷糊，有點漫不經心，您知道。不過我相信，您對書籍這一類的也有興趣，您的姑媽有一次告訴我，您中學畢業，而且擅長希臘文。事情是這樣的，今天早上我在諾瓦歷斯的書裡讀到一句話，我可以指給您看嗎？您也會覺得有趣的。」

他帶我走進他的房間，裡面充滿濃烈的菸味，他從一堆書裡抽出一本來，翻頁尋找著——

「這句也不錯，非常好，」他說：「您聽聽這一句：『應該為疼痛感到驕傲——任何疼痛讓我們憶起我們的高貴。』說得不錯，比尼采還早八十年。不過這不是我剛才提到的那一句——請等一下——找到了，這裡：『大部分的人不願游得比能力所及的更遠。』很好笑吧？他們當然不願意游泳，我們人是生在陸地上而非水裡。當然他們也不願意思考，他們是為了生活而被創造出來的，不是為了思考！對，思考的人，要把思考當成最重要事情的人，他雖然可以不斷前進，然而卻把腳下的地面換成水，總有一天會淹死。」

這時我已經被他吸引，對他感到興趣，於是在他那裡又待了一會兒。從那時起，我們在樓梯間或是在街上遇到的時候，經常就會交談兩句。剛開始，就像當時說起南洋杉那樣，多少總覺得他在譏刺我。其實不是這樣，他對我，就像對那棵南洋杉一樣，是帶著敬意的，他那樣自覺地深信自己與世隔絕，自己是在水裡游泳而失根的，在他看到中產階級一般日常舉動時，是真誠不帶絲毫嘲弄的，比如說我進辦公室的那種守時態度；或是某個傭人還是街車司機說的話都能讓他感到興味盎然。起先我覺得這實在可笑而且過分，這麼個隨自己高興又漫無目的的脾氣，嬉戲似的敏感。但是我越來越明白，事實上從他窒息的空間，從他的疏離和郊狼的孤獨，他對我們這小小的中產階級世界真心感到驚訝和鍾愛，把這樣的世界當作堅定安全的，遙不可及的，是故鄉和寧靜所在，是他無路可前往的世界。他每次都帶著真摯的尊敬，在新加入我們的房客——一個老實的太太面前摘下帽子；有時我姑媽和他稍微聊兩句，或是提醒他衣服上需要縫補的地方，大衣上快掉下來的釦子，他都會以一種奇特的專注和重視來傾聽，就好像他要用難以言喻而無望的努力，要透過某個小裂縫進入這個小小的和平世界，歸屬到那個地方，就算只有一個小時也好。

在第一次談話，說到南洋杉那次，他就說自己是匹「荒野之狼」，這個說法讓我感到陌生也有些不自在。這是個什麼樣的說法？然而我沒等習慣以後才接受這個說法，而是隨即在心裡，在腦子裡，只以荒野之狼來稱呼這個男人。直到今日我仍然找不到其他契合這種現象的字眼，一匹來到我們身邊，進到城市，在群聚生活裡迷走的郊狼——沒有其他形象更能凸顯他，他羞澀的孤獨，他的狂野，他的不安定，他的鄉愁和失鄉。

我曾經有機會觀察他一整個晚上，那是一場交響音樂會，我驚訝地發現他就坐在離我不遠的地方，但他沒有注意到我。最初演奏的是韓德爾，高貴美麗的音樂，然而荒野之狼坐在那兒沉入自我，和外界沒有聯繫，不關注音樂也不關心周遭。沒有歸屬，孤寂而陌生地坐在那裡，帶著一張冷淡卻憂心忡忡的臉向著前方垂下視線。然後是另一首曲子，佛列德曼・巴赫的一首小交響曲，那時我非常驚訝地發現，就在幾個節拍之後，我那個陌生人開始微笑，投入其中，完全沉醉，整整十分鐘，而且看起來是那麼快樂和陶醉，迷失在美夢之中，讓我注意他多於音樂。這一曲演奏完畢，他清醒過來，坐直身來，表情也醒了過來，似乎想要離開了，卻還是坐著，又聽了最後一首曲子，是雷格爾的變奏曲，很多人覺得這首曲子有點長，聽起來很累。荒野之狼也是一樣，起初他還專心而善意地傾聽，卻又開始渙散，他把手插在口袋裡，再度沉入自我之中，但是這次不是快樂夢幻的，而是悲傷的，最後變成不懷好意的，他的臉又變得遙遠、灰暗而破滅，看起來既老又病又不滿。

音樂會結束後我又在街上看到他，就跟在他後面；他縮在大衣裡，百無聊賴又疲累地走向我們那一區，卻在一家陳舊的小飯館前停步，猶豫不決地看了錶然後走了進去。我一時興起就跟著他進去了，他坐在一張小家子氣的桌子前，店主和酒保把他當熟客地打了招呼，我也招呼了一聲坐到他旁邊。我們在那裡待了一個小時，我喝了兩杯礦泉水，他卻喝了半公升的紅酒，然後又追加了四分之一公升。我告訴他我去聽了音樂會，但是他沒有答腔。他看著我水瓶上的標籤問我是否不喝他想請我喝的酒。當他聽到我從不曾喝酒的時候，他又擺出那張無助的臉說：「對，您說的是。我也有過幾年節制的生活，也曾長時間忌口，然而現在我又是個水瓶座的人，這個黑暗潮溼的星座。」

我於是開玩笑地接著這個譬喻表示，偏偏是他這個人相信星座，這對我是多麼不可思議的事，這時他又用那種常讓我覺得受傷的過度禮貌聲調說：「完全正確，真遺憾，就連我也無法相信這種科學。」

我起身道別，而他半夜很晚才到家，他的腳步一如往常，也和平常一樣沒有立刻上床睡覺（住在隔壁的我聽得很清楚），還開著燈在客廳待了一個小時。

我同樣無法忘懷另一個夜晚，當時我單獨在家，姑媽不在，有人按門鈴，我開了門，門外站著一位非常標致的年輕女士，她問起哈勒爾先生的時候，我就認出她來：她就是哈勒爾房裡那張照片上的人。我指了他的門，然後回房，她在樓上待了一會兒，我隨即聽到他們一起走下樓出門，開心而興致高昂地嘻笑說話。我非常驚訝這個隱士居然有個情人，而且那麼年輕、漂亮、優雅，我對他和他的一生曾做過的推測一下子又不確定起來。但是只不過一個小時他就又回來了，一個人，帶著沉重而悲傷的步伐，費力地爬上樓，然後在他的客廳裡輕聲地走來走去，就像一匹狼在籠子裡踱步，他房間的燈光一整個晚上直到清晨都亮著。

我對他們的關係一無所知，只想補充說明：後來我在城裡的一條路上再次看到他和那名女性在一起，他們挽著手臂走著，他看起來快樂，我再次驚訝於他那張憂心而孤單的臉龐有時能有多優雅，甚至是孩子氣的，於是瞭解了這個女性還有我姑媽對這個男人的關心。然而那些天他同樣每晚悲傷而可憐地回家；我在大門邊遇到他，就像常見的，在大衣底下兜著那個義大利酒瓶，然後和那個酒瓶在他的洞穴裡度過大半個夜晚。他讓我難受，他過的是怎樣無望、迷失又無力的生活啊！

說得夠多了，不需要其他報告和描述來顯示，荒野之狼過的是種自殺式的生活。但是當他突然間沒有道別，卻付清所有剩餘的款項，在某一天離開我們的城市消失無蹤之時，我並不認為他自殺了。我們再也沒有聽到他任何消息，這兒還留著一些寄給他的信件。他所留下的唯有他的手稿，是他住在這裡時寫下的，並且以幾行字將它託付給我，上面說明我可以隨意處置這份手稿。

以事實來評斷哈勒爾手稿所敘述的經歷，這對我而言是不可能的。我相信這些經歷絕大部分是杜撰的，卻非恣意發想，而是嘗試表達深深體驗到的心靈歷程，並以可見的事件加以描述。哈勒爾的創作裡有些幻想的歷程是在他停留此地的最後一段時間寫下的，而我並不懷疑這些歷程也有部分是以事實與實際經歷為基礎的。在那段時間，我們的房客其實在行為和外表上有所改變，經常不在家，有時連著好幾個晚上，而他的書就這麼放著沒動過。我少數幾次遇到他，他似乎出奇地有活力而且變年輕了，有時候甚至很高興，緊接著卻又陷入嚴重沮喪，整天都躺在床上，不想吃飯。這段期間他也和再度出現的情人發生非常激烈的，甚至可說是粗暴的爭執，把整個房子都掀了，哈勒爾因此在接下來幾天不斷懇求我姑媽的原諒。

不，我堅信他沒有自殺，他還活著，還在某個地方拖著疲累的雙腳，在陌生房舍的樓梯上下走動，在某個地方盯著打磨得光亮的木條地板，看著整理得乾乾淨淨的南洋杉，好幾天都坐在圖書館裡，夜晚則坐在餐館裡，或是躺在一張租來的長沙發上，在窗戶後面傾聽這個世界和人們的生活，知道自己被排除在外，卻沒有殺了自己，因為還有一部分的信仰告訴他，他要品嘗這些苦難，承受他心裡的這些惡劣苦痛到最後一刻，而他必須因此而死。我常想到他，他並沒有讓我的生命好過些，他沒有那種支持推動我的強烈歡愉個性的本領，啊，恰恰相反！不過我不是他，我不像他那樣生活，我的生活是小市民的、中產階級的，是受到保護且充滿責任的。於是我們能靜靜地、充滿友愛地懷念他，我和我姑媽，對荒野之狼她比我有更多可說的，卻把一切藏在她善良的心裡。

○○○

關於哈勒爾的手稿，這份奇妙的手稿，部分病態的，部分美麗而充滿思辯的幻想，我必須說，如果這份手稿只是偶然落到我的手裡，假使我本人不認識作者，我一定會不假思索地把它丟在一旁。然而因為我和哈勒爾相識，於是我才可能瞭解其中一二，甚至接受它。如若我只將這份手稿當作某個可憐的憂鬱病人的病態幻想，我也許會猶豫是否要和別人分享，然而我認為這份手稿不僅於此，我在這份手稿中看到的是時代的記錄，因為哈勒爾的精神疾病——我如今瞭解到——並非個人的怪念頭，而是時代本身的病態，哈勒爾那個世代的精神官能症，不僅侵襲脆弱沒價值的個體，而是特別會感染強者，攻擊那些最具備靈性和天賦的人。

這份手稿——不管有多少真實經歷為根據——是種嘗試，不以規避和矯飾來克服這巨大的時代病症，而是試著將這種病態變成陳述的客體。這意味著——正如字意——要走過地獄，一會兒充滿疑慮，一會兒又充滿勇氣地穿過黯淡下來的心靈世界的混亂，帶著穿越地獄的意志，頑強地對抗混亂，忍受其中的惡直到最後。

哈勒爾說過的一些話啟發我以上的理解。有一次我們談到中古世紀的殘酷，他對我說：「這種殘酷其實並不算一回事。中古世紀的人會唾棄我們今日的整個生活方式，覺得這種生活更殘酷，令人驚詫又野蠻！任何時代，任何文明，任何風俗和習慣都各有其形式，具備各自的溫婉和嚴苛，美好和殘酷，把一些苦難看作理所當然，隱忍地接受某些惡。人類生命真正的苦難，人類生命之所以變成地獄，只發生在兩個時代、兩個文明或宗教相交錯的時候。古代的人要是必須活在中古世紀，必定悲嘆地感到窒息，正如野人必定會被我們的文明窒息一般。而現在有些時候，整個世代處於兩個時代，兩種生活形態之間，因而失去其正當性，喪失所有道德，失去任何安全感和無辜。每個人對這種情況的感受當然有所不同，像尼采那樣的人必須提早一個世代忍受今天的悲慘——他當時孤獨而無法理解地承受著的，如今是成千上萬人的遭遇。」

在我閱讀這份手稿的時候經常都會想到這些話，哈勒爾是踏入兩個時代之間的人之一，從所有的護衛和無辜墜落，這些人的命運就是要把人類所有的質疑，深化為個人的折磨和地獄來加以體驗。

對我而言，哈勒爾的手稿對我們可能的意義似乎就在其中，因此我決定將它公開。除此之外我並不會捍衛或批判它，每個讀者可各憑良知為之。

哈利・哈勒爾手稿

只為瘋子而寫

一天過去了，正如其他日子一般消逝；我消磨著這一天，溫柔地殺了它，以我原始又羞澀的生活藝術；我工作了幾個小時，翻了舊書堆；疼痛兩個小時，就像上了年紀的人會有的疼痛，吞了一些藥粉，因為疼痛被欺瞞而感到高興；躺在熱呼呼的洗澡水裡，吸收那親愛的溫暖；接到三回郵件，把這些可有可無的信件和印刷品都看過一遍；做了呼吸練習，卻貪圖輕鬆而省略今天的思考練習；散步一小時，發現美麗、溫柔且珍貴的小捲雲圖樣被畫在天空裡。那是非常美好的，就像閱讀舊書，就像躺在溫暖的洗澡水裡，然而——特別值得一提的——今天並非正巧是個愉快的日子，不是閃耀、幸運、歡愉的日子，而是就像一段時日以來，我那些普通且習以為常的日子之一：一般舒適，可以忍受，一個年長而不滿的先生湊合著過的暖和日子，沒有特別的疼痛，沒有特別的憂慮，沒有真實的苦惱，沒有絕望，就連是否要跟隨史提夫特的前例，在刮鬍子的時候發生不幸[1]，對這種問題都能不帶激情或焦慮，實事求是冷靜思考的日子。

嘗過其他日子的人，那些惡劣的、痛風發作或劇烈頭痛的日子，頭痛深埋在眼球後面，惡魔似地把任何眼睛和耳朵的動作從喜悅詛咒成折磨；或是心靈死亡的那些日子，內在空虛和絕望的惡劣日子，從傾毀的、被企業吸乾的地球，我們有如催吐劑般亦步亦趨地，對著虛假的、散發著可憎年節市集金光的人類世界和所謂的文明作鬼臉，在個人的病態自我裡專心一意地追求不悅的極致——嘗過那些煉獄之日的人，會對今天這種普通又好壞參半的日子非常滿意，感恩地坐在暖爐旁邊，在看早報的時候感恩地確認，今天同樣沒有爆發戰爭，沒有產生新的獨裁統治，在政治和經濟方面沒有發現特別嚴重的爛攤子，感恩地撥弄著生鏽的古琴弦，演奏一首勉強有些歡樂的、幾乎是輕快的感恩讚美詩，讓安靜的、和氣的、有點被溴鹽

1 史提夫特（Adalbert Stifter, 1805-1868），奧地利作家、畫家、教育家，是中產階級藝術時期最重要的作家之一。晚年久病厭世，以剃刀割頸動脈自殺而亡。

迷醉的一半又一半滿意之神感到乏味，在這種愜意的無聊之中，在這種非常值得感謝的、無痛的厚重空氣當中，枯燥點頭的半半神祇和那個有著些灰髮唱著模糊讚美詩的半半人類，彼此看著對方就像孿生兄弟一般。

這種滿意、無痛、可隱忍的日子是美好的，不管痛苦或是興致都不敢尖聲大叫，一切都只會輕聲低語，踮著腳尖走路。只可惜我就是不太能容忍這種心滿意足，它一下子就變得難忍地可憎，變得噁心，於是我必須十分絕望地逃到另一種情緒裡，也許是逃往愉悅，情況緊急的時候也會躲進疼痛裡。如果我一陣子都沒有歡愉也沒有痛苦，呼吸著所謂好日子沉重而空虛的親切，我童稚似的心靈就會如此痛苦而悲慘，把生鏽的感恩面紗扔到迷糊的滿意之神滿足的臉上，寧可感覺惡鬼似的疼痛在我之中燃燒，也不要這種舒服的室溫。於是在我之中燃燒著對強烈情緒的狂野慾望，渴望刺激，對這種和諧、平淡、制式而無菌的生活感到憤怒，有種衝動想破壞一些東西，好比一家百貨行、一座大教堂或是我自己，做一些鹵莽的蠢事，拆穿一些假神祇的面具，給一些叛逆的中學生渴望已久的車票好搭到漢堡市，誘拐一個小女孩，或是扭斷一些中產階級世界觀代表人的脖子，因為這是我最痛恨、最唾棄和詛咒的：這種心滿意足，這種健康、舒適，這種被保護的中產階級的樂觀，這種中等、普通、平均的癡肥族類。

我就帶著這樣的情緒，在黑暗降臨的時候結束這平淡的一天。我不是像受著些苦的男人以尋常的方式來結束它，讓鋪好的、加上一個熱水袋當誘餌的床接住我，而是被我有限的日間活動弄得不滿又反胃，滿肚子失望地穿上鞋子，滑進大衣裡，就著混沌和迷霧走進城裡，在鋼盔飯館裡喝上酒徒們常說的「一小杯酒」。

於是我走下閣樓樓梯，陌生的、徹頭徹尾中產階級的，中規中矩三戶一棟的出租房屋被刷洗得乾乾淨淨，難以登上的階梯，我的隱居之處就在屋頂下。我不知道怎麼發生的，我這失鄉的荒野之狼，孤單地痛恨小百姓世界的人，卻總是住在十足的中產階級房舍裡，這是我的一種舊習。我既不住在宮殿裡，也不住在貧戶陋室，總是剛好住進這般十分規矩，很無趣，維持得一塵不染的小資產房舍裡，聞起來有些松節油有些肥皂的味道，要是讓門大聲關上，或是穿著骯髒的鞋子走進去會嚇一跳的地方。無疑的我是因為自己的童年而愛上這種氣味，而我所私心渴望的就像家鄉一般引導著我，無望的，一再走上這愚蠢的道路。的確，我也喜歡這種由我的生活——我孤寂、沒有愛、匆促、完全顛三倒四的生活——和這種家庭式的中產階級環境所形成的對比。我喜歡在樓梯間呼吸這種寧靜、秩序、清潔、規矩和溫馴的味道，雖然我痛恨中產階級，這種味道卻依然有著令人感動之處；也喜歡一跨過我房間的門檻，所有那些味道隨即止步，門檻內書籍間散落著雪茄菸蒂和酒瓶，一切毫無規章、不成家樣且荒蕪，所有東西，書本、手稿和想法，都沾染和滲透著孤獨的困窘，人類的難題，賦予變得毫無意義的人類生活新意義的渴望。

我走過南洋杉，也就是這棟房子二樓，樓梯經過一間公寓前的穿堂，這裡無疑比其他地方都完美、乾淨而光滑，因為這一小塊地方閃耀著超凡的整潔，是座秩序井然的閃亮小聖殿。一片讓人不敢踐踏的木條地板上是兩張漂亮的凳子，每張凳子上放著一個大大的花盆，其中一個種著杜鵑，另一盆是相當繁茂的南洋杉，一株健康結實的小樹，達到完美的極致，每根樹枝上的每根針葉都散發出最清新的潔淨。有時，如果我知道沒人看著，就把這一小片地方當作殿堂，坐在比南洋杉高一階的地方，稍事休息，疊著手，懷念地向下看著這秩序的小花園，它令人感動、孤單的可笑狀態總是觸動我的心靈。我猜測，在這一小塊穿堂後面，就在南洋杉的神聖陰影裡的，是間充滿晶亮桃花心木的公寓，十分規矩又健康的生活，清晨早起、盡責、節制的快樂家庭聚會、周日上教堂，然後早早上床睡覺。

帶著嬉戲的興致，我踱步走過巷道裡潮溼的瀝青，街燈淚眼朦朧地穿透冷溼的黝闇，從潮溼的地上吸取懶散的反射光線。我已經遺忘的青春歲月閃進腦子裡——我當時是多麼喜愛這種深秋和冬季陰暗沉鬱的傍晚，我當時是怎樣饑渴而陶醉地吸吮著孤寂和憂鬱的情緒，半夜裡裹著大衣，在狂風雨中奔過帶著敵意的、脫盡葉片的大自然，我當時就是孤單的，卻滿是深刻的享受，充滿詩句，那是我隨即就著房裡的燭光坐在床緣寫下的！如今這一切都過去了，是飲盡的酒杯，再也不曾添滿。遺憾？不，已經過去的沒什麼好遺憾的。遺憾的只是眼下和今天，我遺失的無數時日，只是容忍著過下去的時日，既沒有帶來禮物也沒有帶來不安。然而感謝主，也有些例外的日子，有些日子，並不常見，還有幾個小時，它們撼動了我，帶來禮物，穿越壁壘，又將混亂的我帶回世界鮮活的中心。我悲傷卻也十分激動地試著回憶最後發生的這類經歷，那是在一場音樂會上，演奏著美妙的老樂曲，木管兩拍之間的鋼琴聲突然為我再度打開通往仙界的大門，我飛越天堂，看見上帝正在工作，領受著神聖的苦楚，再也不對抗世間一切，再也不懼怕人間所有，接受投入我心裡的一切。這種狀態並不長久，也許就十五分鐘，但是又重回那夜的夢裡，從此以後，每逢枯燥的日子，那一刻就不斷神祕地發出光芒，我有時能有幾分鐘清楚地看著它，有如金色的神聖軌跡貫穿我的生命，幾乎總是被汙穢深深掩蓋，然後又重新散發出金色的光芒，似乎不會再遺失，卻又隨即深深迷失。有一次發生在夜裡，我躺著的時候忽然說出幾行詩句，太美又太神奇的詩句，我甚至不敢想像要記下這些句子，清晨時我已不復記憶，然而它們卻深深隱藏在我之中，就像沉重的核仁藏在一個陳腐的殼裡。其他時候可能是參加一場詩人的朗誦會，思考笛卡兒或是帕斯卡的某個想法；有一回它又亮了起來，當時我和我的戀人在一起，它帶著金色的軌跡直達天際。啊，這神蹟並不易在此生得尋，在如此志得意滿、如此中產階級而沒有性靈的時代，再看看這些建築、商店、政治、這些人！在一個和我所求不同、沒有任何歡愉能感動我的世界裡，我怎能不變成一匹郊狼和一個鹵莽的隱士！我不能長時間忍受待在劇院或是電影院裡，沒辦法讀一份報紙，遑論一本現代著作；我不能理解，在過度擁擠的火車和旅館，迴響著沉悶刺耳音樂的擁擠咖啡廳，優雅奢華城市的酒吧和歌舞劇院裡，這些地方的人所尋找的興致和愉悅是我不能理解的；在世界博覽會、花車遊行，為渴望受教的人舉辦的演講會，在廣大的運動場上，所有這些快樂，也許是我能得到的，是其他無數人追求而趨之若鶩的，我卻無法理解，無法分享。相反的，在我少有的短暫喜悅時刻裡所發生的，對我而言是幸福、體會、沉醉和昇華的，頂多只有詩的世界會受到認識、追尋和鍾愛，但實際生活世界卻覺得那是瘋癲的。的確，如果這個世界是對的，如果咖啡廳裡的音樂，這種大眾娛樂，美國式的，只有少數人滿意的世界是對的，那麼我就是錯的，那麼我就是瘋癲的，我就真的是匹荒野之狼，正如我經常自稱的，在一個陌生又無法理解的世界裡迷走的動物，再也找不到自己的故鄉、空氣和食物。

帶著這般一如以往的念頭我繼續走在溼溼的街道上，穿過這個城市最安靜古老的區域。就在巷子的對面，昏暗中杵著一堵古老的灰色石牆，是我一直都喜歡的，它總是那樣古老而無所掛懷地挺立在那兒，就在一座小小的教堂和一所舊醫院之間。白天我常將眼光停在它粗糙的牆面上；在城中心沒有許多這般靜謐、美好而沉默的地方，總是不到半平方公尺就有家商店、有個律師、發明家、醫生、理髮師或是雞眼治療大師呼喊著自己的名字。現在我又看到這道老牆無聲地站在自己的寂靜裡，然而似乎又有所不同——我看到牆中間有一道小小的、美麗的尖頂門，覺得有些迷糊，因為我真的再也弄不清楚這道門是一直都在還是新加上的。這道門看起來當然老舊，非常舊，這道小小的上鎖的門，也許在幾百年前就以它深色的木門通往某個沉睡的修道院舍，今日依然如此，就算修道院早已不復存在。我或許早已看過這道門幾百次，只是一直不曾加以注意；也許它被重新上了漆，我才因此注意到。不管如何我就站定了，仔細越過那道門看著，卻沒有跨過它，那中間的路是徹底軟化而潮溼的；我站在人行道上，只是單純地望過去，夜幕已垂，看起來那道門四周似乎編織著花冠或是一些繽紛的東西。當我想要努力看得更清楚的時候，我看到在門的上方有個發亮的牌子，上面有些字，似乎寫了什麼。我努力睜著眼，最後還是不顧骯髒和水窪走了過去。從門上方望過去，我看到這堵牆的古老灰綠色上有個地方發出淡淡的光，在那上面是活動的彩色字母，一下子消失不見，然後再度顯現又飛逝。我心想，他們現在也濫用這堵古老的美好牆面來作燈光廣告了！這時我認出幾個快速隱顯的文字，它們並不容易辨認，因此必須要半猜測，這些字母出現間隔不等，那麼蒼白而微弱，隱滅又很快速。那個想要藉此做生意的人可不怎麼聰明，他也是隻荒野之狼，可憐的傢伙，為何讓這些字母出現在舊城這條陰暗小巷的牆上，在這個時候，在這種下雨的天氣，沒有人出入的地方，又為何這些字如此快速明滅，如此浮動，這樣隨興而無法辨認？等等，這會兒我辨到了，我可以把好幾個字串連起來了，上面寫著：

神奇劇場

不是每個人都能入場

——不是每個人

我試著打開這道門，不管怎麼用力，沉重老舊的門閂半分不動。字母遊戲到了尾聲，突然間就停止了，悲傷地，察覺自己的徒勞無功。我退了幾步，深深踩進汙泥裡，再也沒有出現任何字母，遊戲結束了，我還一直站在髒汙裡，等待著，徒然地。

這時，正當我放棄，也已經走回人行道上，在折射的瀝青上，幾個彩色燈光字母灑在眼前。

我讀著：

唯——獨——瘋——子——能——入——場！

我的腳溼透，人凍僵了，然而我還站了好一會兒等著，再沒有其他字了。當我還站在那兒想著，這溫柔的彩色燈光字母是多麼靈巧地飛過這道潮溼的牆和黑得發亮的瀝青，這時我忽然拾起早先思緒的一些片段：以金色閃亮的軌跡為比喻，這個痕跡那麼突然地再度遠颺而無法追尋。

我凍僵了，於是繼續前行，緬懷著那道痕跡，充滿對通往神奇劇場那道門的渴望，唯獨瘋子能入場。這時我已經走到市集區，到處充斥著夜晚的娛樂，沒幾步就掛著一張海報，用塊板子廣告著：女子樂團——劇院——電影院——舞廳——，這一切都不合我意，它們是為「任何人」準備的，給正常人的，我也的確到處看到他們成群湧入各個門廳。然而我的悲傷略微平伏，另一個世界的問候究竟打動了我，幾個彩色字母跳躍著，在我的靈魂裡嬉戲著，碰觸了隱藏的琴弦，金色軌跡的光芒又隱約可見。

我搜尋著那小小的老爹酒館，酒館的一切從我第一次逗留在這個城市起就不曾改變，整整二十五年了，就連老闆娘都還是當初那一個。今天來的客人當中有些從那時起就坐在這裡，坐在同一個位子，面對同樣的酒杯。我走進這個簡單的餐館，這裡是個避難所，雖然和樓梯間的南洋杉一樣只是個避難所，我也沒有在這裡找到故鄉和牽繫，只找到一個安靜角落觀賞，在一個舞台前面，舞台上陌生的人們上演著陌生的劇碼，然而這樣一個安靜的角落自有其價值：沒有人群，沒有叫嚷，沒有音樂，只有幾個安靜的市民坐在沒有桌布的木桌（不是大理石，不是鑄鐵，不是絨毛，不是黃銅！）旁，在每個人面前是杯傍晚的飲料，一杯好酒。也許這幾個我認得面孔的常客都是真正的俗人，在他們庸俗的公寓裡，枯燥的神龕裡供奉著愚蠢的滿意神祇；也許他們就像我一樣是寂寞而脫軌的小子，也是安靜而思緒滿懷的酒徒，滿腹沒有實現的理想，是郊狼和可悲的惡魔，我不知道。他們每個人都被鄉愁、失望、對替代品的需求吸引過來，已婚的人追尋單身氣氛，垂老的公務員懷想學生時代，他們每個人都相當沉默，都喜歡喝酒，都和我一樣寧願坐在半公升的亞爾薩司酒而不是女子樂團前面。我在這裡下錨停泊，可以在這裡撐過一小時，或者兩個鐘頭。才剛喝了一口酒我就發現，今天除了早餐還沒吃過任何東西。

人居然能吞下這麼些東西真是神奇！我大概讀了十分鐘報紙，眼睛嚥下一個不負責任的心靈，他把其他人的話大口咀嚼，浸透唾沫，卻又不加消化地吐了出來。我把這吞了下去，整整一欄，然後吃了好一塊牛肝，那是從一頭被殺死的牛身上切下來的。真神奇！最好的是亞爾薩司酒，我並不喜歡粗獷強烈的酒，至少平日不喜歡，這種酒有著強烈的刺激性，而且有種特殊口味。我最喜歡喝純而清淡、樸實的、沒有特殊名字的農村釀酒，可以多喝，嘗起來有著鄉村、土地、天空以及木材的美好友善味道。一杯亞爾薩司和一塊好的麵包，這是所有餐點中最好的。然而我現在已經吞下一份牛肝，對我而言那是少有的享受，我不常吃肉，而且面前放了第二杯酒。在翠綠的山谷裡，健壯勤快的農夫搭起葡萄架，釀酒葡萄匍匐而生，在世界個個遙遠的地方，讓一些失望、沉默啜飲的中產階級，以及不知所措的荒野之狼能從杯子裡吸吮一些勇氣和生氣，這也是很奇妙的。

不管如何，就算這是神奇的吧！這是好事，有助於提振情緒。至於報紙文章的文字糊粥，我追加了一陣鬆懈的笑，突然想起了被遺忘的口風琴旋律，就像小小的反射的肥皂泡在我之中升高，發出光芒，色彩繽紛而渺小地倒映出整個世界，然後又溫柔地四散紛飛。如果可能將這天上的片段旋律種在我的心靈，然後有一天在我之中再度綻放柔嫩的、有著所有可愛顏色的花朵，那麼我會不會完全迷失？即使我是隻迷失的野獸，不能理解周遭環境，我愚癡的生命仍自有其意義，在我心裡提供解答，接收高遠世界的呼喚，在我的腦子裡堆著無數畫面：

喬托筆下的天使們從帕度瓦城的小小藍色教堂圓頂湧出，哈姆雷特和帶著花冠的奧菲莉亞走在他們身邊，是世界上所有悲悼和誤解的美麗譬喻；燃燒的氣球裡站著汽船船長賈諾左[2]吹起號角，阿提拉·史美茲勒[3]手上拿著新帽子，婆羅浮屠[4]把綿延的雕像吹到空氣裡。就算這些美麗的人物活在無數人心中，仍還有更多其他未知的圖像和音聲，它們的故鄉以及凝望的眼睛，還有那聆聽的耳朵只活在我之中。老舊、受盡風吹雨打、帶著斑駁灰綠色的醫院圍牆，可以想像牆裡的裂縫和風雨吹蝕形成無數壁畫——誰給這道牆一個答案？有誰讓它進入自己的靈魂？有誰愛它？誰能體會它淡淡逝去的顏色裡的奇幻？僧侶的古老書籍，裡面是發出溫和光芒的縮小圖；被自己的民族遺忘的，兩百年前、一百年前的德國詩人的書，所有被翻閱得散落而汙漬處處的書冊，老音樂家們的作品和筆跡，凝結著音樂夢的強韌泛黃樂譜——有誰還傾聽它性靈、調皮而渴望的聲音，有誰帶著一顆充滿這些聲音的精神和魔力的心，穿過另一段陌生的時代？誰還追念義大利古比歐山上那小小的、柔嫩的絲柏，被一陣落石摧折劈散，卻還緊抓住生命，發出一個新的、微小的求生頂芽？誰能給住在二樓的那位勤快主婦和她光潔的南洋杉一個公道？誰會在夜半的萊茵河上讀著飄移迷霧的雲跡？正是那荒野之狼。而又有誰會在生命的廢墟上尋找破散的意義，忍受虛假的無意義，過著表面上瘋狂的生活，卻在最終的迷亂混沌裡還私心盼望著神的啟示和親近？

緊握著店主想幫我添滿的酒杯，我站了起來，再也不需要酒精了。金色軌跡已經亮起，我憶起永恆，記起莫札特，想起星辰。我又能多呼吸一個小時，能活著，得以存在，不須忍受折磨，不必疑懼，無須自慚。

---

2 賈諾左（Gianozzo），是《氣船手賈諾左的航行誌》（Des Luftschiffers Giannozzos Seebuch）一書中的角色，德國作家尚・保羅（1763-1825）於一八〇一年著作出版。

3 阿提拉・史美茲勒（Atilla Schmelzle），為《伯納文徒納守夜人》（Die Nachtwachen von Bonaventura）的主角，故事敘述守夜人以自己的生命歷程對自己所在城市所作出的觀察。這本書的作者以伯納文徒納（Bonventura）為筆名，百年來文學歷史界對真正作者一直有所爭議，最近幾年根據研究則大部分接受作者為克靈格曼（Ernst August Friedrich Klingemann, 1777-1831）。

4 婆羅浮屠（Borobudur）是位於印度尼西亞中爪哇省的一座大乘佛教佛塔遺跡，距離日惹市西北四十公里，是九世紀當時世上最大型的佛教建築物。

我踏上沉寂下來的街道，冷風颺起的薄雨濺裂在街燈四周，閃著晶瑩的火焰。現在要往何處去？如果我在這個時刻能許一個神奇願望，那麼我希望能有個小而精美的禮堂，路易十六的古典風格，幾個優秀的音樂家為我演奏兩三首韓德爾和莫札特的曲子，那麼我現在就會有好心情，大口啜飲清涼高貴的音樂，就像神祇啜飲著瓊漿玉液。啊，如果我現在有個朋友，隨便哪個閣樓裡的朋友，就著蠟燭苦思而小提琴就在一旁！我會怎樣潛近他的夜晚寧靜時刻，無聲地穿過蜿蜒的樓梯間往上爬，給他一個驚喜，一起以對話和音樂歡度幾小時的脫俗夜晚！在過去幾年裡我常經歷這樣的快樂，然而這也隨著時間離我遠去而煙消雲散，枯萎的歲月四處散落。

我猶豫著踏上返家之路，豎起大衣領子，用手杖敲著潮溼的街道石磚。就算我如此緩慢地走著，還是很快就又坐回我的閣樓，在我小小的表象故鄉裡，那個我雖不愛卻也無法遠離的地方，因為我能在冬雨的夜晚在曠野奔跑的歲月已經過去。如今，以上帝之名，我不想讓這美好的夜晚情緒被糟蹋，不被雨或是痛風，也不被南洋杉打擾，如果沒有室內樂隊，也找不到帶著小提琴的寂寞朋友，那柔和的旋律卻依然在我之中響著，以韻律的呼吸輕吟著，提點著為自己演奏。我思索地繼續走著。不，沒有室內樂和朋友也可以，因為需索溫暖的無力企求而煎熬就太可笑了。寂寞就是不依賴，我希望自己擁有它，也在經年累月裡得到它，它是冰冷的，是啊，然而它也是沉靜的，美妙的靜默，廣袤一如星辰旋轉的冰冷寂靜空間。

來自路過的舞廳，強烈的爵士樂湧向我，燥熱而粗野，就像生肉的熱氣。我站了一會兒；不管我如何厭惡這種音樂，它對我總是有種神祕的吸引力。我不喜歡爵士樂，然而它仍比目前任何學院派音樂讓我中意十倍，它歡樂而粗糙的野性也深深打動我的本能世界，並且呼吸著一種天真直率情慾。

我站著聞了一會兒，聞著那血腥刺耳的音樂，邪惡而意淫地嗅著舞廳的氣氛，一半的音樂，抒情的那一半，充滿情感，甜蜜如糖，洋溢著感性；另一半是狂野的，任性而充滿力量，然而這各半的音樂天真和諧地並行著，成為一個整體。這是沉淪的音樂，羅馬最後一個皇帝在位時必定也有過類似的音樂。和巴哈、莫札特還有其他真正的音樂比較起來，這種音樂自然是糟粕——然而我們所有的藝術、思想，以及我們的表面文化，一旦和真正的文化相比也不過就是如此。這種音樂的優點在於它相當真誠，可愛而不虛誑的黑人特色，以及一種愉快童稚的情緒；一部分來自黑人，一部分來自美國，對我們歐洲人來說，它因此有如男孩般清新且孩子氣。歐洲也會變成這樣嗎？已經踏上這條道路了嗎？我們是過往歐洲的，也是從前真正音樂、真正詩作的知己和崇拜者，或者只是一小群愚蠢的，罹患了複雜的精神官能症的人，明天就會被遺忘和恥笑？我們所說的「文化」、精神、靈魂、美好以及神聖，這些是否都只是幽靈，早已死去，只被我們這幾個傻子當作真實而活生生的？也許這一切從不曾真實，從不曾活著？我們這些傻子努力維護的，也許一直都只是些幻影？

舊城區把我吸了進去，小教堂黯淡而不真切地站在灰濛裡。突然間我又想到今晚的遭遇，謎般的尖頂拱門，門上難解的牌子，還有那譏刺的跳躍燈光字母。那上面的字句說什麼來著？「不是每個人都能入場」，還有「唯獨瘋子能入場」。我仔細望向那道舊牆，暗自期望先前的魔幻重頭再來，上面的字邀請我這個瘋子，那道小門讓我通過。那裡也許是我渴求的地方，也許演奏著我的音樂？

那道黑暗的石牆從容地望著我，在深深的暮色裡，封閉著，沉入自己的夢裡。到處都沒有門，沒有尖聳的拱門，只有黑暗、靜謐、沒有洞的牆。我微笑著繼續走，朝那道牆友善地點頭：「安睡吧，老牆，我不吵你。有一天他們會把你拆掉，或是用貪婪的公司招牌貼滿你，不過眼前你還在這裡，你仍然美麗又安靜，依然受到我的喜愛。」

從一條黑黑的巷子底就唾沫到我跟前，有個人嚇了我一跳，一個寂寞的夜歸人，拖著沉重的步伐，頭上戴著便帽，身上穿著藍上衣，肩膀扛著一桿海報，肚腹前的皮帶上有個打開的木匣，就像年度市集裡的售貨員一樣。他疲憊地自顧自走著，沒看我一眼，否則我就跟他打招呼，送他一根雪茄。在下個路燈的光線裡，我試著辨識他的小旗子，桿子上的紅色海報，不過旗子晃來晃去的，我什麼也讀不出來。於是我叫住他，拜託他讓我看一下那張海報。他站住了，然後把桿子稍微拿直一些，我就能讀出那些跳動搖晃的字母：

神奇劇場！

不是每個人……

「我正在找你們呢，」我高興地叫著，「你們的夜間娛樂是什麼？在哪裡？什麼時候？」

他又跑了起來。

「不是每個人都能參加。」他冷淡地用昏沉的聲音說著，一邊跑著。他已經受夠了，他要回家。

「等一下，」我叫著，追著他，「您的小箱子裡是什麼？我想跟您買一些。」

沒停下腳步，那個男人機械式地從小箱子裡抽出一本小冊子遞給我，我趕快接過書收進大衣裡。我正扣上大衣然後要把錢找出來，那個男人卻轉進旁邊一條門前走道，在身後關上門而後消失不見，他沉重的腳步聲在庭院裡響起，起初是在石板路上，然後踏上木頭階梯，之後我再也聽不到其他聲響。我一時之間也覺得很累，覺得時間似乎已經很晚了，現在就回家才好。我快速跑著，一下子就穿越沉睡的郊區巷弄，到達圍牆間我那一區，在一些草地和常春藤後面，小而乾淨的出租房屋裡住著公務員和領取微薄退休金的人。走過常春藤、草地和矮小的松樹，我走到門前，找著鑰匙孔，找到電燈開關，掠過玻璃門，經過上蠟的櫥櫃和盆栽植物，然後打開我的房門，我那小小的表象故鄉，扶手椅和火爐，墨水瓶和繪畫盒，諾瓦歷斯和杜斯妥也夫斯基等著我，就像其他真的人類，當他們回到家，母親或是妻子、孩子、女僕、狗貓正等著他們一樣。

當我脫下溼大衣，不經意又看到那本小書，我把書抽出來，那是一本薄薄的，用劣質紙粗糙印刷的年度市集小冊子，就像《一月誕生者》或是《如何在八天內年輕二十歲》這類的小冊子。

但是當我窩進扶手椅，戴上閱讀用的眼鏡，卻以驚訝和突然勃發的宿命感看著這本年集小冊封面上的標題：「論荒野之狼，非大眾讀物」。

接下來就是這本冊子的內容，我越來越聚精會神地一口氣讀完它：

論荒野之狼

只獻給瘋子

從前有個名叫哈利的人，人稱荒野之狼，用兩隻腳走路，穿著衣裳而且是個人，然而他根本就是匹郊狼。人類以良好智力能學習的，他也從中學了不少，是個相當聰明的男人。他所沒有學到的是滿足於自身和他的生活，他辦不到，他是個不知足的人。這可能是因為他基本上隨時知道自心（或者以為自知），知道自己根本不是人類，而是一匹來自荒野的郊狼。聰明人可能會爭論他是否真的是一匹狼，他是否曾經——也許就在他出生之前——從一匹狼被變成一個人，或是他以人誕生，卻帶著郊狼的靈魂，被這個靈魂所占據，或是他根本是匹狼的信念只是他自己的想像或是種病。比如有可能是這個人在童年是野蠻、不受拘束又不守規矩的，教養他的人於是嘗試消滅他心裡的野獸，他因此也就產生這樣的想像和信念，認定自己其實是隻野獸，只是披著薄薄一層教養和人性。我們可以長篇闊論，甚至可以寫一些相關書籍，然而這對荒野之狼是無關痛癢的，因為他根本無所謂，不管狼是被幻化還是追打到他身體裡，還是僅止於一種心靈幻想都沒有差別。其他人要怎麼想，連他自己要怎麼想，這些對他都毫無意義，都不會把狼從他的內在趕走。

因此荒野之狼有兩種天性，人性和狼性，這是他的宿命，也有可能這種宿命根本就沒什麼特別也並不罕見。應該已經有許多人被注意到，他們的內在是狗或狐狸，魚或是蛇，卻不會因此特別麻煩。這些人就是人與狐狸，人和魚並存地活著，雙方互不抵觸，有時還會互相幫助；也有些人就這樣活下去，受人忌妒，也許是狐狸或猴子更勝人類生活，因而獲得快樂。這些都是眾所周知的。可是在哈利身上卻不一樣，人和狼不是並存著，更不會相互幫助，而是長期處在持續的死敵狀態，任一邊活著只會讓另一邊痛苦，如果兩者合一的血液和心靈互為死敵，那就是種可憎的生活。於是兩者各有各的命運，沒有一個過得舒坦。

我們的荒野之狼的情況是，他雖然一下子覺得自己是狼，一下子又過著人的生活，就像其他的混種一樣，然而當他是狼的時候，裡面的人就一直盯著他，評判他，挑剔地關注著——在他是人的時候，那匹狼也做著同樣的事。好比說，當人的哈利有個美好的想法，感覺到一種細緻珍貴的感受，或是過了所謂美好的一天，他之中的那匹狼就齜牙咧嘴，嘲笑他，血淋淋地嘲諷他，這好高貴的舞台對一隻荒野的動物是多麼可笑；一匹狼，內心知道得很清楚，他所謂的舒適就是獨自走過荒原，有時狂飲鮮血，或是追逐母狼——就狼的眼光來看，人類所有的行為是極端怪誕與困窘，愚蠢而虛榮的。當哈利自覺是狼，舉止是狼的時候，情況也正是如此，朝著對方齜牙，察覺對所有人類，對他們虛偽而墮落的禮節和習俗的恨與極端敵意。這時緊盯著他的就是人的那一部分，觀察著狼，稱他為畜生和野獸，破壞摧毀他從簡單、健康又粗野的狼性得到的所有愉悅。

這就是荒野之狼，可以想像，哈利並沒有舒服愉快的生活，然而這也並不意味著他特別不快樂（雖然對他而言無論如何看起來就是這樣，其他人也覺得落在他身上的苦難是最大的）。這不是可任由他人說項的，就算內在沒有狼的人，也不會因此就一定快樂。就算最不幸的生命也有光明的時刻，會在砂礫之間開出幸運的小花。荒野之狼也是如此，大部分的時間都非常不快樂，這是無可否認的，而他也能讓其他人不快樂，也就是當他愛著別人，而別人也愛著他的時候。因為贏得他的愛的人，總是只看到他的一面，有些人愛他是個細膩、聰明而特出的人，但是當他們無可避免地突然察覺他之中的狼，他們就受到驚嚇而失望。他們必得察覺，因為哈利就像每個人一樣，希望完整地被愛，於是尤其當某些人的愛對他意義重大，在這些人面前他就無法隱藏和掩飾那匹狼。然而也有些人特別喜歡他裡面的那隻狼，喜愛他自由、野性、不受拘束、危險又強壯；但是如果突然間那野性凶惡的狼還是個人，還渴望良善和溫柔，還想聽莫札特，想要讀詩，想要具有人性理想，這些人又會非常失望而哀傷。正因這些人大部分特別失望而憤怒，於是荒野之狼就帶著他個人的雙重面貌和矛盾，進入每個陌生的、和他有所接觸的命運。

要是有人認為能夠認識荒野之狼，能夠想像他可悲而且破碎的生命，那可就搞錯了，這些人根本一點都不瞭解。他們不知道的是（就像任何規則都有例外，而在某些情況下，上帝會愛一個罪人勝過九十九個義人）——在哈利身上也會有例外情況，會有幸運的時候，有時也可以單純而無礙地呼吸、思想和感覺那匹狼，有時是那個人，是啊，人和狼有時候，非常少有的時刻，能維持和平，為了彼此而活，不單只是其中一個睡著，另一個醒著，而是兩者互相強化，讓對方一化為二。就像在世界各地一樣，這個男人的生命也顯示偶爾一切習以為常的、日常的、已知的、規律的只是為了在某個地方經歷瞬間的停頓，被中斷，好為那超乎尋常、神奇而慈悲的騰出空間。於是不管這短暫而少見的幸福時刻是否抵消緩和了荒野之狼的不幸，讓幸福和傷痛終究維持平衡，或者不管這也許短暫卻強烈的幸福，在這短暫的時刻裡甚至抵消所有哀傷，產生動力，這又是另外一個閒人可隨自己高興思索的問題。那匹狼也經常思考這個問題，而這時就是他悠閒而無用的日子。

還要再提到一點：有許多和哈利相當類似的人，亦即許多藝術家都屬於這類人。這些人內在擁有兩個靈魂，兩種本質，他們的內在是神性也是魔性的，流著母性也是父性的血液，快樂和痛苦的能力也敵對且混亂地交錯，就像哈利內在的狼與人一般。這些生命非常不安的人，有時在少有的幸福瞬間體驗到如此強烈而無可名之的美，短暫幸福的泡沫有時飛濺得那麼高，其光芒甚至射穿苦難之洋，短暫光亮的幸福閃耀著，也感動和迷倒了其他人。那苦難之洋上的珍貴短暫幸福泡沫，就形成所有那些藝術作品，在這些作品當中，獨自受苦的人一時間超脫自己的命運，個人的幸福高高升起，就像星辰一般發出光芒，而讓所有看見的人都覺得那是永恆的，是自己的幸福夢幻。所有這類人，不管他們如何描述自己的行為和作品，其實根本沒有生活可言，也就是說，他們的生命不是存在，沒有形貌，他們不是那種英雄、藝術家或思想家，不是法官、醫生、鞋匠或老師那一類，他們的生命就是種恆常的、充滿苦難的變動和燃燒，是不幸而且十分痛苦的決裂；那些罕見的經歷、行為、思想和作品，它們的光芒射穿這種生命的混亂，一旦人們不想在當中發現其意義，就會是可怕而無意義的。在這類人之中產生一種危險而可怕的想法，認為也許所有人類生命只是個邪惡的錯誤，是原始母親激烈而不幸的難產，是大自然狂野而殘忍的錯誤嘗試。不過他們也產生另一種想法，認為人類也許不單只是半吊子的理性動物，而是神的孩子，註定永生不死。

每種人各有其特徵，具有自己的標誌，自有其美德和犯行，各有其死罪。荒野之狼的標記之一是他是個夜間人類。早晨對他而言是一天當中糟糕的時間，是他害怕的，從不曾為他帶來益處的時間。他從未在生命的任何一個早晨真正感到高興，他從不曾在中午前的時間做過任何好事，不曾有好的、能為自己和他人帶來愉悅的想法。直到下午他才會慢慢暖身而活潑起來，等到傍晚的時候，如果是他的好日子，他才會有所生發、活躍，有時變得熱烈而愉快。這也因他對獨處和獨立的需要而有所不同，從沒有其他人像他那樣對獨立有著如此深刻而強烈的需求。在他的青少年時代，當他還沒有錢而且求生不易的時候，他喜歡餓著肚子，穿著破爛的衣服走在路上，只是為了拯救一小塊獨立自主。他從不曾為了錢和富裕生活，不曾為了女人或權勢者出賣自己，曾經無數次棄絕全世界認定該是他的優點和幸福，好維護他的自由。對他而言，擔任公職，遵守鐘點和季節劃分，必須聽命於他人，再也沒有比這些更可恨更殘酷的想法了。辦公室、事務所、公務處就像死亡一樣可憎，他在夢中所能經歷到最令人驚詫的，莫過於被拘禁在囚牢裡。他知道要擺脫所有這些關係經常要以很大的犧牲為代價，這其中顯示出他的長處和德行，他的不屈不撓、無可利誘，個性堅定而直來直往。唯獨這樣的美德又和他的苦難與宿命緊密相連，發生在他身上的就和發生在所有人身上的一樣：發自他本質最深處的本能，最頑固尋找和追求的，也會落在他身上，但是卻超出對人類有益的程度。剛開始那是他的夢想和幸福，後來卻變成苦澀的宿命。有著權力慾的人毀在權力上，愛錢的人敗在錢財上，卑躬屈膝的人因委身而彎腰，追求快感的人被慾念淹沒，荒野之狼於是也因為他的獨立而沉淪，他達到自己的目標，越來越不依附他人，沒有人能命令他，不唱和任何人，自由而獨自決定有為無為，因為每個強人都無誤地達到真正的本能要他去尋找的。然而獲得自由以後，哈利忽然意識到他的自由是種死亡，只有他獨自站在那裡，世界以一種可怕的方式放任他，人們再也不去招惹他，連他都放自己一馬，讓他在無所牽繫和孤寂之中越來越稀薄的空氣裡慢慢窒息。因為現在獨處和獨立不再是他的期望和目標，而是成為他的宿命，他的審判，神奇的願望已經實現，而且再也無法收回，當他滿懷渴望和善意伸出手，願意接受牽絆和同伴，卻再也無法挽回：現在大家任由他獨自一人。他並非被憎恨，惹人討厭，剛好相反，他有很多朋友，很多人都喜歡他，然而他察覺到的都只是同情和友善，人們邀請他，送他禮物，親切地寫信給他，卻沒有人更進一步接近他，沒有產生任何牽絆，沒有人想要或是能夠分享他的生活。如今寂寞的空氣圍繞著他，一種寂靜的氣氛，周遭世界滑落，沒有能力建立聯繫，缺乏意志也沒有慾望要為改變這種情況而做些什麼。這是他生命的重要特徵之一。

他的另一個特徵是他屬於自殺者[5]。必須要說明的是，只把那些真的殺死自己的人稱為自殺者是錯誤的，在這些人當中甚至有許多人只是因為意外才變成自殺者，他們的本質不見得屬於自殺者一類。在那些沒有個人特質，沒有強烈表現，沒有激烈命運的人之中，在那些凡夫俗子當中有些人因為自殺而死亡，他們的特質和表現卻不會因此就符合自殺者一類；而又有些人，就他們的本質而言屬於自殺者一群，他們其中很多人，也許大部分的人卻都不曾真的自殺。「自殺者」——哈利是其中一個——不必然活在一種和死亡維持特別密切的關係裡——大家都可以這麼活著而不會成為自殺者。然而自殺者有個特點，也就是他的自我，不管貼切與否，被他自己當作是特別危險、可疑而受破壞的大自然幼芽，總是極度暴露自己而受到危害，就好比他是站在一道非常狹窄的岩石頂峰，只要外界輕撞一下，或是內在稍微軟弱，就足以讓他墮入虛空之中。這類人的命運線因此有個特點，亦即自殺是他們最有可能的死亡方式，至少在他們的想像之中是如此。這種情緒的先決條件總是在青少年早期就已可預見，而且終身伴隨著他們，這些條件並非特別微弱的生命力之類，相反地，人們可以在「自殺者」身上發現非常堅韌、慾念旺盛而且果敢的天性。然而就像有人天生只要最輕微的疾病也會發燒一樣，我們所說的「自殺者」天性總是非常敏感而敏銳，就算最輕微的刺激都會加劇他們對自殺的想像。要是我們有一門具備勇氣和擔當的學問，深入研究這類人，而不是只探索生命現象的機制，那我們就會有一門像人類學，像心理學這樣的學問，得以使每個人都熟知上述這些事實。

5 這段討論讓人不得不懷疑赫塞曾研讀十九世紀法國社會學家涂爾幹（Émile Durkheim, 1858-1917）的《自殺論》。

我們這裡有關自殺者的論述當然都只涉及表面，那是心理學，也就是物理學的一部分；從形上學來看就完全不是這麼一回事，而且更清楚，因為在這樣的觀察當中，「自殺者」是以承受個性化而致罪惡感的個人呈現的，是不再將個人的徹底實現和塑造當作人生目標的靈魂，而是追求死亡、回歸母體、回歸上帝、回歸宇宙。出於這些天性，許多人完全沒有能力真正自殺，因為他們深深體認其中的罪惡。然而對我們而言，他們是自殺者，因為他們沒有在生命當中而是在死亡裡找到救贖，他們樂於拋棄自己，獻身毀滅而回歸初始。

就像各種力量也會變成弱點一樣（有時甚至是必要的），相對的，典型的自殺者經常也能將他們的明顯弱點變成一種力量和支撐，他們根本就很常這麼做。哈利，荒野之狼的情況也屬於這一種。就像他的無數同類一樣，想像死亡的道路隨時對自己開放，這不只是被他當作少年情鬱的幻想遊戲，而是就以這樣的想法發展成一種安慰和一道支柱。就像他所有的同類人一樣，每種觸動，每陣痛楚，任何惡劣的生命處境，這些都在他之中隨即喚醒以死亡來逃脫的願望，而正是從這種傾向創造出一種有益於生命的哲學。死亡這個緊急出口隨時開啟著，熟悉這個想法賦予他力量，讓他對徹底品嘗痛苦和惡劣景況產生好奇，如果真的非常悲慘，他有時就能帶著憤怒的興致，一種幸災樂禍的心情來加以感受：「是我自己好奇地想看看，人到底能忍耐多少！如果已經到達容忍的極限，那麼我只要打開門就能脫逃。」有許多自殺者從這個想法獲得不尋常的力量。

另一方面，所有的自殺者也都熟悉對抗自殺誘惑的奮戰。他們每個人都知道，在心靈的某個角落知道得很清楚，自殺雖然是條出路，然而只是個有些簡陋而非法的緊急出口，自己被生命戰勝，被生命撂倒，基本上是比用自己的手了斷要來得高貴而美麗一些。這樣的理解，這種良心不安，和所謂自我滿足者的內疚有著相同本源，導致大部分的「自殺者」持續對抗他們的誘惑。他們戰鬥著，就像偷竊狂對抗自己的惡習一樣。荒野之狼也熟知這種奮戰，換著各種不同的武器來爭鬥，最後，在他大概四十七歲的時候，他有個愉快而不無幽默的念頭，這個念頭經常讓他感到快樂：他要把五十歲生日那天定為准許自己自殺的日子。他和自己約定，他可以自由選擇是否要利用這個緊急出口，端視當天的心情。他可能發生任何事情，他可能會生病、生活困頓、受苦受難——這一切都有個期限，一切頂多只能持續這短短幾年、幾個月、幾天，而這個數字每天都變得更小！事實上他於是更容易忍受一些劣境，這些困境從前折磨他更深更久，甚或讓他徹底動搖。如果出於某些因素而讓他特別不好受，如果除了他的生命變得枯萎、寂寞、荒蕪之外，還有其他異常的痛苦和損失，那麼他就能對那些痛苦說：「等著吧，再過兩年我就是你們的主宰！」然後帶著愛意沉入幻想，想像在五十歲生日早晨會收到的信件和賀函，而他堅定地握著他的剃刀，向所有的痛苦道別，然後關上身後的門。於是骨頭裡的痛風，接著是憂鬱、頭痛、胃痛就得看看它們還能在何處棲身。

還要進一步解釋荒野之狼的個別現象，亦即他和中產階級的特殊關係，我們可以將這些現象回溯到它們的根本原則。因為那俯拾皆是，我們就把他和「中產階級」的關係拿來當作出發點吧！

根據荒野之狼自己的看法，他完全不屬於中產階級的世界，因為他既不識家庭生活，也不知社會野心。他徹底覺得自己是個獨行俠，是個特例，一下子是病態的隱士，一會兒又超乎群倫，是個天賦英才，超越平凡生活小小格局的崇高個體。他自覺地輕視中產階級，對自己不屬於那裡感到驕傲。然而他在許多方面的生活又是完完全全中產階級的：他在銀行裡有存款，援助貧窮的親戚，他穿著雖然隨意，卻又規矩而不引人注意；他試著和警察、稅務局和類似的權勢機關好好地和平相處，卻又有一股強烈而隱藏的慾望不斷將他拉向中產階級的小世界，帶到安靜、體面的家庭式房舍，有著乾淨的小花園，掃得光潔的樓梯間，以及他們井然、得體的十足樸質氣氛裡。他喜歡保有小錯誤而沒有節制，覺得自己超越中產階級，是特殊分子或天才，然而住的、生活著的地方，這麼說好了，從不是生活的偏鄉，不是已經沒有中產階級的地方。既非住在權力和特殊人士的空氣裡，也不和罪犯或被褫權的人為鄰，而是一直都住在中產階級的領地，一直和他們的習慣、他們的規矩和氣氛維持關係，就算這種關係是站在相反和對抗的立場。此外他是在小市民階級的教養下長大的，從中保留了許多觀念和成規。理論上他一點都不反對娼妓，他個人卻無能正視一個妓女，將她視為和自己平等的人。輕視政治罪犯、革命分子或是精神的煽動者，看輕蔑視國家和社會的人，不過還能把這些人當作手足一樣地友愛，可是他卻不知道該如何對待扒手、竊賊、強姦殺人犯，只能用一種相當中產階級的方式來為他們感到惋惜。

他以這樣的方式，不斷藉助他一半的本質和行為，承認並且贊同他和另外那一半的自己所抗爭與否定的。在細心維護的中產階級屋簷下，在不變的形態和習性下長大，他以一部分的心靈一直遵守著這個世界的秩序，即使他早就超脫中產階級而有一定程度的個性化，並且早已從中產階級理想和信仰的內容解脫之後仍是如此。

以人類的持續狀態而言，「中產階級」其實只是一種維持平衡的嘗試，從人類行為的無數極限和矛盾之間追尋一個相互抵消的中心點。我們隨便舉一種矛盾當作例子，好比神聖和放蕩，那麼我們的譬喻就很容易理解了。人類可能完全獻身於性靈，投入親近上帝的嘗試，趨近神聖的理想；相反的他也可能完全執著於本能生活，服膺感官的需索，將所有的努力都放在獲取瞬間快感上。一條路通往神聖，精神的犧牲者，把自己奉獻給上帝；另一條路通往浪蕩，本能的犧牲者，自我獻身於腐朽。在這兩者之間試著以妥協的中道活著的就是中產階級，他從不放棄自己，不會投入，既不縱慾也不禁慾，不當任何犧牲者，永不接受摧毀自己——剛好相反，他的理想從不是獻身投入，而是維持自我，他的努力既不是為了神聖，也不是為了相反的那一方，無法忍受絕對，雖然想侍奉上帝，但也想縱慾，雖然想信守美德，卻也想在世上多少過得好又舒服。簡言之，他試著維持在眾多極端的中間點，在一個調節過的舒適地帶裡，沒有激烈的狂風暴雨，他也的確辦到了，卻是以生命和感覺的強度為代價，而那種強度是追求絕對和極限的生活才能給予的。想要強烈的生活唯有犧牲自我才辦得到，中產階級於是給予自我至高無上的評價（無論如何只是發育不全的自我），以強度為代價他達成了保持安全，獲得的不是聖靈充滿而是心安理得，不是快感而是愜意，不是自由而是舒適，不是致命的火焰而是舒服的溫度。中產階級以此就其本質而言是種生命動力微弱的造物，憂心忡忡，害怕自我的任何暴露，易於統治。他因此在權勢的位置上用多數來取代，用法律來取代暴力，用決策過程取代承擔責任。

無疑的，這種虛弱而憂慮的生物，即使為數眾多，還是無法避免因為自己的特性而不能在世界上扮演其他角色，只能是自由來去的狼之間的羊群。然而我們看到，在具有非常強烈野性的野狼統治時代，中產階級雖然立刻就被排擠掉，卻從不曾沉淪，有時甚至在表面上統治了世界。這是如何發生的？既不是因為族群人數眾多，也不是因為其美德，沒有任何常識或組織強健到足以拯救他們免於淪喪。原本就那麼被削弱的生命強度，世界上是沒有任何藥物能維持其生命的。然而中產階級存活著，強大而且擴張——原因何在？

這個問題的答案是：荒野之狼。事實上，中產階級的生命力絕非奠定在他們一般成員的特性上，而是因著為數甚眾的異族的天性，因為中產階級理想的模稜兩可和延展性而被包容進去。在中產階級裡一直並存著許多強烈和狂野天性，我們的郊狼哈利就是典型的例子。超出中產階級可及的程度，哈利發展成個體，對沉思的幸福的理解，不亞於對恨和自我厭棄的乾枯樂趣的理解，這個輕視法律、美德和常識的人，卻是中產階級的囚徒，無法逃脫。於是在真正的中產階級周圍還屯居著人類的其他廣大階層，無數計的生命和知識分子，他們每一個雖然都已經從中產階級獨立出來，被絕對的生命所感召，每一個人卻仍然因為童稚的情感而依附著中產階級，被他們虛弱的生命強度所感染，不明所以地執著於中產階級，還自覺是中產階級的一分子，對他們負有義務，為他們服務。因為對中產階級而言，偉大基本原則的反面才作數：不反駁我的就是贊同我！

接著我們來探討一下荒野之狼的心靈。他表現得像個人，他的高度個性化已經讓他變成非中產階級——因為所有高張的個體化都會反噬自我，傾向於摧毀自我[6]。我們看到他內心具有趨向神聖同時浪蕩的強烈慾望，然而出於某種脆弱或怠惰，無法馳騁在自由狂野的世界裡，反而還被拘束在中產階級的沉重母系星體上。這是他在這世界的處境，是他的攀緣。大部分的知識分子，絕大部分的藝術家都屬於這一類人，只有最強的人才能突破中產階級世界的大氣層，進到宇宙當中，而其他人就放棄或妥協，輕視中產階級，卻又屬於這個階級，強化它，頌揚它，最後只得伏首稱臣好繼續活下去。這無數的存在不足以成為悲劇，卻絕對相

---

6 和保護自我的中產階級完全相反。

當笨拙也是種厄運，在地獄裡熬煮自己的天賦，讓它變得有用。少數幾個能脫離中產階級的人進到絕對的領域，以令人驚訝的方式墮落，他們是悲劇性的，為數並不多。然而其他仍依附著中產階級的，他們的天賦經常受到中產階級的大力推崇，這些人面前展開的是第三個世界，一個想像的卻又獨立自主的世界：幽默。這些無法平靜的荒野之狼，持續不斷又可怕地承受著苦難，缺少成為悲劇和突破挺進到星空所需的力量，自覺受到絕對的召喚，卻不能在其中生活：如果他們的靈魂在苦難中變得堅強而有韌性，就能在幽默當中找到和解的出路。幽默一直都是有些中產階級的，雖然真正的中產階級無能瞭解幽默。在他們的想像當中，所有荒野之狼詭譎多變的理想都能成真：不僅可以同時附和神聖和浪蕩，轉圜彼此的極點，還能把中產階級拉過來一起唱和。對執著於上帝的人而言，贊許罪犯同樣可行，想反的也是如此，然而此二者，還有其他的絕對極端，是不可能接受這溫和的中道，這中產階級。唯有幽默，被感召成就偉業卻又受阻的人，這些幾乎是悲劇性的、最有天賦的不幸的人的最佳發明，唯有幽默（也許是人類最特殊最天才的成就）才能完成這不可能的事，以其稜鏡光芒貫穿並統一各種人類本性。活在這個世界上卻有如不在此間，遵守法律卻又凌駕其上，去擁有卻「好似不曾擁有」，放棄卻有如不曾棄絕——這些最受歡迎、最常被提出的對高度生命智慧的訴求，唯有幽默能將之實現。

不乏天賦和理論的荒野之狼，如果在他個人地獄沉悶的混亂裡，還能熬透這杯神奇飲料，讓它昇華，他就能得救。可他缺的還多著，然而那種可行性，那種希望還是有的。愛他的人，同情他的人會期望他得到救贖。如此一來他雖然就會永遠固守在中產階級裡，然而他的痛苦會變得可以忍受，會變得有其益處。他和中產階級的關係，在愛與恨當中，一旦不再多愁善感，他和這個世界的牽繫將會停止像恥辱一樣不斷折磨他。

為了達到這個目標，又或者是為了也許在最後還能勇敢地躍進宇宙，這樣的一匹郊狼必須面對自己一次，必須深深地看著自己靈魂的混沌，完全意識到他自己。他不明確的存在於是會在面前展現完全的無可動搖，今後他再也不可能不斷從他的本能地獄逃脫，躲進傷感哲學慰藉裡，然後再從該處逃到他狼性的盲目快感裡。人和狼都需要卸下偽裝的感覺面具來認識彼此，相互赤裸裸地看進對方眼裡，那時他們也許會爆炸，永遠分道揚鑣，從此再無荒野之狼；或者人與狼會在幽默散發的光明之中締結理性的姻緣。

也有可能，哈利有一天受到這最後一個可能性的引導；有可能，他有一天學會認識自己，得到我們的一面小鏡子，他也許會遇到永生不死者，或者在我們某個神奇劇場裡找到滿足自己放浪靈魂所需要的東西。無數個這類可能性正等著他，無可抗拒地被他的命運吸引著，所有站在中產階級外圍的人活在這神奇機會的氣氛裡。一陣虛無足矣，而閃電直趨而入。

這一切對荒野之狼而言是非常熟悉的，即使他從不曾面對自己內在經歷的這份側寫，他推想到自己在這世界的地位，推想而且認識到永恆，他想到而且害怕遇到自我的可能性，他知道那面鏡子的存在，他那麼需要看進那面鏡子，卻又害怕得要死。

我們論文最終只剩下最後一個假定，以解開根本的偽裝。所有的「解釋」，所有的心理學，所有理解的常識都需要輔助方式，需要理論、神學、謊言；而一個有分寸的作者不該在論述結尾放棄趁機解開這個謊言。當我說「上面」或者「下面」的時候，這就是一種主張，需要加以解釋，因為上和下只存在於思想裡，只在抽象裡。這個世界本身並不識上下。

總說一句，「荒野之狼」也是種假設。如果哈利自己覺得本身是狼人，由兩種敵對而矛盾的本質所組成，那麼這只是個簡易神話。哈利根本不是狼人，如果我們把他自己發明而深信的謊言浮面而不加思索地接收過來，真的把他當作具備雙重本性，看作是荒野之狼，還試著去加以詮釋，那麼我們就是在想要輕易理解的希望裡作出有益於欺騙的事，而現在應該嘗試將之導正。

分裂為狼與人，本能與精神，哈利藉著這樣的分裂試著解釋自己的命運，這是種非常粗糙的簡化，強暴真實以迎合一個清楚卻混亂的對矛盾的解釋，人在自己之中發現這些矛盾，似乎是他不少苦難的根源。哈利在自己之中發現一個「人類」，亦即一個有著思想、感覺、文化的世界，具有溫馴和超脫的本質，除此之外他還在自己之中發現一匹「狼」，代表著一個本能的、狂野的、殘酷的，不能超脫的粗糙本性。即使他的本質如此清楚地分成兩個部分，彼此為仇，他卻一再經歷到，狼和人有一瞬間，在幸福的時刻裡能彼此容忍。如果哈利想要試著在生命的每個時刻裡，每個作為，每種感覺裡確認哪個部分屬於人，哪個部份屬於狼，那麼他就立即陷入窘境，他整個巧妙的狼理論就支離破碎。因為沒有任何人，就連最原始的黑人，甚至白癡都不會那麼單純，只要以兩種或三種主要元素的總和就能解釋其本質；而要用狼與人這麼天真的歸類來解釋像哈利這麼多變化的人，是種無望而幼稚的嘗試。哈利不是由兩種本質組成的，而是有著成千上百種本質。他的生命（就像每個人的）不僅在兩個極點之間搖擺，比如本能和精神，或是神聖和浪蕩，而是在幾千個，數不盡的對峙點之間擺盪著。

像哈利這樣受過那麼多教育又聰明的人會把自己當作「荒野之狼」，相信自己豐富而複雜的生命圖像能歸納成那麼簡單、粗糙而原始的算式，這並不讓我們感到驚訝。人類思考的能力並不高，就算是最具備性靈最有學問的人也是不斷透過非常單純、簡化和欺瞞的眼鏡來看這個世界和自己——看得最多的就是自己！因為這是一種，如同顯示的，一種所有的人與生俱來而且完全具強迫性的需求，將自我想像成一個合一整體。即使這種虛妄如此經常而強烈地被動搖，還是會重新凝聚起來。面對殺人犯坐著、看著對方眼睛的法官，一瞬間聽到殺人犯用法官自己的聲音說話，也在自己內心察覺到對方的激動、能耐和機會，然而在下一刻他又回歸為一，是個法官，快速地回到他想像的自我軀殼裡，盡自己的責任然後判處殺人犯死刑。如果是一個特別有天分而且組織細膩的人類靈魂，對於自己分裂的預感逐漸興起；如果他們，就像每個天才一樣，打破性格一致的虛妄，察覺自己是由多組成的，是許多自我合成一串的，那麼只要他們一旦說出這個發現，大眾就會把他們關起來，尋求科學的幫助，確認他們人格分裂，防止人類必須從這些不幸的人嘴裡聽到真相的呼喚。那麼，何必浪費脣舌？為何說出一些對每個有思想的人都不言可喻，真的說出來卻不合習俗的事？——如果有人已經向前一步，將想像的自我一致性延伸成兩個自我，那麼這個人已經幾乎是個天才，然而卻是少見而有趣的特例。實際上根本沒有自我，也沒有那個最單純的統一，而是一個非常多樣的世界，一小片星空，形式的混亂，階段和狀態混合，繼承和機會交雜。這些混沌各自尋求被視為一個整體，由其自我發聲，好似這是個簡單、固定形式的，可清楚界定的現象：每個人

（就算最高明的人）都常見的這種偽裝似乎有其必要性，就如同呼吸和進食這樣的生命需求。

這種偽裝是藉助簡單的投射。就軀殼看來每個人都是同一的，心靈卻從不曾是如此。在文學當中，即使是最巧妙的著作，傳統上都是以表面上完整的、表面一致的人為角色。直至今日的文學作品當中，最受專家和行家重視的是戲劇，這是合理的，因為戲劇提供（或是可以提供）最多將自我呈現為複數的可能性——如果粗糙的表象沒有加以反駁，戲劇當中的單一人物，因為他們蟄居在必然不復出現、一致而封閉的軀體裡，就會在我們眼前幻化成同一個體。單純美學最重視的還有所謂的性格戲劇[7]，其中的每個角色都相當容易辨認，清楚刻畫成具有一致個性的個體登場。唯有拉開距離加以思考，想法逐漸細緻清晰，這一切也許只是廉價的浮面美學；如果我們將古代偉大的，卻非與生俱來而只是被灌輸的美學概念，套用在我們偉大的劇作家身上，那我們就錯了：這些美學概念都是從可見的身體出發，根本是自我和個人的假想。在古印度的文學當中，這個概念是完全陌生的，印度史詩的英雄不是人物，而是人物團，是轉世序列。而在我們現代世界一些文學當中，被嘗試呈現出來的是多重心靈，隱藏在人物和性格戲劇的面紗後面，作者本身根本不完全自知。想要瞭解這一點的人必須下定決心，不要將這種作品當中的角色看作個別完整的，而是當作部分，當作一個面，當作一個更高等級的一致整體（我不反對將之稱為詩人靈魂）的不同面向。比如，想要以這種方式來看浮士德的人，會把浮士德博士、魔鬼梅菲斯托、僕人華格納[8]和其他所有人物看作一個整體，一種超級人物，而唯有在這個更高層次的同一性當中，不在個別角色裡，靈魂的真正本質才被稍加點出。如果浮士德說出在學校教師間流傳，而讓庸人冷顫驚嘆的諺語：「兩個心靈，啊，居於我心！」那麼浮士德是忘了同樣在他之中的梅菲斯托和其他許多心靈。我們的荒野之狼也相信，在他的心裡懷抱著兩個靈魂（狼與人），因此覺得自己的心相當擁擠。心，身體一直是同一個，其中的靈魂卻不是兩個或是五個，而是無數個；人類是無數層膜組成的洋蔥，是許多絲束合成的組織。認識到這點並正確覺知的是古老的亞洲人，佛教瑜伽學還發明

7 性格戲劇（Charakterdrama），不以劇情而以表現角色性格為重點的戲劇表演。
8 此處指的是浮士德的僕人而非音樂家華格納。

了一種精確技巧來揭穿個性的虛妄。人類的遊戲是有趣而多面的：印度人千百年來如此盡力要揭穿的虛妄，正是西方人付出同等心力來維持和強化的。

我們如果從這一點出發來觀察荒野之狼，那麼我們就會明白，他為何會因為自己可笑的分裂而受苦。他相信，就像浮士德一樣，兩個靈魂裝在單一個心裡已經太多，必定會撕裂這顆心。然而其實是相反的，是兩個太少了。如果哈利試著用如此原始的圖像來理解，那他是可怕地強暴了自己可憐的心靈。雖然哈利是個受過高等教育的人，他的方式就像個野人一樣，沒辦法數到二以上。他稱一部分的自己是人，另一部分是狼，於是他相信自己走到了盡頭，已經筋疲力盡。他把在自己身上發現的，所有精神的、超脫的或是馴化的都歸納於「人」那一方，而把所有本能的、狂野而混亂的劃歸狼那一邊。然而不像我們的想法那麼簡單，不像我們可憐的白癡語言那樣粗糙，他這些想法和生命不符，而當哈利運用低淺的狼的方式來理解，他雙重欺騙了自己。我們擔心，哈利把他心靈的任何部分都劃歸於「人」，這些部分卻還不完全是屬於人的；他也把一些早已超越狼性的部分劃歸於狼的本質。

就像所有的人一樣，哈利也十分相信他知道何謂人，其實他完全不知道，雖然他在夢裡，或是其他難以控制的意識狀態裡經常察覺到這點，要是他沒有忘記，要是他盡量保有這樣的靈感就好了！人類沒有固定而恆久的形態（雖然古代智者有相對的看法，卻仍是古代的標準），而比較是種嘗試以及過程，只是自然和精神之間狹窄而危險的橋樑；趨向精神，最深處的決心將他推向神——趨向大自然，最深刻的渴望帶他回歸母體：在兩種力量之間，他的生命充滿憂慮的搖擺而震盪著。人類對「人」這個概念的任何理解一直只是種消逝的中產階級協議，某些最狂野的本能被這種協定排拒在外，被譏刺；要求部分的意識，要有教養而且褪去野性，具備一些性靈不僅是被認可，甚至是被要求的。這個協定下的「人」，就像中產階級的每種理想，是種妥協，是種怯懦又天真機巧的嘗試，讓邪惡的原始母親大自然，還有可憎的原始父親精神，在他們強烈的需索相互撞擊之下，能在兩者溫和的中點住下。因此中產階級准許且容忍它所說的「個性」，卻又同時把個性交給要求血祭的暴力之神「國家」，不斷挑撥離間。於是中產階級日後會立碑紀念的，今日就被當作異教徒燒死，被視為罪犯吊死。

「人」不是原本就被創造出來的，而是心靈的需求，一個遙遠的，受到期待同時也令人害怕的可能性，前進的道路一直都只是一小段一小段地，在可怕的折磨和狂喜之下推進，由那些罕見的個人，那些今日受著絞刑，明日被樹立榮譽紀念碑的人所鋪設——這些先人也活在荒野之狼之中。然而他，和他的「狼」相反，在內心裡稱自己為「人」，這絕大部分無異於中產階級習俗的那些平凡「人」。通往真正的人的道路，通往不死者的道路，哈利雖然很能猜測出來，偶爾也走上猶豫的一小段，以沉重的折磨和痛苦的孤單為代價。然而去接受以及追求那些最高的需求，那些真正的、心靈所追尋的變化為人，踏上朝向永生的唯一狹窄道路，這些卻是哈利打從內心最深處感到害怕的。他感覺得很清楚：這會招致更大的苦難、輕視和最終的棄絕，也許通向絞刑台——就算在這些道路的末端是永生在招手，他還是不願意去承受這些苦難，長眠於這些死亡之中，雖然他比中產階級更意識到成為人這個目標，卻閉上眼睛而不想知道，絕望地攀附著自我，絕望的不死意願是必然通往永恆死亡的道路；相對的，得以死亡，脫下軀殼，永遠將自我交付蛻變則是通往永生不死之路。如果他所崇拜最喜愛的人是不死者之一，好比莫札特，那麼他終究還是帶著中產階級的眼光來看他，還傾向於像個教書匠一樣，將莫札特的完美境界解釋成只是因為他的高等特殊天分，而不是因為他的奉獻和受苦意願的偉大，不是他面對中產階級理想的冷漠，不是因為他忍受最極端的孤寂，這孤寂在受苦者周圍，在化身成人者身邊將所有的中產階級氣氛蒸發成冰冷的世界穹蒼，在客西馬尼園[9]裡日漸孤寂。

畢竟我們的荒野之狼至少還在自己之中發現了浮士德的分裂，他發現了無二的身體並未含藏靈魂合一，他頂多只是走在那條道路上，在漫長的、往這個和諧的理想朝聖之路上瞭解到這點。他既不想克服自己之中的那匹狼好完全變成人，也不想放棄人的那個部分，然後至少當一匹狼，過著一致的、未曾分裂的生活。也許他從不曾仔細觀察過一匹真的狼——否則他也許會看到，就連這種動物也沒有一致的靈魂，就狼而言，在身體美麗結實的外觀後面，也

---

9 客西馬尼園位於橄欖山下汲淪谷，今日的耶路撒冷市內。根據《新約聖經》，耶穌被釘上十字架的前夜，在最後的晚餐之後和他的門徒前往此處禱告。客西馬尼園也是耶穌被他的門徒猶大出賣的地方。

有許多奮鬥和狀況，狼的內在也隱藏著地獄深淵，就連狼也會受苦。不，因著一句「回歸自然！」人類一直都走在充滿痛苦而無望的錯誤道路上。哈利再也不能完全變成狼，如果他能，那麼他會看到，狼也不是簡單而原始的，而是已經相當多變而複雜的。就連狼在自己的胸膛裡也有兩個，甚至更多於兩個的靈魂，企求變成狼的人，就跟唱著「噢幸福啊，還能當個孩子！」[10]的那個男人一樣健忘。那個討人喜歡卻也多愁善感的男人，唱著這首幸福孩子的歌謠，也想回歸自然，想回到無辜狀態，回到原點，卻完全忘記孩子絕不是幸福的，他們也會有許多衝突，許多矛盾，會有各種苦難。

根本沒有路能夠回歸，不能回歸為狼，也不能回歸為幼童。事情開端不是無辜和一致；所有造物，就連表面上最簡單的，都是有罪的，一直是多變的，被丟進轉變的骯髒風暴裡，再也不能，再也無能逆著暴風優游而上。通往無辜，走進不被創造，走向上帝的道路不是回頭路，而是向前，不是變成狼或兒童，而是一直往前走進罪惡，越來越深入變化為人。就算自殺，可憐的荒野之狼，也不會對你有多大幫助，你即將踏上更遙遠的、更辛苦也更艱難的成人之道，你要將自己的一分為二更加倍分裂，你的複雜性還必須要更加複雜。不是窄化自己的世界，不是簡化自己的靈魂，你必定要將更大部分的世界，最終將整個世界納入你痛苦擴張的靈魂，才得以也許在某一天走到終點，能夠平靜下來。這條路是佛陀、是每個偉大的人都走過的，他們有些是自覺的，有些是無意識地，只要他們的大膽嘗試讓他們成功。每個誕生就代表著和宇宙分離，意味著重新界定，和上帝分隔開來，艱辛地脫胎換骨。回歸宇宙，停止痛苦的同一自我形成，成為神，這些意味著：他的靈魂擴展到足以再度包容整個宇宙。

這裡所指的並不是學校、國民經濟或統治學所掌握的人，不是和街上走動的那幾百萬個沒兩樣的人，不是只能不被當一回事，只能被當作海邊的沙，或是燃燒濺起的火星的那種人：那和幾百萬或是加減多少並不相干，他們只是材料，除此無他。不，我們這裡所說的人

10 此句出於阿柏特・洛爾欽（Albert Lortzing, 1801-1851）歌劇《沙皇與木匠》（Zar und Zimmermann）第三幕。

是屬於更高意義的，是成為人的漫長道路的目標，是王者，是永垂不朽的。天才並不少見，就像經常顯示的，當然也不是那麼常見，不像文學和世界歷史甚至報紙常認定的。荒野之狼哈利應該是有天賦的，能嘗試冒險轉變成人，如果不是每遇困難就嗚咽地以他愚蠢的荒野之狼當藉口的話。

具有這種可能性的人以荒野之狼和「啊，兩個靈魂！」來應付，還常有那種對中產階級的懦弱的愛，這是既令人驚奇又沮喪的。能夠領會佛陀的人，對人類的天堂和煉獄有概念的人，不應該活在一個常識、民主和中產階級教育掌控的世界，他活在這樣的世界只是出於膽怯，而如果他的領域壓迫著自己，如果狹小的中產階級空間讓他覺得太擁擠，他就怪到「狼」的頭上，不想知道那匹狼是他目前最好的部分。他把自己之中所有狂野的部分稱為狼，覺得那是邪惡、危險的，是中產階級的恐懼——然而他自己，自認畢竟是個藝術家而擁有細緻感受，卻無法瞭解，除了狼以外，在狼的後面還有許多其他的活在他之中，並非所有的都屬於狼，這意味著他之中還住著狐狸、龍、老虎、猴子和天堂鳥。這整個世界，充滿溫順的、可怕的，大大小小的、強烈與溫和物種的整個天堂花園被狼童話壓迫和囚禁，就像真正的人被表面人類，被中產階級所壓迫和拘禁一般。

想像一座花園，其中有成千的樹木，有無數的花朵，種類繁多的水果，幾百種藥草。如果這座花園的園丁除了「能吃」和「不能吃」之外，不知道其他的植物學分類，那麼這個花園十之八九是他不知道如何對待的，他會拔起最神奇的花朵，砍掉最珍貴的樹木，甚至憎恨這些樹木並且厭惡地看著它們。荒野之狼就是這樣對待他靈魂裡的無數花朵，無法歸納到「人」或「狼」的，他就完全看不到——又有什麼是他不算到「人」頭上的！所有膽怯的、猴戲似的，所有愚蠢和微小的，如果不是剛好像狼的，他都歸到「人」那一邊，就像他把所有強壯和高貴的，只因為他無法加以主導，就歸入「狼」一類。

我們向哈利道別，讓他獨自繼續前進。如果他已經到達永生，如果他已經到達他艱困道路趨向的地方，他會如何驚訝地回顧這往復無常，回首他的道路狂妄又猶豫的迂迴曲折，他將會如何對著這匹荒野之狼鼓勵地、責備地、同情地、嘲弄地微笑！

我讀完這段文字，回想起幾星期前曾在夜裡寫下一首有些奇特的詩，也是關於荒野之狼的。我在堆滿東西的書桌上的紙堆裡翻著，找著以後唸了起來：

荒野之狼我踏步踱步，
世界白雪滿布，
烏鴉振翅飛離樺樹，
卻不見兔子不見鹿！
將會如何戀著鹿，
若我得見！
我攫著牠在我的牙間手底，
世間最美莫過於此。
我衷心對待這柔弱造物，

深深咬進柔軟咽喉，
喝足鮮血亮紅，
好讓我徹夜孤獨長嗥。
兔子亦遂我快意，
溫熱的肉在夜晚盡是甜蜜——
啊，這一切若與我分離，
生命更有何樂趣？
尾巴的毛已經灰白，
再也不能完全看得明白，
親愛的妻子已在幾年前向世間道別。
而今我踱步夢想著鹿，
踱步夢想著仔兔，

聽著風在冬夜裡吹拂，
用雪浸潤我燃燒的喉，
把惡魔帶進我可憐的魂魄。

於是我手邊有兩份自我圖像，一份是以雙行押韻詩描繪的自畫像，就和我本身一樣哀傷而充滿焦慮；另一幅則是冷淡的，看起來更具客觀性，是個不相干的人所作的，從外界和上方觀察我，是一個比我自己知道更多其實卻也更少的人所寫的。這兩份圖像放一起，我憂鬱而結巴的詩，還有一份陌生人寫下的高明論文，這兩份圖像都讓我難受，都是對的，都赤裸地描寫出我毫無指望的存在，都指出我的狀況是無可忍受與難以為繼。這匹荒野之狼一定要死，牠必須用自己的手了結自己可憎的存在——或是牠必須轉變自己，在重新自我審視的死亡火焰裡熔鑄，扯下自己的面具，追求重新自我塑造。啊，這個過程對我而言既不新鮮也非一無所知，我曉得這個過程，我早已經歷過好幾次，每次都發生在極度絕望的時候。每次在這種困難而翻江倒海的經歷當中，每一回的自我都碎成片片，深沉的力量每次都搖動摧毀這個自我，每一次都有一塊受到保護而特別喜愛的生命背叛了我而迷失。其中一次我失去了我的中產階級名聲以及我的財產，逼得我學會放棄我原本一直享有的尊重。另一次我的家庭生活在一夕間崩潰；我罹患精神疾病的妻子將我趕出屋子和舒適生活，愛與信賴轉眼間變成恨和致命的爭鬥，鄰居們同情而鄙視地從背後看著我，從那時起我開始變得孤單。然後又過了幾年，沉重又痛苦的幾年以後，當我在我之中，在嚴峻的孤獨和辛勞的自我訓練之下，建立起新的、禁慾而有靈性的生活和理想，又再度得到一定的平靜，達到生命的高點，投入抽象的思考練習和嚴格規律的冥想，在這之後，這樣的生活又再度崩潰，一下子就喪失了它可貴的崇高意義；狂野辛苦的旅途帶我重新穿梭在世界上，新的苦難和罪惡累積起來。在每一次這樣的經歷當中，在面具被撕下和理想崩潰之前都會先發生這殘忍的空虛死寂，致命的緊束、孤單和失去連繫，這空洞貧瘠的無愛絕望地獄，就像我現在又要穿越的一樣。

每當我的生命受到這樣的撼動，最後總還會贏得某些東西，這是無可否認的，贏得一些自由，一些性靈、深度，然而也多了些寂寞、不被理解和感冒。以中產階級那一面看來，我的生命經過一次又一次的崩解，是持續向下沉淪，是越來越偏離常規、被接納以及健康的。我在這幾年當中變成沒有職業、家庭、故鄉，不屬於任何社會族群，獨自一人，不被任何人所愛，被許多人厭惡，和眾人的意見與道德不斷發生慘烈的衝突，就算我活在中產階級圈子裡，基於我所有的感覺和思想，我在這世界上還是個陌生人。宗教、祖國、家庭、國家組織是我不屑一顧的，和我沒有任何關係的；科學、行會、藝術的自抬身價讓我嘔吐；我的看法，我的品味，我所有的思想，這些曾讓我看起來是個有天賦而受歡迎的男性，使我發亮的東西，如今都被我棄置而荒蕪，都讓人起疑。我在如此痛苦的轉變中即使曾經獲得一些看不見而無法衡量的——我卻必須付出高昂的代價，而我的生命每一次都變得更嚴峻、更困難、更孤單，更受到危害。真的，我沒有理由希冀這樣的道路能延續，這條路讓我的空氣越來越稀薄，就像尼采的秋詩[11]裡那陣輕煙。

是啊，我知道這些歷程，命運為它令人擔心、最棘手的孩子們所擇定的這種轉變，我對這些再瞭解不過了。我知道這些，就像野心勃勃卻一無所獲的獵人熟知狩獵活動，股市老手深知炒作、獲利、不安、浮動、破產一樣。所有這些折磨，所有的迷惑困境，對自我卑微和無足輕重的瞭解，可怕地擔憂著被擊潰，所有對死亡的恐懼，這些我現在真的應該再經歷一次嗎？要防止這許多苦難一再重複，抽身而出不是比較聰明而簡單嗎？的確，這樣是比較簡單而聰明的。荒野之狼的小冊子對「自殺者」的主張可能是這樣或那樣，卻沒有人能夠奪走我的樂趣，阻止我藉助二氧化碳、剃刀或手槍省略這個過程，它的沉痛是我真的必須經常且深刻體驗的。不，見鬼的，世界上沒有任何力量能要求我再次遭逢它們的死亡驚悚，再次重新自我塑造，再次完成新的重生轉世，轉世的目的和終點尚且不是平和與寧靜，只是再度重新自我否定，再度重新自我塑造！也許自殺是愚蠢、懦弱而卑鄙的，也許是個不名譽又充滿恥辱的緊急出口——脫離苦難之輪是每個人都衷心期望的，即使是個最卑劣的出口也可以，這

---

11 此處所指應是尼采的詩〈步入孤獨〉（Vereinsamt）。

裡再也沒有高貴勇氣和英雄主義的戲碼，我在這裡面臨的只是個簡單的選擇題，只要在小而短暫的痛和難以想像、燒灼的無盡苦難之間擇一即可。在如此困頓而瘋狂的生命裡，我已經夠常扮演高貴的唐吉訶德，把榮耀放在舒適前面，把英雄主義置於理性之上。夠了，也該結束了！

我終於躺到床上，清晨正打著哈欠穿過玻璃，這鉛灰色的、該死的冬雨清晨。我帶著決意躺到床上。最不尋常的卻是，在意識的最邊緣，即將進入睡眠的瞬間，荒野之狼小冊子上最奇特的段落一閃而過，就是提到「不死者」的那一段，連結著清楚的記憶，記起我有些時候，而且就在不久前，曾經非常接近地感覺到那些不死者，為了能在老音樂的一個節拍下，一起品嘗不死者那完全冰涼、明亮、堅定微笑著的智慧。這一切浮現、發出光芒、熄滅，沉重得像座山一樣，把睡眠壓在我的額頭上。

我在中午左右醒來，內心重回昨晚已澄清的狀態，小書放在床頭櫃上，還有我的詩。從我最近的生活混亂之中，我的決心冷靜而友善地看著我，經過一夜睡眠變得圓熟而堅定。匆忙不會造成困境，我就死的決心不是一時興起，它是個成熟且可留存的果實，慢慢成長而變得沉重，被命運之風輕輕拂動著，它的下一擊必令瓜熟蒂落。

我的旅行藥包裡有種止痛良藥，是種特別強烈的鴉片酊，我很少享用它帶來的樂趣，經常好幾個月都不用；只有在身體的痛苦折磨我到無法忍受的地步，我才會使用這種強烈的麻醉藥劑。可惜它並不適合用來自殺，我在幾年前試過一次。當時絕望再度將我包圍，我吞了相當多的量，足夠殺死六個人，卻沒有殺死我。我雖然睡著，在完全麻醉的情況下躺了幾個小時，之後卻讓我驚懼地失望，胃部的強烈痙攣讓我醒來，把毒物全部吐了出來，卻未完全回過神來，反而再度入睡，第二天中午我終於清醒過來，殘酷的清醒，腦子燒灼而空洞，幾乎完全沒有記憶。除了一段時間失眠和討厭的胃痛以外，這個毒藥完全沒有任何其他作用。

所以不必考慮這個方式。然而我接著在我的決心加上一個形式：一旦我又走到那個必須使用鴉片的地步，那就允許我不用這種暫時的而是有力的解決方式，死亡，而且是確切的，可信賴的死亡，用一顆子彈或是剃刀。一切都想清楚了——就按照荒野之狼小書上可笑的方式等到我五十歲那天，這對我來說畢竟還是太久，還有兩年的時間。不管是一年還是一個月，或是就在明天——大門是敞開的。

○○○

我不能說這個「決定」強烈地改變了我的生命，它讓我面對病痛比較無動於衷，在使用鴉片和酒精的時候比較沒有顧慮，對忍受的極限有些好奇，全部就這些了。那個晚上其他經歷的後續效果比較強烈。我又讀了幾遍荒野之狼的論文，有時全心全意帶著感激，就好像我知道有個看不見的魔術師智慧地引導著我的命運；有時又帶著嘲諷和輕視抗拒這篇論文的冷靜清醒，它似乎完全不瞭解我生命的特殊情緒和張力。裡面有關郊狼們和自殺者的片段可能完全是美好而聰明的，就種類、類型而言是充滿性靈的抽象意涵；然而對我個人，我自己的心靈，我自己獨一無二的個人命運，在我看來卻不是可以如此粗略歸納的。

我關注教堂圍牆邊的那段幻覺還是幻象勝於其他一切，那串應許的跳躍燈光文字和論文裡的說明一致。當時我得到許多承諾，那個陌生世界的聲音強烈地激起我的好奇，我經常好幾個小時完全沉溺其中反覆思索。而那些文字裡的警告越來越清晰地對我說：「不是任何人都能進入！」以及「唯獨瘋子能入場！」亦即我必須是瘋了而且更進一步脫離「任何人」之列，那個聲音才能傳進我耳裡，那個世界才會對我訴說。天啊，難道我不是早已距離一般人的生活相當遙遠，早已脫離正常人的生存與思考，我難道不是早已相當孤僻而瘋狂？然而我內心深處相當瞭解那聲呼喚，它要求我發瘋，拋棄理性，放下抗拒以及中產階級習性，獻身靈魂、幻想之中波濤洶湧而沒有規則的世界。

有一天，我又徒勞地在街頭和廣場尋找那個扛著廣告的男人，好幾次在那堵牆邊窺探地走過那道看不見的門之後，我在馬丁郊區碰上一支送葬隊伍。我觀察著死者家屬的臉，他們緩步走在靈車後面，我想著：在這個城市裡，在這個世界上，有誰的死亡對我而言是種損失？而我的死亡又會對誰有任何意義？雖然有艾莉卡，我的情人，的確，但是我們的關係已經有段時間相當疏遠，我們很少見面，不會爭吵，眼前我甚至不知道她在哪裡。她有時到我這裡來，或是我旅行到她那兒去，因為我們兩個都是孤單而難相處的人，在靈魂和心靈疾病方面有些相似，因此我倆之間才能維持關係。但是，如果她聽到我的死訊，她難道不會鬆一口氣，覺得輕鬆不少嗎？我不知道，也不知道我自己的感覺有多可靠。人必須活在正常和可能性之中，才能大概知悉這類事情。

這時我已經隨著心情加入那支送葬隊伍，跟在遺族後面一起走到墓園，那是個水泥搭建的現代私人墓園，具備火葬場和所有繁文縟節。然而我們的死者不會被火化，而是在棺木裡被放到一個簡單的地穴裡，我看著牧師和常見的兀鷹——葬儀公司的職員，進行自己的工作，試著讓喪禮看起來備極哀榮，結果被這番做作、尷尬和欺瞞弄得疲累不堪，變得可笑；我看著黑色的制服在他們身上發皺，他們如何盡力讓送葬人群維持情緒，強迫他們在死者的尊榮前屈膝。一切都是徒勞，沒有人落淚，死者對所有的人都是可有可無的。也沒有任何人被帶到虔誠的情緒裡，當牧師不斷以「親愛的基督教友們」向送葬者說話，這些商人、麵包師和他們的妻子沉默的商業面孔，都帶著扭曲的嚴肅朝下望著，尷尬、虛偽，只希望這個不舒服的儀式趕快結束，完全不為其他所動。接著葬禮結束了，基督教友當中站在前面的兩個按了按演說者的手，在旁邊的草地擦掉鞋子沾上的死者下葬處的潮溼黏土，他們的臉不再無聊，再度回復尋常而人性的臉，突然間他們其中一個讓我覺得面熟——我覺得他好像是當時扛著廣告，把那本小書塞到我手裡的那個人。

在我覺得認出他來的那一刻，他於是轉身彎腰，費事地弄好他拉到鞋子上方的褲腳，然後迅速地跑開，雨傘夾在腋下。我在他後面跑著，追上他，朝他點了點頭，然而他似乎不認得我。

「今天沒有夜間娛樂嗎？」我問他，試著朝他眨眨眼，就像分享祕密的人彼此會作的那樣。不過我還熟練這種表情的時代已經過去很久了，以我的生活方式我幾乎忘了怎麼說話；我覺得自己只是擠出一個笨笨的鬼臉。

「夜間娛樂？」那個男人嘟囔著，陌生地看著我的臉，「您到黑鷹那兒去吧，先生，要是您有需要的話。」

其實我再也不確定他是不是那個男人。我失望地繼續走著，我不知道往哪兒去，沒有目標，沒有追求，沒有我應盡的責任。生命嘗起來畢竟是苦的，我感覺到，那長久以來高漲的噁心感如何到達巔峰，生活如何排擠我，拋棄我。我憤怒地跑過這灰色的城市，所有一切在我聞起來都有著潮溼泥土和墳墓的味道。不，在我的墳邊不容許任何死亡兀鷹站著，不要穿著禮袍嘟噥著感性的基督教友！啊，我舉目所見，我思所及都沒有歡愉可期，無處呼喚著我，無處可感覺受到牽引，到處都散發著陳腐的消耗殆盡，陳腐的差強人意，一切都如此老舊、殘破、灰暗、軟弱和筋疲力竭。親愛的上帝，這怎麼可能呢？我怎麼會發生這樣的事，我這帶著翅膀的年輕人、詩人、謬斯的朋友、漫遊世間的人以及熱情的理想主義者？衝著我來的癱瘓和憎恨，還有所有感覺的一切阻塞，這深刻又邪惡的厭惡，這個內心空虛和絕望的汙穢地獄，為何那樣緩慢又隱伏地發生在我身上？

當我走過圖書館，我遇到一個年輕的教授，我曾經和他談過一兩次話，那是我上次在這個城市停留的時候，幾年前甚至數次到他的住處拜訪，好和他討論東方的神話，那是我當時相當專注研究的領域。那個學者走向我，僵硬而有些近視，我已經打算走過他身邊，那時他才認出我，十分誠意地撲向我，而我，以我可悲的想法，對他的感激並不由衷。他高興得放開來，因為我們過去的談話記起我，擔保他非常感謝我的看法，而且常常想到我，從那以後他就不常和同事們進行這麼刺激而收穫豐富的討論了。他問我何時到城裡來的（我謊稱只有幾天），以及我為何沒有去找他。我看著這規矩的男人有教養的美好臉龐，覺得這一幕其實可笑，卻仍然像一隻飢餓的狗享受這許多溫暖，吞一口愛，咬下他的認可。郊狼哈利感動地作著鬼臉，乾燥的咽喉裡聚集起唾液，感傷不顧他的意願讓他駝了背。是唷，我於是熱情地撒著謊，說我只是臨時到這裡來，半做些研究，而我又覺得身體不是那麼舒服，否則當然會去拜訪他。這時他誠心地邀請我今天傍晚和他一起消磨，我感激地接受了，向他太太表達我的問候。熱情的說話和微笑讓我的雙頰發痛，我這兩頰已經不再習慣這麼費力。當我，哈利・哈勒爾，站在街上，喜出望外、受盡奉承，禮貌而熱切，對著這個友善的男人近視的美好臉龐微笑著，另一個哈利這時正站在一旁，同樣作著鬼臉，站著歪著臉，想著我其實是怎樣奇特、扭曲而不老實的兄弟，兩分鐘以前還詛咒著世界，激動地咬牙切齒，而現在不過遇到一聲呼喚，一個值得尊敬的正直人士無害的問候就讓我感動，過度熱情地稱是說阿門；享受一絲善意、尊重和友善的時候，就像隻嫩仔豬一般翻滾。於是這兩個哈利就這麼站著，兩個彼此極度不友善的人物，面對著有教養的教授，彼此嘲諷，彼此觀察，互相唾沫，然後就像每次發生這種情形，又再一次提到那個問題：這單純是人類的愚蠢和弱點，普遍的沒人性，還是這樣敏感的利己主義，缺乏個性，感覺的混沌和分裂只是一種個人的、郊狼的特點；如果這種卑劣的個性是普遍人性的，那麼我對世界的蔑視又重新衝了上來；如果那只是我個人的弱點，那麼就有理由來一場自我輕視的狂歡。

在兩個哈利的爭執下，教授幾乎完全被遺忘；突然間我又覺得他煩人，急忙擺脫他。我從背後看著他良久，看他如何在光禿禿的林蔭大道上走遠，像個理想主義者，有種信徒般善心又有些怪誕的走路方式。我內在的殺戮激烈吵嚷著，機械式地把僵硬的手指彎起又伸直，和暗自升起的痛風戰鬥著，我必須承認我適才愚弄了自己，結果攬了個七點半的晚餐邀約，連帶承擔禮貌、科學閒聊、觀察陌生家庭幸福的責任。我生氣地走回家，把白蘭地兌水，吞下我的痛風藥丸，躺在長椅上，試著看書。當我終於成功地讀了一會兒《蘇菲從梅莫爾到薩克森的旅行》，一本源自十八世紀令人愉快的閒書，我忽然又想起那個邀約，而我還沒有刮鬍子，也還要換衣服。天知道我為什麼要這般對待自己！所以，哈利，站起來，把你的書放到一邊，塗上肥皂，把你的下巴刮到流血，穿好衣服，喜愛大家吧！正當我塗肥皂的時候，我想到墓園裡骯髒的黏土坑，今天那個陌生人被放下的地方，還想到無聊的基督教友們板著的臉，一點都笑不出來。在我看來，在那裡結束的，在那個髒汙的黏土坑洞旁邊，隨著傳教士困窘的語句，隨著送葬者愚笨而尷尬的表情，看到所有鉛製和大理石製的十字架與牌匾時無望的目光，所有那些假的鐵絲花和玻璃花，在那裡結束的不只是那個陌生人，不僅明天或後天我也會在那裡走到終點，被眾人圍繞，在參與者的困窘和虛偽下聚集在汙穢裡；不，一切都會如此終結，我們所有的努力，整個文化，整個信仰，我們全部的生命歡愉和樂趣是那樣的病態，也即將在那裡被掩埋起來。墓園是我們的文化世界，裡面有耶穌基督和蘇格拉底，有莫札特和海頓，但丁和歌德，都只是生鏽的鉛墓碑，周圍站著尷尬虛假的送葬者，他們可能會多付出一點，如果他們還能夠相信那些鉛板，那些對他們而言曾經是神聖的東西；他們可能會多付出一點，就算只能說些正直嚴肅的追悼話語，以及說出對這個沉淪世界的絕望，而不是除了困窘、作鬼臉地團團站在墳邊以外什麼都沒留下。我憤怒地一再刮著下巴的同一個地方，傷口刺痛了一會兒，還要把剛換上的乾淨領子再換一次，完全不知道我為什麼要做這些，因為我一點都不想赴約。然而一小塊哈利又在作戲，說教授是個令人喜歡的傢伙，希望聞一些人味，閒聊一下，有人作伴，想起教授美麗的妻子，覺得在一個友善的主人家度過一個晚上，這基本上還是滿讓人高興的，而且幫我在下巴貼了塊創絆貼布，幫我穿好衣服，打上一條體面的領帶，和氣地讓我打消主意，不再如我原先期望的待在家裡。我同時又想：就像我現在穿著整齊要出門，拜訪教授，和他交換一些或多或少虛假的客套，全都不是原來設想的，大部分的人每天就這樣生活這樣進行著，一個又一個小時被迫的，不是原來就想做的，拜訪別人，聊天，在辦公室裡坐著等下班，所有的都是強迫的，機械式的，不帶希冀的，所有這些事盡可用機器做得一樣好，或是根本不做；正是這永遠運作下去的機械式阻攔這些人，以及我，對自己的生活進行批判，認清以及感覺生活的愚蠢和膚淺，它可憎扭曲的疑惑，無望的悲傷和荒蕪。啊，他們是對的，非常對，人類這樣活著，玩著自己的小把戲，追逐自己的重要性，而不是對抗抑鬱的制式生活，絕望地盯著空洞，就像我這脫軌的人所做的。就算我在這幾頁文字當中藐視人類，加以嘲諷，畢竟不會有人因此以為我想把罪過推到他們身上，控訴他們，想把我個人的悲慘歸咎於他人！然而我，這個我現在已經走得那麼遠，已經站在生命的邊緣，即將落入無底的黑暗，如果我試著欺騙自己和他人，就好像我還跟隨那種機械形式，好似我還屬於那個永恆作戲的軟弱幼稚世界，那麼我就是做了不義之事撒了謊！

那個夜晚結果相當奇妙。在朋友的房子前面我站定了一會兒，向窗戶張望。那裡住著這個男人，我想著，他年復一年地做著自己的工作，閱讀評論文章，找出小亞細亞和印度神話之間的關連，從中得到樂趣，因為他相信自己作為的價值，他相信科學，相信他服務的這個對象。他相信單純知識的價值，儲存知識的價值，因為他相信進步，相信發展。他沒有經歷過那場戰役，沒有經歷過直至目前的思想基礎因為愛因斯坦而發生的顛覆（他以為那只和數學家相關），他看不到四周即將展開的下一場戰爭，他認為猶太人和共產主義者是可恨的，他是個乖巧、沒思想、愉快而自恃重要的孩子，他著實讓人羨慕。我推了自己一把走進去，穿著白圍裙的女傭接待我，出於某種預感我仔細注意她把我的帽子和大衣帶去哪兒。我被帶到一個溫暖明亮的房間，她請我在那裡等著。不想念些禱文或者小睡片刻，我順著嬉戲的慾望，把旁邊引我注意的東西拿在手裡。那是一幅小小的加了框的畫，放在圓桌上，用一片硬挺的厚紙板讓它斜立著。那是一幅銅版蝕刻，呈現的是詩人歌德，一個充滿個性、髮型出眾的老人帶著一張美麗修飾過的臉龐，臉上既不缺那著名的灼熱雙眼，也不乏些微宮廷任職沾染上的寂寞和悲壯，那是這個創作者特別著力的。他成功地賦予這個惡魔般的老者一些教授的，或許也是演員的自制和正直的特性，卻無損其深度，而且總體來說，將他呈現為一個十分美麗的老先生，足以裝飾任何中產階級房舍。也許這幅畫不比勤勞藝匠所製造的那些溫和救世主、使徒、神人、精神英雄和政治家的畫像愚蠢，也許這幅畫只是因為某些精湛的技巧讓我感到激動；不管創作者本意何在，無論如何——我已經相當受到刺激而憤怒——這幅老年歌德空洞而自滿的畫像，立刻就讓我感到一種糟糕的不和諧，讓我知道這裡不是我該待的地方，這裡是優雅塑造的高齡大師和國家偉人的居所，不是荒野之狼的。

如果這時走進來的是房子的主人，那麼也許我能成功地用可接受的藉口告退。然而進來的卻是他的妻子，於是我從善如流，雖然我覺察到不祥。我們彼此問候，初步分歧接著更大的一個：女主人讚美我良好的外貌，而我卻太清楚自己從上次見面以來蒼老了多少，光是和她握手，有痛風的疼痛手指就不舒服地提醒了我。呃，然後她問我，我親愛的妻子可好，我只得告訴她，我的妻子離開了我，而且我們已經離婚。教授走了進來，我們兩個都很高興。教授也誠摯問候我，情況的走調和怪異可想而知被十足巧妙地表達。他手裡拿著報紙，他訂閱的那份報紙是一份鼓吹軍事和戰爭的派系報紙，他和我握手以後指著那份報紙對我說，裡面提到一個同姓的人，有個時事評論家哈勒爾，報載他一定是個討厭的傢伙和不識祖國的人，這個人取笑德皇，公開表示他的祖國對戰爭爆發所負的責任不少於敵對國。會是怎麼樣的一個傢伙！好啦，這小子聽說，報紙編輯部已經把這隻害蟲徹底解決掉，並且加以譴責。當他發現我對這個話題不感興趣，我們就換到另一個話題，而他們倆真沒想到會有個這麼粗魯的人坐在他們面前，但事實如此，我就是那個粗魯的傢伙。唉，何必吵吵嚷嚷令人不安！我暗自嘲笑，卻失去最後一絲希望，今晚再也不可能遇到一些令人愉快的事。我清楚記得這個時刻，就在教授提到那個叛國哈勒爾那一刻，我內心最惡劣的憂鬱和絕望情緒加深，那是從葬禮那一幕以來在我內心不斷積壓而越來越強，變成一種可憎的壓力，變成一種身體（下半身）可感的緊急狀況，一種令人窒息而充滿憂慮的宿命感，它衝著我窺伺著，覺得危險從背脊湧上。幸好這時傳來通報，餐點已經準備好了。我們走進用餐室，當我盡力地不斷提起或是問些無關痛癢的事，我就吃得比平常更多，隨著時間覺得自己越來越可悲。我不斷想著，我的天啊，為什麼我們要這麼費勁兒？我清楚感覺到，我的東道主根本也不覺得舒坦，保持興致耗費他們的精力，可能是因為我讓人感覺沉鬱，也可能在這屋子裡還有什麼不對勁的。他們老是問一些我無法懇切回答的問題，我一度完全撒謊，抗拒伴隨著每個字的噁心感。最後，為了轉移話題，我開始敘述我旁觀的那場葬禮。可是我沒有搭對腔，我想表現幽默的嘗試顯得敗興，我們離彼此越來越遠，荒野之狼在我之中露出猙獰的牙齒笑著，吃點心的時候我們三個都相當沉默。

我們回到最初的那個房間喝咖啡和酒，也許對我們會有些幫助。然而這時我又注意到那個詩人諸侯，雖然他被放在一邊的家具上。我沒辦法擺脫他，即使我不是沒聽到內在的警告聲音，我還是又把它拿在手上，開始和它爭執。我就像被那種覺得這個情況難以忍受的感覺所占據，而我現在必須成功地讓我的東道主又熱切起來，吸引他們，讓他們應和我，或是將情況完全引爆。

「希望歌德的長相不是真的像這樣！」我說：「這種虛誇而高尚的架式，這種逢迎周遭人的體面，在男性的膚淺之下這極度溫情感傷的世界！當然他有許多不受贊同的地方，我也常對這個擺架子的老先生有意見，然而用這樣的方式來呈現他，不，這太離譜了！」

女主人把咖啡完全灌下去，臉色非常難堪，然後急忙走出房間。她的丈夫解開我的疑惑，半尷尬半責備地告訴我，那幅歌德像是她太太的，而且她特別喜歡，「即使客觀而言您是對的，而我其實並不贊同您的看法，您也不應該如此直接說出來。」

「您說得對，」我承認：「可惜這是我的習慣，一種惡習，總是選擇最直接的說法，歌德在他風光的時候也這麼做。甜美市儈的沙龍歌德當然不會用直接、真誠、不拐彎抹角的表達方式。我請求您和您的妻子原諒——請您告訴她我有精神分裂症，同時也請允許我向您道別。」

有些不好意思的主人雖然略有微詞，還是重提到我們過去的談話是多麼美好而有啟發性，我對米特拉絲[12]和黑天[13]的推論當時讓他印象深刻，他原本希望今天的談話也會是如此……諸如此類。我向他道謝，這些話非常友善，可惜我對黑天的興趣，還有對科學談話的興致已經徹底消失，我今天還對他說了好幾次謊，比如我不是幾天前才來到這個城市，而是已經住在這裡好幾個月，過著自己的生活，已經不再適合和比較高尚的人士往來，因為第一我總是脾氣很壞而且痛風纏身，第二我經常喝醉。更有甚者，為了讓彼此關係明朗，至少不要像騙子一樣離開，我必須對尊貴的先生解釋，他今天其實相當冒犯了我。他認同那個愚蠢、頑固、無所事事的軍官的說詞，而未就一份反動報紙針對哈勒爾的意見提出合乎學者身分的看法。這位「老兄」、沒有祖國的傢伙哈勒爾其實就是我自己，而這對我們的國家和這個世界比較有益，如果至少有一些有想法的人擁戴理性，表態熱愛和平，而不是盲目狂熱地追求新一場戰爭。就這樣，願上帝保佑您，再見。

於是我站了起來，向歌德和教授道別，在房間外面從掛鉤上拿了我的東西然後離開。幸災樂禍的狼在我的靈魂裡大聲嗥叫著，兩個哈利之間上演了一場劇力萬鈞的戲，因為我立刻就明白了，這個不愉快的夜晚對我的意義大於對那個生氣的教授；對他而言這一夜只是失望

12 米特拉絲（Mithras），是古羅馬神祇，太陽的擬人形象，然而同時也和另一個印度—伊朗宗教崇拜的神祇同名，所司卻不盡然相同。

13 黑天（Krischna），婆羅門教—印度教最重要的神祇之一，根據印度教教義，祂是主神毗濕奴的第八個化身。

和一場小小的不愉快，對我而言，今晚卻是最後的失敗和逃脫，是我向中產階級、道德、學究世界的道別，是荒野之狼的完全勝利。這也是身為逃犯和戰敗者的告別，對自己宣告破產，不留餘地、沒有優勢、沒有幽默的告別，我向從前的世界和故鄉、中產階級、世俗、博學多聞告別，就像那個男人告別因為豬排而發生的胃潰瘍。我憤怒地跑過街燈，憤怒而且悲傷得要命。這是如何絕望、羞愧、惡劣的一天，從早到晚，從墓園到教授家的那一幕！何必？為了什麼？把更多這樣的日子扛在身上，喝更多這樣的湯有何意義？沒有！所以今夜我要讓這齣喜劇落幕。回家，哈利，割斷你的咽喉吧！你已經等待夠久了。

我來來回回地跑過街道，悲慘駕馭著我。唾沫那些好人的沙龍裝飾當然是件蠢事，愚蠢又沒禮貌，然而是我能做的，終究只能這麼做，我再也無法忍受這種溫馴、虛偽、安分的生活了。而看來，我也無法繼續忍受孤單，我自己的社交圈也難以言喻地痛恨我，讓我反胃，因為我在自己的地獄裡沒有空氣的地方窒息地四處攻擊，那裡還能有什麼出路呢？沒有。啊～父親與母親，啊～我年輕的遙遠神聖火焰，啊——我生命的無數愉悅、工作和目標！我再也沒有什麼剩下的，就連悔恨也闕如，唯有嘔吐和痛苦。從未，在我看來，必須活著未曾如此刻令人這般痛苦。

我在一家無望的市郊酒館稍作休息，喝著水和白蘭地，然後繼續跑，被惡魔追逐，在老城區陡峭彎曲的巷子裡跑上跑下，走過林蔭大道，穿越車站廣場。繼續旅行！我想著，走到火車站，盯著牆上的火車時刻表，喝一些酒，試著思考。越來越近，越來越清楚，我開始看到那些令我害怕的鬼魅，那是回家，回到我的房間，回到絕望前的保持安寧！我沒辦法逃脫，就算我四處再跑好幾個小時，不要回到我的門前，不要回到有書的桌子，不要回到上方掛著我情人照片的躺椅，不要回到我把剃刀抽出而非得割斷喉嚨的那一刻。這幅圖像在我面前開展地越來越清楚，而隨著快速敲擊的心，我越來越清楚感覺到最深的焦慮：死亡恐懼！是的，我對死亡有種可怕的恐懼。雖然我看不到其他出路，雖然嘔吐、苦難和絕望堆積在我的周圍，雖然再也沒有什麼能吸引我，再也不能帶著愉悅和希望做任何事，我卻對處決害怕得說不出口，懼怕那最後一刻，懼怕在自己肉上切開一道冰冷的口子！

我看不到出路能讓我逃離所懼怕的。如果絕望與懦弱之間的戰鬥在今天是懦弱戰勝，明天和以後每一天，絕望都會再度站在我的面前，因為自我蔑視而更加升高。我會把刀子拿在手上良久，最後仍然把刀丟掉，直到最後我真的那麼做為止。那麼還是今天就做吧！我理性地對自己說，就像被嚇壞的孩子，只是那個孩子卻不聽，轉身跑開，他想活著。發著抖我被拉扯著繼續穿過這個城市，我在自己公寓周圍兜著大圈子，總是想著回家，總是一再往後延。我不時停在某個酒吧，喝一杯的時間，喝兩杯的時間，然後又繼續被驅趕著，在目標周圍繞著圈，圍繞著剃刀，圍繞著死亡。我有時筋疲力竭地坐在長條椅上，坐在噴泉邊，路緣石上，聽著我的心跳動，把額頭的汗抹掉，再繼續跑，充滿致命的焦慮，充滿對生命的灼熱渴望。

那個深夜，我被牽引到一個偏僻而有些熟悉的郊區，進到一間酒館，窗戶後面響著昂揚的舞曲。走進去的時候我看到門上有塊舊牌子：黑鷹酒館。裡面舉辦免費之夜，人群、煙霧、酒氣和叫聲，後面那個廳是跳舞的地方，舞曲狂躁著。我留在前面，都是些衣著簡單甚至有些寒酸的人，而在後面的宴會廳卻可瞥見優雅的身影。被推擠著穿過這個空間，我被擠到自助餐區旁的一張桌子邊，有個俊俏而蒼白的女孩坐在牆邊椅子上，穿著一身單薄低胸的小禮服，頭髮上插著一朵凋萎的花。那個女孩瞥見我，看見我進來的時候，關切而友善地凝視著我，挪向一邊為我騰出位子。

「可以嗎？」我問她，然後在她旁邊坐下。

「當然可以，」她說：「你叫什麼名字啊？」

「謝謝，」我說：「我不可能回家，我不能，我不能，我要留在這裡，留在您身邊，如果您同意。不，我不能回家。」

她點頭，好似她瞭解我，在她點頭的時候，我看著從她的額頭經過耳朵垂著的卷髮，我看出那朵凋萎的花是山茶花。音樂從那頭飄過來，自助餐區女服務生快速地吆喝著點餐。

「盡管留在這裡，」她用一種讓我感到舒服的聲音說：「你為什麼不能回家？」

「我不能。家裡有些什麼在等著我——不，我不能，那太可怕了。」

「那就讓它等著，留在這裡。來，先擦一下你的眼鏡，你根本什麼也看不到。哪，把你的手帕給我。我們要喝些什麼？勃艮地？」

她幫我擦好眼鏡，那時我才看清楚她，蒼白結實的臉龐上，嘴脣塗抹著血紅色，有著淺灰色的眼睛，光滑冰冷的額頭，耳朵前面短卷的髮綹。善良又帶著一絲嘲笑她照看著我，點酒，和我碰杯，這時她朝下看到我的鞋子。

「天啊，你是從哪來的？你看起來就像從巴黎走路過來的。可不能穿這樣來參加舞會。」

我說是又不是，笑了一下，讓她說嘴。我非常喜歡她，為此我有些驚奇，因為這樣年輕的女孩是我一直閃避的，也比較帶著不信任來看她們。而她恰到好處地對待我——啊，她從這時開始就一直是這樣和我相處。她這樣愛護地對待我，正如我所需要的，又是那樣嘲諷，正如我所需要的。她點了一份加料的麵包，命令我吃下去；她幫我倒酒，要我喝一口，但是不能太急。接著讚美我的服從。

「你很乖」，她活潑地說：「你不刁難人。要不要我們打賭，距離你上次必須聽命於人已經有很長一段時間了？」
「的確，您贏了。您怎麼知道的？」
「簡單得很。服從就像吃喝一樣——長期缺乏的人就非常重視。不是嗎，你喜歡聽命於我？」
「非常樂意，您知道一切。」
「你讓別人好過。也許，我的朋友，我也能告訴你這是怎麼回事，是什麼在家裡等著你，你這麼擔憂的是什麼事。但是你自己知道得很清楚，我們不需要說這些，可以吧？傻東西！也許有人把自己吊死，嗯，那麼他就是會吊死自己，他會找到理由這麼做；或者他繼續活下去，那麼他只需要關心生活。沒有更簡單的了。」
「啊，」我叫出聲來：「如果真是那麼簡單！天知道我夠關注生活，卻一點幫助都沒有。吊死自己也許困難，我不清楚，但是生活更加困難許多許多！天知道那有多困難！」
「那你將會看到那有多簡單，小孩都會。我們已經起了個頭，你擦過眼鏡，吃過東西，喝了些酒。現在我們就去刷一下你的長褲和鞋子，有必要的。然後你會和我跳一支搖擺舞。」

「那麼您會知道，」我急切地說：「我是對的！不能執行您的命令是最讓我難受不過的，然而這一個正是我辦不到的。我不會跳搖擺舞，也不會華爾滋、波卡還有不管什麼名稱的這些舞，我這輩子還沒學過跳舞。現在您知道，所有一切不是那麼容易的，您認為呢？」

這個美麗的女孩用她血紅色的嘴唇微笑著，搖著那堅定、剪著小男生髮型的頭。當我看著她，她看起來就像羅莎·克萊斯勒，我曾經把她當男孩似地愛戀過的第一個女孩，不過她的膚色比較深，有著深色的頭髮。不，我不知道這個陌生女孩讓我想到誰，只知道那是非常年輕時的記憶，來自男童時代。

「慢著，」她大聲說：「慢點！也就是說你不會跳舞？根本不會？連單步舞都不會？而你居然宣稱，天知道你為了生活付出多大努力！你可沒說實話，年輕人，以你的年紀可不該再這麼做。是噢，你怎麼能說你已經盡力生活，如果你連跳舞都不願意？」

「可我就是不會！我根本沒學過。」

她笑了。

「但是你學了讀和寫，對吧？還有計算，也許還學了拉丁文和法文諸如此類的？我打賭，你在學校裡坐了十年或者十二年，可能還進大學，也許甚至拿到博士頭銜，還會說中文或是西班牙文，或是不會？這樣……但是你卻挪不出一點時間和金錢來上一些舞蹈課！拜託！」

「都是因為我父母親，」我自我辯解：「他們讓我去學拉丁文、希臘文還有這一切有的沒的，唯獨沒讓我學跳舞，那對我們不流行，我的雙親自己都沒跳過舞。」

她冷冰冰地看著我，充滿輕蔑，她的臉又說了些什麼，讓我記起早期的青少年時代。

「那麼就是你父母的罪過了！你問過他們你今天晚上可以來黑鷹酒館了嗎？問過了嗎？他們早已經過世了吧，你說？那就是啦！如果你只是因為服從所以在少年時代不想學跳舞——隨你高興！雖然我不相信你當時會是那麼乖的孩子，但是那之後呢——後來這許多年你都做了些什麼？」

「啊，」我坦承：「我自己也不知道，我上了大學、演奏音樂、讀書、寫書、旅行……」

「你對生活的看法真奇怪！也就是說你一直做些困難而複雜的事，但是那些簡單的卻一點都沒學到？沒時間？沒興趣？我無所謂，感謝老天爺我不是你媽。但是你這麼做，好像把生命的一切都嘗試過卻什麼都沒找著，不，這可不行！」

「您別責怪我！」我懇求著：「我已經知道我自己瘋了。」

「哎，什麼呀，別對著我唱歌！你絕對沒瘋，教授先生，你對我而言根本不夠瘋狂！你只是用一種愚蠢的方式聰明，我覺得，就像個教授一樣。來，再吃一個小麵包！然後再繼續說。」

她又幫我點了一份小麵包，在上面撒了點鹽，抹了一些芥末，為自己切了一小塊，然後叫我吃掉其餘的部分。我吃了，我會做任何她要我做的事，所有的，除了跳舞以外。服從某人讓我非常舒服，坐在某個人身邊，那個人盤問別人、命令別人、排擠別人。如果教授或是他的妻子在幾個小時之前這麼做，會省了我不少事，不，這樣就好，不然我會錯過許多！

「你到底叫什麼名字？」她突然問我。

「哈利。」

「哈利？男孩的名字！你也的確是個孩子，雖然頭髮裡有幾撮灰斑。你是個男孩，應該要有人照看著你。我不會再提到跳舞的事。不過你是怎麼理頭的！你難道沒有太太，沒有情人？」

「我不再有太太了，我們離婚了。我有個情人，不過她不住在這裡，我很少看到她，我們相處得不太好。」

她從齒縫吹口哨。

「你似乎是個很難相處的先生，才會沒有人在你身邊。不過現在說一下：今天晚上發生了什麼特別的事，讓你像個幽魂似地在世界裡跑來跑去？和人吵架？賭輸錢？」

這實在不容易說明。

「您看看，」我開了頭：「其實都是小事。我受邀到一個教授家去——我自己可不是教授——其實我根本不應該去，我已經不再習慣和人坐在一起聊天，我已經忘記該怎麼做了。我進到那個屋子的時候已經感覺到會不順利——我把帽子掛起來的時候，就已經想到自己可能馬上又要用到它。這個教授家，桌上放了一幅畫，一幅愚蠢的畫，讓我生氣……」

「怎麼樣的一幅畫？為什麼生氣？」她打斷我。

「那是一幅呈現歌德的畫——您知道那個詩人歌德，然而畫上的樣子根本不是他真正看起來的樣子——這其實根本沒有人確切知道，他已經死了一百年了。只是某個現代畫家照他自己的想像把歌德加以修飾，就是這幅畫讓我生氣，讓我厭惡到極點——我不知道您是否瞭解我的意思？」

「我很瞭解，不用擔心，繼續說！」

「以前我就和這個教授不是很合，他就像幾乎所有的教授，是狂熱的愛國主義者，在戰爭的時候乖巧地幫著欺騙人民——當然他堅信這是正確的，我卻是反戰的。哎呀，無所謂，接著說。我其實根本不需要看那幅畫……」

「你其實不必……」

「但是第一我為歌德感到難受，我其實非常非常喜歡歌德，結果是，我想——是這樣，我想到或是感覺到：我坐在一些人旁邊，一些我覺得是同類的人，也以為他們會和我一樣那麼喜歡歌德，對歌德會有類似的看法；現在他們卻擺了這張沒有品味、造作的、美化的歌德像，還覺得這畫很好而根本沒注意到，這幅畫的精神剛好和歌德的精神相反。他們覺得這幅畫美妙，他們這樣我也無所謂——然而我對這些人曾經有過的所有信賴，所有和他們之間的友誼，所有親近和彼此相屬的感覺都消失了。此外，其實我們的友誼也不是那麼偉大。於是我就生氣、悲傷，發現我獨自一個人，沒有人瞭解我。您瞭解嗎？」

「容易瞭解，哈利。然後呢？你有沒有把那幅畫丟到他們頭上？」

「沒有，我責備他們，然後走掉了，我想回家，但是——」

「但是這樣就不會有個老媽子來安慰那個笨孩子，或是責罵他。是啊，哈利，你幾乎讓我難受，你是個無比孩子氣的人。」

的確，看來我已經覺悟。她給我一杯酒喝，她對我的確像個媽媽，然而這當中有片刻我發現，她是那樣美麗而年輕。

「那麼，」她又重新開始，「所以歌德已經在百年前死去，而哈利很喜歡他，而且對他有個奇妙的想像，想像他看起來會是什麼樣子，而且哈利是對的，不是嗎？但是那個畫家，他也對歌德著迷，還幫他作了一幅畫像，他的想法是錯的，教授也是錯的，其實大家都不對，因為那不合哈利的意，那是他不能忍受的，於是他責備這些人然後跑走！如果他是聰明人，他只會取笑這個畫家和這個教授。如果他瘋了，他就會把他們的歌德丟到他們臉上。但是他只是個小男孩，於是他跑回家想上吊自殺——。我完全瞭解你的故事，哈利，這是一個奇怪的故事，讓我發噱。等等，不要喝這麼急！勃艮地紅酒要慢慢喝，不然很上火。你什麼都要人家講，小男孩。」

她的眼光凌厲，帶著警告，就像一個六十歲的女教師。

「是，」我滿意地求懇著，「您就對我說任何話吧。」

「我應該對你說什麼？」

「任何您想說的。」

「好，那我對你說點什麼。一個小時以來你都聽到我對你用平輩稱呼，而你還對我用敬稱。總是拉丁文和希臘文，總是儘可能複雜！如果有個女孩對你用平輩稱呼，而你不討厭她，那麼你也應該對她用「你」來說話。這樣你又多學了一樣。第二，半小時以來我知道你叫哈利，我知道因為我問過你。然而你卻不想知道我叫什麼名字。」

「喔不，我非常樂意知道。」

「太遲了，小子！如果我們再次相遇，你可以再問一次，今天我就不說了。好了，我現在想跳舞。」

她作勢要站起來，我的心情突然跌到谷底，我擔心她可能離開，留下我一個人，那麼一切又回復像之前那樣。就像暫時消失的牙痛突然又回來了，也像火在燃燒，一瞬間憂慮和恐懼又再度浮現。哦上帝，我難道能夠忘記等著我的是什麼？一切又有何不同嗎？

「等等，」我哀求地叫著：「請您——請你不要走開！你當然可以跳舞，隨你喜歡跳幾首，但是請不要離開太久，要再過來，再過來！」

她笑著站起身來，我把她想像得更高些，她非常修長，但是並不高。她又讓我想到某個人——誰？我想不起來。

「你會再過來嗎？」

「我會回來，但是可能要過一會兒，大概半個小時甚至一個小時。我要對你說：閉上眼睛睡會兒，這是你迫切需要的。」

我讓路給她，於是她走開了；她的小禮服拂過我的膝蓋，一邊走著她一邊看著一面很小的圓形鏡子，挑高眉毛，用一小塊粉撲擦過下巴，然後消失在舞廳裡。我環顧四周：陌生的臉，抽菸的男人，大理石桌上翻倒的啤酒，到處都是吵嚷和尖叫聲，交雜著舞曲。我應該睡一下，她說過的。啊，好孩子，你猜到我的睡眠比鼬鼠還害臊！在這個市集裡睡覺，坐在桌邊，在交錯的啤酒杯間；我啜了口酒，從口袋掏出菸，摸索著火柴，卻根本不想抽，我把菸放在前面的桌子上。「閉上眼睛」，她曾對我說。天知道這個女孩子怎麼會有這樣的聲音，有點低沉而美好的，像母親一般的聲音。服從這個聲音是好事，我經驗過了。我順從地閉上眼睛，頭倚著牆，聽到無數躁動的聲響襲向我，嘲笑著在這個地方睡覺的想法；我決定走向舞廳門，及時地看一眼舞廳——我一定要看看我美麗的女孩跳舞——動了動椅子下方的雙腳，這時我才察覺到，四處亂晃了好幾個小時讓我疲累不堪就坐著不動。於是我就睡著了，聽從母親的命令，貪婪地睡著，帶著感謝作著夢，比我長時間以來所作的夢都更清楚而美麗。我夢到：

我坐在一個老式的前廳裡等著，起初我只知道我要向一位高官報到，然後我才想到，將要接見我的是歌德先生。可惜我並非完全以私人身分來到這裡，而是身為雜誌社記者，這讓我非常困擾而無法理解，為什麼這種情況會見鬼地發生在我身上。除此之外還有一隻蠍子讓我感到不安，剛才還看到牠試著爬上我的腿。我雖然防衛著這小小黑色的爬蟲而抖動，卻不知道牠現在躲哪去了，不敢隨處亂抓。

我也不完全確定，會不會因為看錯而沒有把我登記到歌德卻登記到馬提森[14]，在夢裡馬提森卻和畢爾格[15]弄混了，因為我以為〈莫莉[16]〉詩是他寫的。不過我倒是非常期望和莫莉見面，我猜想她是個奇妙的、柔軟的、具備音樂性的、夜晚的女子。真希望我不是因為那個討厭的編輯委任工作而坐在這兒！我的氣惱越來越高漲，也逐漸轉向歌德，我一下子對他產生各種可能的想法和指責。這可會是一場美好的謁見！然而那隻蠍子，就算牠是危險的，也許正藏在我附近，也許不會那麼糟，牠可能，如我所見，可能代表友善，牠似乎很可能和莫莉有些關連，比如她的使者之類，或是她的家徽動物，女性和罪人美麗而危險的家徽動物。也許這蠍子的名字正如歌德之妻而名喚芙琵伍斯[17]？不過這時僕人打開門，我起身走了進去。

那裡站著的就是老歌德，小個頭非常硬朗，一顆大大的星形勳章端正地掛在他經典文人的胸膛上。看來他一直都在辦公，一直接受謁見，一直從他的威瑪博物館控制著整個世界，因為他一看到我，就抖動地點著他的頭，活像一隻老烏鴉，然後高興地說：「那麼年輕人，你們其實對我們還有我們的努力不十分贊同？」

「完全正確，」我說，被他的部長眼光徹底冷卻，「我們年輕人事實上並不認同您，老先生。您對我們而言太隆重了，閣下，太虛榮又裝腔作勢，也不夠坦誠，這是根本的一點：不夠坦誠。」

這個矮小的老人把他嚴肅的頭稍微向前伸，同時把他嚴肅又官樣緊閉的嘴拉開一個微笑，變得高興活躍起來，我的心陡地跳了起來，因為我猛然想到一句詩「朦朧天色從上而降」，而這個男人和這張嘴正是說出這詩句的人。其實我在這一刻已經完全卸下武裝，被他所折服，巴不得立刻屈膝在他面前。然而我站得筆直，從他微笑的嘴裡聽到：「唉，所以你是責備我不坦誠？怎樣的一個字眼啊！可以稍微解釋一下嗎？」

我很想這麼做，非常樂意。

14 馬堤森（Friedrich von Matthisson, 1761-1831），德國詩人，和歌德是同時代的人，詩作受到當時其他文人如席勒的推崇，卻被後世所遺忘。

15 畢爾格（Gottfried August Bürger, 1747-1794），也是歌德時代的詩人，詩作詠嘆的「莫莉」是他的小姨子也是他後來的第二任妻子。

16 畢爾格詩中人物，其實就是 Auguste zu Niedeck，他太太的妹妹。

17 芙琵伍斯（Vulpius），影射歌德的妻子 Christiana Sophie Vulpius。

「歌德先生閣下，就像所有偉大的思想家一樣，您清楚地認識到也感覺到人類生活的疑惑與無望：片刻的繁榮及其可悲的衰退，感受的美麗高潮只能以平日的桎梏為代價；對精神國度的炙熱慾望，以及對大自然失落的無辜帶著同樣熱切而神聖的愛，兩者處在恆久致命的爭鬥之中，是空洞和未知之中的可怕擺盪，命定必會消逝，永不圓滿，永遠被誘惑而成不了氣候——簡而言之，人類生活的前途是完全無望，唯有異想天開和灼熱的絕望。這一切您都體認到了，也逐漸接受了，然而您用一生來讚美與此相反的，表現出信仰和樂觀，在自己和他人面前裝出人類精神奮鬥能長久而且有其意義。您拒絕擁戴有深度的人以及絕望真相的聲音，壓抑著它們，不管是在自己或是在克萊斯特[18]以及貝多芬心中。您幾十年來的作為就好像在累積著知識、收藏品，書寫和蒐集信函，好像您老年時在威瑪的存在的確是條出路，能將片刻化為永恆，而事實卻是您只能將這些時刻作成木乃伊；您要將大自然精神化，其實您不過只能將之裝飾成面具[19]。這就是我們指責您的不坦誠。」

老樞密大臣深思地看進我眼裡，他的嘴仍然微笑著。

令我驚訝地他問了我一個問題：「那麼您一定非常厭惡莫札特的《魔笛》嘍？」

在我還未能抗辯以前，他繼續說：「《魔笛》將生命呈現為美好的歌曲，讚美我們的感受，我們的感受卻會消逝，《魔笛》既不和克萊斯特先生也不和貝多芬先生一致，而是讚美著樂觀主義和信仰。」

「我知道，我知道！」我憤怒地吼叫著，「老天爺，您剛敗壞了《魔笛》，那是我在這世上最愛的！但是莫札特沒有活到八十二歲，在他的個人生命裡也不企求永恆和秩序，也不像您一樣要求頑固的尊榮！他可沒有把自己弄得那麼重要！他唱著神的音樂，既貧窮又早夭，貧窮，不被理解——」

我無法呼吸，千百件事必須用十個字說出來，我的額頭開始出汗。

18 克萊斯特（Heinrich von Kleist, 1777-1811），因為得不到歌德等當代人士的讚賞而抑鬱以終（自殺身亡）。

19 這幾句話直接影射歌德所著的《浮士德》。

歌德說得很友善：「我活到八十二歲，可能畢竟是無法原諒的。而我從中得到的樂趣卻比您能想像的少。您說得對：對恆常的無盡需索一直充塞著我，我一直都害怕死亡，也一直抗爭著。我相信對抗死亡的戰鬥，絕對而執拗的生命慾望是動力，所有傑出的人都是憑藉著這種力量來行動和生活。相反的，在終點時候人必須死亡，我年輕的朋友，不管是我以八十二歲高齡，或者仍在學齡的時候就死去，都同樣確實地加以證明。如果這可以當作我的辯白，我還是想說：我的天性是相當孩子氣的，很好奇很愛遊戲，很喜歡消磨時間。我只是需要比較長的時間才能看出，遊戲終究必須有饜足的時候。」

當他說著這些話的時候，他非常狡詐地微笑著，甚至是俏皮的。他的形體變大了，僵硬的姿勢和臉上扭曲的威嚴都消失了。這時我們周圍的空氣完全充滿大聲的旋律，嘈嚷的歌德之歌，我清楚地聽出莫札特的《紫蘿蘭》和舒伯特的《再度充滿樹叢與山谷》。歌德的臉現在是粉紅色而且年輕的，一下子就像莫札特，一會兒又和舒伯特有如兄弟般相似，而他胸膛上的星形勳章完全是以草原小花編成的，一朵黃色的櫻草歡樂而大大地從中綻放著。

這個老先生想以這種玩笑的方式來躲避我的問題和控訴，這實在不盡合我意，我充滿責備地望著他。於是他傾身向前，然後把他的嘴，他那現在已經變得相當孩子氣的嘴貼在我的耳朵上，輕聲地對我說：「我的孩子，你把老歌德看得太認真了。已經死去的老人不需要太重視，不然就是對他們做了不公平的事。我們這些永生不死的人不喜歡被重視，我們喜愛的是樂趣。嚴肅，我的孩子，是時間的事；嚴肅來自過度重視時間，我要透露給你知道的就這麼多，我因此想要活到一百歲。然而在永恆裡，你看，是沒有時間的；永恆只是一瞬間，只夠玩樂一陣。」

事實上跟這個男人真的沒說什麼嚴肅的話，他愉快地跳躍著，靈活地跳上跳下，讓那朵櫻草從他的星形勳章一下子像個火箭般射出，一下子又變小而消失不見。當他以他的舞步和身形閃耀著，我不自禁想到，這個男人至少沒有錯過學跳舞，他跳得很好。這時我又想到那隻蠍子，更有甚者是莫莉，於是我對著歌德呼喊：「您說說看，莫莉不在這裡嗎？」

歌德大聲地笑了，走向他的桌子，打開一個抽屜，拿出一個珍貴的皮革還是絲絨罐子，打開來然後拿到我的眼前。那裡面是一隻小小的、完美無瑕閃耀著，迷你的一隻女性的腿放在黑色的絲絨上，一隻令人愉快的腿，膝蓋有些彎曲，腳向下伸著，末端是最細緻的腳趾尖。

我伸出手想拿過那一小隻腿，它讓我非常喜愛，然而當我要用兩根手指拿起的時候，這個玩具似乎只要輕輕一彈就會動起來，突然間它讓我懷疑它可能是那隻蠍子。歌德似乎了然於心，甚至正是他想要的，造成這種深深的窘迫，介於渴求和憂慮之間的跳動分歧。他把充滿吸引力的小蠍子放在我面前，看著我對牠的企求，看著我害怕地縮身，而這似乎讓他得到許多樂趣。當他用那柔軟而危險的東西誘惑我的時候，他又變得很老，非常老，有一千歲那麼老，頭髮雪白，而他乾癟的老者臉龐安靜而無聲地笑著，因為神祕的老人幽默而激動得咯咯發笑。

○ ○ ○

當我醒來，我忘了這個夢，後來才想起來。我大概睡了一個小時，在音樂和擾攘之間，在餐桌邊，我從不曾想過這可能發生。那個可親的女孩站在我面前，一隻手放在我的肩膀上。

「給我兩馬克還是三馬克，」她說：「我在那邊吃了點東西。」

我把自己的錢包給她，她帶著錢包走開，然後又馬上回來。

「好了，現在我還可以在你身邊小坐一會兒，然後我就得走了，我有個約會。」

我嚇到了，「跟誰啊？」我很快問她。

「跟一位先生，小哈利。他邀請我去歐迪昂酒吧。」

「啊，我以為你不會留下我一個人。」

「那麼你應該邀請我，可惜有人捷足先登了，現在你可以省點錢了。你知道歐迪昂嗎？午夜以後只提供香檳，俱樂部沙發，黑人演唱，非常棒。」

這一切是我沒想過的。

「哎，」我苦澀地說：「讓我邀請你嘛！我以為那是理所當然的，我們已經成了朋友。接受邀請吧，你想去任何地方我都請你。」

「你真好，但是你看，說話就要算數，我接受邀請了，而我會過去的。不要再費心了！來吧，喝一口酒，我們還有酒在瓶子裡呢。你把酒喝完，乖乖回家，睡覺，答應我。」

「不，你知道我不能回家。」

「哎，就因為你那些故事！你跟歌德還沒完沒了嗎？（這時我又想到那個歌德夢。）不過，如果你真的不能回家，那就留在這裡吧，這裡有客房。我應該幫你要一間嗎？」

我滿意了，問她我可以在何處再見到她。她住在哪裡？她不告訴我。我應該只要找一下就可以發現她。

「我可以邀請你嗎？」

「去哪裡？」

「隨你高興，任何時候。」「那好。星期二到老法藍奇斯卡吃晚餐，在二樓。再見！」

她和我握手道別，直到這時我才注意到她的手，和她的聲音完全合襯，美麗而飽滿，聰明又善良。我吻她的手，她嘲弄地笑著。

在最後一刻她再度轉向我：「我還想對你說些話，和歌德有關的。你看，是這樣，發生在你和歌德之間的事，你無法忍受他的畫像，我和聖人之間也是這麼回事。」

「聖人？你那麼虔誠嗎？」

「不，我不虔誠，可惜，不過我曾經是虔誠的，以後也會又變得虔誠。人可沒時間虔誠。」

「沒時間？虔誠需要時間？」

「是呀。虔誠要有時間，甚至還更進一步：不受時間控制！你不可能非常虔誠卻同時活在現實裡，還把現實當一回事：時間、金錢、歐迪昂酒吧和所有的一切。」

「我瞭解，但是這和聖人有什麼關係？」

「有些聖人是我特別喜歡的：史蒂芬、聖法藍茲[20]還有其他幾個。我經常看到祂們的畫

---

20 聖法藍茲（Franz von Assisi, 1182-1226），即阿西西的方濟各。

像，還看過救世主和聖母的圖片，那種虛偽、造假又愚蠢的圖片，我也不能忍受這些圖片，就像你不能忍受那幅歌德像。如果我看到一張甜美愚蠢的救世主或是聖法藍茲的圖像，也看到其他人覺得這些畫有多麼美而令人歡喜虔誠，我就會覺得那羞辱了真的救世主，想著：啊，如果這些人只要一張他的愚蠢畫像就夠了，聖人何必來到人間，受盡如此可怕的折磨！但是我依然知道，我的救世主或是聖法藍茲的圖像只是人類的圖像，根本比不上他們原來的樣子；對救世主而言，我心裡的救世主圖像也一樣愚蠢而遠遠不及，就像那些甜美的複製品給我的感覺一樣。我對你說這些不是要為你對那幅歌德像產生的反感和憤怒開脫，不，你這樣是沒道理的；我這麼說只是要讓你知道，我能夠瞭解你。你們這些學者和藝術家的腦袋裡有各種奇特的東西，可是你們就和其他人一樣是人類，我們其他這些人的腦袋裡也有自己的夢想和遊戲。我注意到了，學究先生，你有點尷尬著不知道要怎麼對我敘述你的歌德故事——你必須費力才能對一個那麼簡單的女孩說明你的想法。好啦，我就表現給你看看，你其實不需要這麼費力，我已經瞭解你的意思了。現在——結束！你該躺到床鋪上。」

她走了，一個老僕人帶我走上兩層階梯，或者該說，他先問我的行李，當他聽到沒有行李的時候，我必須事先支付所謂的「睡覺錢」。然後他帶著我，走過老舊昏暗的樓梯間，向上走到一個房間，讓我一個人留在那兒。裡面是一張單薄的木板床，又短又硬，牆壁上掛著一把軍刀，還有一幅彩色的佳里波底[21]像，以及某個協會慶典已經枯萎的花冠。要件睡衣可能得花些錢，不過至少還有水和一條小毛巾可以梳洗，然後我和衣躺到床上，讓燈光燃著，使我有時間思考。現在我可以接受歌德的事了，他來到我的夢裡真好！還有這個奇妙的女孩——我要是知道她的名字就好了！突然間有個人，一個活生生的人打破我隔絕的玻璃鐘罩，對我伸出手，一隻善良美好又溫暖的手！突然間，我可以帶著愉快、煩惱和緊張去想和我有些關係的事物！突然間一扇門打開了，生命穿過那道門走向我！我也許可以再活過來，我也許可以再度變成人。我的靈魂，沉睡在冰冷中而幾乎凍結，如今再度恢復呼吸，睡意朦朧地用小而

21 佳里波底（Giuseppe Garibaldi, 1807-1882），為統一義大利而奮戰的游擊戰士。

虛弱的雙翅揮動著。歌德曾在我身邊，有個女孩叫我吃、喝以及睡覺，對我友善，取笑我，稱我是愚蠢的小男孩。這個奇妙的女朋友也對我敘述聖人的故事，讓我知道，即使陷入最奇特的異想，我都不是獨自一人而無法被理解，也不是病態的特例，我有手足，人們瞭解我。我會再看到她嗎？是，當然，她是值得信賴的，「說話就要算數」。

於是我又入睡，睡了四、五個鐘頭。已經過了十點，仍然疲累，腦子記著昨天某些可怕的東西，但它是活躍的，充滿希望以及好的想法。在回公寓的路上，我再也感覺不到返家這事在昨天給我帶來的任何恐懼。

在樓梯上，南洋杉上方，我遇到「姑媽」，鮮少見到面的女房東，我卻很喜歡她的友善個性。這回碰面讓我不是那麼舒服，因為我還有些邋遢而且在外過夜，沒有梳頭也沒刮鬍子。我問候她，想直接走過去。通常她總是尊重我想獨處以及不受注意的期望，然而她今天似乎真的在我和周遭之間撕下一層薄紗，拆下一道藩籬──她笑著停下腳步。

「您四處遊蕩去了，哈勒爾先生，您昨晚根本沒上床睡覺，您一定很累了！」

「是啊，」我說著也忍不住笑了，「昨天晚上有些活躍，因為不想打擾您房子裡的安寧，我就睡在旅社裡了。我十分注重安寧，也非常珍惜您的房子；有時我覺得自己在裡面就像個異物一樣。」

「您別開玩笑了，哈勒爾先生！」

「啊，我只是開我自己的玩笑。」

「正不該如此，您在我的房子裡不應該自覺是個『異物』，您應該依您的意生活，做您想做的。我已經有過一些非常非常值得敬重的房客，非常尊貴的，然而他們其中沒有人比您更安靜、更少打擾到我們的了。那麼現在——您要喝杯茶嗎？」

我沒抗拒。在她掛著好看的祖父畫像，擺著祖父級家具的沙龍裡，茶放在我面前，我們稍微閒聊，這友善的女士根本沒問就得知我生命和思想裡的一些事，混合著尊敬和母親一般的心不在焉聽我說著，這是聰明女士面對乖僻男性會有的態度。我們也談到她的侄子，她把她侄子最近在鄰室所作的閒暇成就指給我看，是一部收音機。那個勤勞的年輕人晚上就坐在那裡，組裝出這樣一部機器，受到無線電這類東西的吸引，虔誠屈膝地向科技之神膜拜，這個神祇千年以後完成的，是發現以及至多是不完美地呈現了一些東西，這些東西是每個思想家早已知道，而且聰明地加以運用的。我們聊到這些，姑媽傾向過度虔誠，這些宗教談話並不讓她討厭。我對她說，所有力量和作為無所不在，這是古印度人早已熟知的，科技只是讓大家普遍意識到這個事實的一小塊，也就是聲波，科技目前只做出簡陋不完美的接收器和傳播器而已。那些古老知識的主要部分，也就是時間的不真實，直到目前尚未受到科技的重視，畢竟這當然也會被「發現」而落入商業工程師手裡。也許很快的，人們將會發現，不僅眼前的、瞬間的圖像和事件不斷地湧向我們，就像來自巴黎和柏林的音樂，現在也可以在法蘭克福或蘇黎世聽到；而是所有曾經發生的都會被記錄下來，隨時可用，很可能將來有一天，不管有線或是無線，不管有無惱人雜音，我們能聽到所羅門王以及古日耳曼詩人佛格魏德說話。而這一切，就像今日收音機起的頭，都將只能夠幫助人類逃離自己和他們的目標，然後被一個越來越密的網所包圍，那個以無所事事以及無用的忙碌所織成的網。不過當我敘述所有這些我熟知的事物，並不是以我平常對時間和科技的痛心和諷刺語調，而是風趣而取樂地說著。姑媽微笑著，我們坐在一起將近一個小時，喝著茶，雙方都感到心滿意足。

星期二晚上我已經邀請了黑鷹酒館裡那個美麗又奇特的女孩，在這之前要打發時間可讓我耗費不少精力。等到星期二終於來臨，我和這個不知名女孩的關係對我有多重要，清楚到讓我吃驚的程度。我只想著她，我期待她的一切，我樂於為她犧牲一切，匍匐在她腳下，卻沒有一絲一毫愛上她。我光是想像她可能中止我們的約定，或是忘記了，我就清楚地看到自己的景況：這世界會再度變成空殼，日復一日是那麼樣灰暗而沒有價值，我的四周又會整個籠罩著可怖的寂靜和死亡，除了剃刀再也無路可逃出這沉默地獄。剃刀在這幾天變得無比可愛，一點都沒有失去它的嚇人之處，這正是醜陋的地方：對於劃穿我的咽喉這件事，我有著深刻而碎心的焦慮，我對於用這種粗野、鹵莽，而且防禦又抗拒的力量來赴死的恐懼，不亞於若我是最健康的人而我的生活有如天堂所帶來的恐懼。我完全而毫無顧忌地看清自己的狀況，也認識到不能活著以及不能死去之間無法忍受的張力，它讓黑鷹酒館裡這個不知名的、嬌小俏麗的跳舞女孩對我顯得那麼重要；她是個小窗戶，是我陰鷙的焦慮地獄的微小透光孔；她是救贖，通往自由的道路。她必須教我生活或是教我死去，她要以她堅定而秀美的手碰觸我僵死的心，讓這顆心在生命的碰觸之下重生或破滅成灰。她從何得到這種力量，何從擁有這種魔力，出於如何神祕的因素而對我產生這麼重大的意義，這一切是我無法思考的，也無所謂，我不想知道。沒有任何知識，沒有任何見解是我在乎的，我就是受夠了這些，對我最銳利和最嘲諷的折磨和羞辱就在其中，我把自己的處境看得這麼清楚，這樣地意識到它。我看到這個傢伙，在我的眼前，荒野之狼的牲口就像蛛網上的蒼蠅，我看著牠的命運是如何奔向決定的一刻，如何毫不防禦地掛在網裡，蜘蛛準備怎麼咬去，拯救的手也似乎近在咫尺。我可以針對我的苦難、我的心靈疾病、被詛咒和精神官能症之間的關連和原因，說出最聰明和最有見解的話，我看透了其中的機關。然而我缺乏的並非知識和理解，那不是我如此絕望企求的，而是經歷、決斷、衝撞和跳躍。

雖然我在等待的那些天裡從不曾懷疑我的女朋友會不守諾言，到了最後一天我倒的確是非常激動而不確定；我一生當中從不曾如此不耐煩地等待一天的傍晚。緊張和焦躁幾乎讓我無法忍受之際，卻同時讓我產生奇妙的快感：對清醒的我而言是難以置信的美麗新穎，長久以來不再等待、不再期待——整天充滿不安、恐懼以及想要四處跑的強烈期望是奇妙的，事先預想會面、談話以及今晚的結果，為了這次會面刮鬍子，穿好衣服（特別用心，新襯衫、新領帶、新鞋帶）。這個聰明而神祕的嬌小女孩也許自行其是，她也許以某種方式和我產生關聯，這對我都沒有差別；她在那裡，奇蹟發生了，我又發現一個人，對生命產生新的興趣！重要的只是一切繼續下去，是我將自己交付給這個引力，追隨這一顆星。

當我再見到她，那是多麼難忘的瞬間！我坐在這舒適老餐館的一張小桌邊，是我多事地以電話預約的，我研究著菜單，為女朋友買的兩枝美麗蘭花放在水杯裡。我得先等她好一會兒，但是我確定她會來，也不再躁動。現在她來了，停在衣帽間前面，只用她淺灰色眼裡專注而有些評判的眼光來問候我。我不信賴地盯著侍者對待她的舉止。不，感謝老天，沒有熟識感，保持距離，侍者無可指摘地禮貌。然而他們彼此認識，她叫他艾米爾。

我把蘭花遞給她，她開心地笑了起來。「做得不錯嘛，哈利。你想送我禮物，不是嗎，但是你不怎麼清楚該選什麼；你不太知道，你究竟有什麼權力可以送禮物給我，不知道我是否覺得被冒犯，於是你買了蘭花，那只是花，卻相當昂貴。那麼，非常謝謝。另外我現在就告訴你：我不要你送我禮物，我靠男人過日子，但是我不要依靠你。不過看看你改變了多少！都快認不出你來了。前陣子你看起來就像剛被剪斷了線的人偶，現在你幾乎又像個人了。還有，你可執行了我的命令？」

「哪個命令？」

「這麼健忘？我說的是你會跳狐步舞了嗎？你告訴過我，你最期望的就是得到我的命令，最樂意做的就是服從我。你還記得嗎？」

「啊，的確，而且應該維持下去！我是認真的。」

「而你卻還沒有學會跳舞？」

「跳舞可以這麼快就學會，只要幾天就夠了？」

「當然，狐步舞只要一個小時就學會了；波士頓兩個小時，探戈要比較久的時間，不過你根本不需要學探戈。」

「不過現在我一定要知道你的名字！」

她沉默地望著我一陣子。

「你也許猜得出來我的名字。如果你猜得到，我會覺得很高興。現在注意好好地看著我！你還沒有注意到，我常常一副男孩子的面孔吧？比方說現在？」

是啊，當我現在仔細觀察她的臉，我必須承認她是對的，那是一張男孩子的臉。而當我給自己一分鐘的時間，那張臉開始對我說話，讓我想起自己還是個男孩子的時代，還有我當時的朋友，他的名字是赫爾曼。有一瞬間她似乎化身成這個赫爾曼。

「假使你是個男孩子，」我驚訝地說：「那麼你一定叫赫爾曼。」

「誰知道，也許我就是個男孩，只是喬裝而已。」她輕率地說。

「你叫赫爾敏娜嗎？」

她發光地點著頭，高興我猜出來了。這時湯也上來了，我們開始吃飯，她像孩子般享受著。我最喜歡她的地方，最讓我著迷的是她可以從十分嚴肅突然變得非常風趣，或是相反，而她自身卻從不曾改變或渙散，就像個有天賦的孩子，這是最美妙也最特殊之處。這時她已經談笑風生一會兒，用狐步舞取笑我，甚至用腳踢我，熱切地讚美食物，評點著說我在穿衣方面花了心思，不過外表還有許多可改進的。

這中間我問她：「你是怎麼辦到的，一下子看起來像個男孩，讓我能猜到你的名字。」

「啊，這一切你自己都做過。你還不瞭解嗎，學究先生：你會喜歡我，我對你變得重要，是因為我就像是你的一面鏡子，因為在我之中有些會給你答案、理解你的東西。其實所有的人對彼此而言都是這樣的鏡子，彼此回答和回應，不過像你這類的怪人真是奇特，容易迷失在魔幻之中，在其他人眼裡什麼都看不到也讀不到，一切都不再和你們相干。如果這樣一個怪人突然找到一張臉，一張真正看著自己的臉，在這張臉上感覺到像是答案和契合的東西，是唷，那麼當然就高興起來了。」

「你知道所有的事，赫爾敏娜，」我驚呼著：「正如你所說的，然而你和我完完全全不一樣！你是我的相反；你擁有我所缺乏的一切。」

「那是你覺得，」她簡潔地說：「這是好事。」

而現在她的臉上掠過一陣嚴肅的沉重烏雲，她的臉看在我眼裡果然就像一張魔鏡，突然間整張臉只說著嚴肅、悲劇，就像面具空洞眼窟的深不見底。慢慢的，一個字接一個字近乎不情願地說：

「你別忘記自己曾對我說過的話！你曾說過，我應該命令你，服從我的命令是你的喜悅，你不要忘記！你一定要知道，小哈利：就像我對你而言，我的臉給你答案，我內在某些東西回應著你，讓你感到信賴——你對我而言也是如此。不久前我看到你走進黑鷹酒館，那麼疲累又心不在焉，幾乎已經不在這個人間，我當時立刻感覺到：這個人會順從我，期望我命令他！而我也會這麼做，因此我向你搭訕，於是我們變成朋友。」

她滿是深沉嚴肅地說著，在靈魂的巨大壓力之下，我不完全瞭解她的意思，無法試著去安慰她和轉移話題。她只抬了抬眉毛就將這一切拋開，迫切地盯著我瞧，然後用完全冰冷的聲音繼續說下去：「你必須遵守承諾，孩子，我告訴你，不然你會後悔的。你會從我這兒得到許多命令，會遵從這些命令，美妙的命令，舒服的命令，服從這些命令會讓你得到樂趣。而最終你也將執行我的最後一個命令，哈利。」

「我會的，」我半失神地說：「你給我的最後一個命令會是什麼？」我卻已經猜出來了，天知道為什麼。

她就像打了個冷顫一樣搖晃著，似乎從她的沉思當中逐漸醒來。她的眼睛沒有放開我，突然間她變得更陰沉。

「我如果聰明就不要告訴你，但是我不想聰明，哈利，這次不要，我要完全不同的。注意，聽好！你會聽到，然後忘掉，會加以取笑，會因此哭泣。注意，孩子！我會和你玩弄生死，小兄弟，在我們開始玩之前，我會在你面前先攤牌。」

說著這些話的時候，她的臉是多麼美，多麼脫俗！她的眼睛裡泛著冷靜明亮的了然悲傷，這雙眼睛似乎已經承受過任何想得到的苦難，而且應允這一切。她的嘴沉重地說著，有如受到阻礙，就像臉極度受凍僵硬卻要說話一樣；然而從脣間嘴角，從逐漸看不到的舌尖遊戲流出的，和她的眼光及聲音矛盾，只是甜美嬉戲的感官性，深切的慾望需索。她安靜平滑的額頭垂下一卷短髮，從這個部位，從這個懸著髮卷的額角，不時有如生動呼吸般湧出男孩氣息，充滿雌雄同體的魔力。我憂慮滿懷地傾聽她說話，卻有如被麻醉，半神遊的。

「你喜歡我，」她繼續說：「出於我對你說過的那個理由；我打破你的孤寂，在地獄的大門前正好接住你，將你喚醒。然而我對你的要求還更多，多得多。我要讓你愛上我。不，不要反駁我，讓我說！你很喜歡我，我可以感覺到，而且你感激我，然而你並未愛上我。我會讓你愛上我，這是我職業的一部分；我的生計就依靠讓男人愛上我。但是仔細注意了，我這麼做並非因為我覺得你多有吸引力。我並未愛上你，哈利，就像你沒有愛上我一樣，但是我需要你正如你需要我。你現在需要我，就在這一刻，因為你絕望了，需要一股推力，將你丟進水裡，讓你重新活躍起來。你需要我，好學會跳舞，學會笑，學會生活。我需要你卻不在今日，而是以後，也是為了一些非常重要而美好的事。如果你將來愛上我，我會給你最後一個命令，而你會服從這個命令，那對你對我都是好事。」

她把棕紫帶綠色的蘭花其中一朵稍微從杯子裡拉出一點，把臉向前傾一會兒，盯著那朵花。

「那對你而言並不容易，不過你會做的。你會完成我的命令而殺死我，這就是最後一個命令。不要再多問了！」

眼光還留在蘭花上面，她沉默下來，臉頰放鬆了，就像冒出的花苞因為壓力和張力而綻開，她的唇上突然出現一抹魅力微笑，而眼睛還維持一會兒直視而入迷。這時她搖了搖帶著男孩髮卷的頭，喝了一口水，突然又發現我們正在用餐，於是就以愉快的胃口開始進餐。

我把她這番可怕的話一字一句地聽清楚了，甚至還猜出她的「最後命令」，在她還沒說出口之前，對那句「你將會殺死我」不再感到害怕。所有她說的話，聽在我耳裡都有說服力也有宿命感，我承受下來，不加反抗，然而這一切，雖然她說的時候嚴肅得可怕，對我卻完全不具真實感和嚴重性。我靈魂的一部分吸收了她的話，相信這些話，另一部分的靈魂勸慰地點頭，認識到即使這個那麼聰明、健康和沈穩的赫爾敏娜也有自己的幻想和晦暗。她才剛說出最後幾個字，這一幕就籠罩了一層不真實和無力感。

無論如何我無法同樣地以走索人的輕盈，如赫爾敏娜一般在虛幻與真實之間來回跳躍。

「所以我會殺死你？」我問她，輕聲如夢囈，而她又笑了，興高采烈地切著鴨肉。

「當然了，」她飛快地點頭，「說夠了，現在是吃飯時間。哈利，行個好，幫我再點一些綠色沙拉！你沒胃口嗎？我想，你要把其他人覺得理所當然的事都先學一遍，甚至是吃飯的樂趣。看著，孩子，這是一隻鴨腿，如果把這淺色漂亮的肉從骨頭剝下來，那可是場盛宴，心裡必須帶著那麼好的胃口，緊張而感恩，就像陷入愛戀的人第一次幫他的女孩脫下夾克。你瞭解了嗎？沒有？你是隻羊。注意了，我給你一塊這美味的鴨腿，你就知道了。好，張開嘴吧！——唉，你是怎樣的怪物啊！天哪，現在他居然偷瞄別人是否注意到他從我的叉子上吃了口東西！不要擔心，你這迷失的孩子，我不會讓你丟臉的。不過如果你需要別人的許可才能享受自己的樂趣，那麼你真是個可憐的糊塗蟲。」

前一幕越來越不真實，越來越不可置信，這雙眼睛在幾分鐘以前還那麼陰沉而可怕地瞪視著。啊，那一幕的赫爾敏娜就像生命本身：永遠只見眼前，不曾事先盤算。她現在吃著東西，鴨腿和沙拉，蛋糕和蛋酒都被認真看待，變成歡愉和評判以及談話和幻想的主體。盤子一旦被收走，就開始新的一章。這個完全把我看透的女人，似乎比所有智者都還要瞭解生命，玩弄著童稚與小小的片刻生命遊戲，有技巧地讓我不顧一切成為她的學徒。不管這是高深的智慧還是最單純的天真：瞭解活在眼下的人，如此活在當下、如此友善細心地懂得珍惜路邊的每朵小花，珍惜每個嬉遊瞬間價值的人，生命是無法傷他的。而這個有著好胃口，有著嬉戲的美食品味的快樂孩子，居然同時也是個夢想家和歇斯底里的人，期待自己的死亡；或是清醒而懂得算計的人，自覺而冷靜地愛上我，想把我變成她的奴隸？不可能的，不，她只是完全將自己獻給每個片刻，以及每個有趣的想法，還有每個來自遙遠心靈深處的飛快黑暗恐懼，盡情品嘗這些時刻。

今天才見第二次面的赫爾敏娜知道我所有的事，似乎不可能在她面前保守祕密。有可能她尚未十分瞭解我的精神生活，也許無法理解我和音樂、歌德、諾瓦歷斯或是波特萊爾的關係——不過這點也並不確定，或許也難不倒她。如果她連這些都能理解——那麼我的「精神生活」還剩下什麼？難道不會完全碎成片片而喪失其意義？然而她應該能完全瞭解我其他的個人問題和期望，這是我毫不懷疑的。很快我就會和她談到荒野之狼，談到那篇論文，談到任何一切話題，那些直到目前只為我一個人存在的東西，我從不曾和人討論的東西。我無法抗拒立刻開始。

「赫爾敏娜，」我說：「我最近遇到一些奇妙的事。有個陌生人給了我一本小小的印刷書，像年度市集小冊的東西，裡面仔細描寫了我的完整故事，以及所有和我有關的事。你說，這難道不奇怪嗎？」

「那本小書叫什麼？」她輕鬆地問我。

「《論荒野之狼》。」

「啊，荒野之狼很棒呢！而你是荒野之狼？那會是你？」

「是啊，那是我。我是一隻荒野之狼，有一半是人，一半是狼，或者自己想像是荒野之狼的人。」

她沒有回答，研究似地專注看進我眼裡，看向我的手，然後一時刻間，她的眼光和臉色再度出現先前那種深沉的嚴肅，以及陰沉的熱情。我相信已經猜到她的想法，也就是我是否夠像匹狼，能夠完成她的「最後命令」。

「那當然是你自己的想像，」她說著，又回復開朗的樣子，「或者，隨你高興也可以是一首詩。不過這有些意思。你今天不是狼，不過前陣子你走進那個舞廳就像從月亮掉下來，你那時就有點野獸的樣子，我就是喜歡那樣。」

她忽然有個想法而停頓，接著說得就好像發生在她身上一樣：「『野獸』還是『猛獸』這類的字眼聽起來真蠢！不應該這樣說動物，牠們通常的確是可怕的，不過牠們還是比人類真實。」

「什麼『真實』？你指的是什麼？」

「哪，你仔細看著一隻動物，一隻貓，一隻狗，一隻鳥，甚至是動物園裡一隻美麗的大型動物，一隻豹或是一隻長頸鹿！你一定會發現，牠們都是實在的，沒有任何一隻動物陷入困境，或是不知道要怎麼做，不會手足無措。牠們不會奉承你，不想讓你印象深刻，不作戲。牠們就是自己的樣子，就像石頭和花朵，像天上的星星。你瞭解嗎？」

我瞭解。

「動物通常是哀傷的，」她繼續說：「當人非常哀傷的時候，不是因為牙痛或是失去錢財，而是因為曾經在一個鐘頭裡感覺到，所有的一切，整個生命是怎麼回事，然後就非常哀傷，看起來就有點像動物——他看起來悲傷，但是比平常真實也比較美麗。就是這麼回事，我第一次看到你的時候，你看起來就是這樣，荒野之狼。」

「那麼，赫爾敏娜，你怎麼看那本描寫我的書呢？」

「唉，你知道，我不喜歡一直思考，我們以後再說吧。你可以讓我看那本書。還是不要，如果我哪天應該要看點書，就給我一本你自己寫的書吧。」

她點了咖啡，有一會兒似乎心不在焉而渙散，然後突然開朗起來，似乎她的冥想到達一個程度了。

「嘿，」她高興地喊著：「現在我知道了！」

「什麼？」

「和狐步舞有關的事，我一直都不停想著這件事。說一下：你有個房間可以讓我們偶爾在裡面跳個一小時的舞？房間也許不大，沒關係，只是樓下不能住著某個人，他頭上有些搖晃的時候會上樓鬧出事來？那好，非常好！這麼一來你就可以在家裡學跳舞了。」

「對，」我羞赧地說：「最好是這樣。不過我想還需要音樂。」

「當然需要。所以注意了，你得幫自己買些音樂，要花的錢頂多就像到老師那裡上跳舞課這麼多。你可以省略老師，我來充當。那麼我們就有夠多音樂了，只要我們想播——還要有留聲機。」

「留聲機？」

「當然，你買一個這種小小的機器，還有一些舞曲唱片……」

「太棒了，」我喊著：「如果你真的成功地教會我跳舞，那麼你就得到那部留聲機當報酬，同意嗎？」

我興沖沖地說著，卻非出自真心。我無法想像在我堆著書的小研究室裡，會出現這樣一個我絕不喜歡的機器，我對跳舞也有諸般挑剔。我想著，偶一為之或可嘗試，雖然我確信我已經太老而且身體僵硬，不可能學會跳舞的。但是現在這樣接二連三的，對我而言太匆促、太刺激，我覺得內在一切都抗拒著，以我身為經驗老到且被寵壞了的音樂行家來抗拒留聲機、爵士樂和現代舞曲。而眼前在我的房間裡，在諾瓦歷斯以及尚．保羅旁邊，在我的思想隱居處和避難所裡居然要響起美國舞曲，而我還要隨之起舞，這其實超過任何人能對我提出的要求。然而這不是「任何人」的要求，是赫爾敏娜的，她的話就是命令。我服從她，我當然順從她。

我們第二天下午在一家咖啡廳見面，我到的時候，赫爾敏娜已經坐在那裡，喝著茶，微笑地指著一份報紙，她在裡面發現我的名字。那是一份我家鄉的反動性煽動報紙，不時流傳衝著我來的強烈譴責篇章。我在戰爭期間是反戰分子，戰後有時會呼籲安定、忍耐、人性和自我反省，以對抗日益激烈、愚蠢而且野蠻的國族主義煽動。現在這份報紙又出現一篇這樣的攻訐文章，寫得不好，一半是編輯自行撰寫，一半是總結各個親善媒體抄襲而來的相似文章。衰老意識形態的捍衛者寫得是出名的糟，無人的手段比他們更不乾淨更費事的。赫爾敏娜看到的就是這篇文章，因此得知哈利．哈勒爾是匹害群之馬，是個不識祖國的傢伙，只要這樣的人和這樣的想法依舊被容忍，教導年輕人感性的人性思想而非對世仇的戰爭報復，對祖國只會是有害的。

「你是這個人嗎？」赫爾敏娜問我，指著我的名字：「那你還真樹立了不少敵人，哈利。你生氣了？」

我讀了幾行，就是常讀到的那些，每個裝腔作勢的譴責文字，我幾年下來已經熟到厭煩。

「不，」我說：「我不生氣，我早就習慣了。我曾經表達過幾次自己的意見，每個種族甚至每個人，不應該被虛假的政治『罪責問題』催眠，應該自問因為錯誤、過失和惡劣的習慣，要共同承擔多少造成戰爭以及其他世界悲慘的罪過，這或許是避免下一場戰爭的唯一道路。他們不原諒我，因為他們當然是完全無辜的：皇帝、將軍們、大企業、政治家、報紙——沒有人對自己有一絲責備，誰都沒有任何罪過！人們或許以為，世界上的一切都非常美好，只有區區幾百萬被殺的人被埋在地下。看啊，赫爾敏娜，這種謾罵文字雖然無法再讓我生氣，卻時常讓我感到悲傷。我三分之二的同胞讀著這種報紙，每天早晚看著這些陳腔濫調，每天被洗腦，被告誡，被煽動，被弄得不滿而憤怒，而這一切的目標和結尾仍然是戰爭，下一場即將來臨的戰爭一定會比過去的更醜惡。所有這一切都簡單明瞭，每個人都能理解，只要思考一個鐘頭就能得到同樣的結論。然而沒有人要這麼做，如果沒有更簡單的方法就沒有人要為自己和自己的孩子避免下一回的百萬人廝殺。一個小時的思考，自我沉思一會兒然後自問，自己對世界上的混亂和邪惡的參與和責任有多少——你看，沒有人想這麼做！一切還會這樣繼續下去，無數的人日夜熱衷地準備著下一場戰爭。自從我知道這一切，就讓我癱瘓讓我絕望，對我而言再也沒有『祖國』，再也沒有任何理想，一切都只是為了榮耀那些準備著下一場戰役的先生們。思考、談論、書寫任何人性沒有意義，活動腦子裡的良好思維沒有意義——真的這麼做的兩、三個人，他們面對的是日復一日上千份報紙、雜誌、言論、公開和祕密集會，所有這些都追求和他們相反目標，也達成了目標。」

赫爾敏娜專注地傾聽。

「對，」這時她說：「你說得對。當然會再發生戰爭，不需要看報紙就知道。當然會因此感到哀傷，但是這麼做並沒有價值。這就像有人雖然盡一切努力卻依然要死去因而感到哀傷一樣。對抗死亡的戰鬥，親愛的哈利，永遠都是美麗、高貴、神奇而值得讚美的，對抗戰爭也是如此，但終究是無望的唐吉訶德之戰。」

「也許真是這樣，」我激動地喊著，「但是我們很快就會死去，於是一切無關痛癢，這樣的真相卻讓人的一生平庸而愚笨。難道我們就該因此捨棄一切，放棄所有人性，繼續讓野心和金錢統治下去，端著啤酒等待下一次戰爭動員令嗎？」

這時赫爾敏娜看著我的眼光是奇特的，充滿取笑的眼神，滿是嘲諷和戲謔，還有充滿理解的同志情懷，以及滿是沉重、諒解和深不可測的肅然！

「你不該這樣，」她十分母性地說：「就算你知道自己的奮戰終究是徒勞的，你的生命也不會因此變得平庸而愚蠢的。哈利，如果你為了一些美好而理想的事奮鬥，然後以為也一定要成功，這才更平庸。理想是為了達成而生的嗎？我們人活著是為了終止死亡的嗎？不，我們活著是為了懼怕卻又珍愛死亡，正因為死亡，渺小的生命才會經常那麼美麗地燃燒一個鐘頭。你是個孩子，哈利。現在乖乖的，跟我來，我們今天有很多要做的事。我今天不想再提到戰爭和報紙了，你呢？」

當然不，我也準備好了。

我們一起走著——這是我們第一次一起進城——到一家音樂用品店看留聲機，把它打開蓋上，讓它播放一些音樂。我發現其中一台非常適合而可親，價格又實惠，就想把它買下來，然而赫爾敏娜沒那麼快就完事，她拉住我，非得和她一起找到第二家店，在那家店裡把所有系統和大小的機器，從最貴的到最便宜的都看過、聽過一遍，然後她才同意回到第一家店，買下那裡發現的那台留聲機。

「你看，」我說：「我們其實不用那麼費事的。」

「你這麼想嗎？也許我們明天會在另一個櫥窗看到同一部機器，卻便宜二十法朗。而且買東西很有趣，有趣的事物就要盡情品味。你要多學著點。」

我們讓一個服務人員把買下的東西送到我的公寓。

赫爾敏娜仔細觀察我的客廳，讚美壁爐和躺椅，試了試椅子，把所有的書都拿起來看一下，在我情人的照片前面停留良久。我們把留聲機放在書堆之間的家具上，然後我的課程就開始了。她放了一曲狐步舞，示範最初幾個舞步，牽起我的手然後開始帶著我跳。我順從地跟著踱步，撞到椅子，聽著她的命令卻完全不瞭解，踩到她的腳，既笨拙又盡責。第二隻舞之後，她跳進躺椅裡，笑得像個孩子。

「我的天啊，你好僵硬！你只要往前走，就像你在散步一樣！根本不需要費力。我想，你甚至已經熱起來了吧？那我們就休息五分鐘吧！你看，如果學會了，跳舞就像思考一樣簡單，而且學跳舞可簡單得多了。現在你對人類不想習慣思考這件事，不會再那樣沒耐心，寧可說哈勒爾先生是個叛國者，讓下一次戰爭就這樣發生。」

一個小時之後她離開了，一面保證下一次會比較好。我卻不這麼想，對我自己的愚蠢和笨重非常失望，在我看來，這一個鐘頭裡我根本什麼都沒學到，也不相信下一次會比較好。不，想跳舞必須要有些能耐，那是我完全缺乏的：開朗、無辜、無憂無慮、熱情，其實我早就已經都想到了。

但是看哪，到了下一次果真變得比較好，我甚至從中得到一些樂趣，在那個鐘頭的最後，赫爾敏娜宣布我現在已經會跳狐步舞了，但是她接著確信我明天必須和她一起去餐廳跳舞，這著實嚇壞我了，我急切地表示反對。她冷冷地提醒我服從的誓言，約我明天到巴蘭瑟司飯店喝茶。

那天晚上我坐在家裡，想看書卻看不下去，我害怕明天。那個想法讓我震驚，我這年老、羞怯而敏感的怪異分子，不僅要去一個播放著爵士樂、沉悶的現代茶館舞廳，還要在那裡，在陌生人之間以舞者的姿態呈現自己，卻根本什麼都還不會。我承認，當我獨自一人在我安靜的書房裡開著留聲機，播放音樂，穿著襪子，輕聲練習著我的狐步舞的時候，我訕笑自己，對自己感到羞愧。

隔天在巴蘭瑟司飯店有個小樂團演奏著，提供茶和威士忌。我試著賄賂赫爾敏娜，把蛋糕放在她的面前，邀請她喝一瓶好酒，然而她不為所動。

「你今天來這裡不是為了享樂的，這是舞蹈課。」

我必須和她跳兩、三次舞，這中間她介紹我認識那個薩克斯風樂手，是個來自西班牙或是南美、深膚色的美麗年輕人，如她所說的，他能玩所有樂器，會說世界上所有的語言。這個年輕人似乎和赫爾敏娜很熟頗有交情。他面前有兩種不同大小的薩克斯風，他交換著吹這兩支樂器，一面用他閃亮的黑眼珠專注而享受地研究著跳舞的人。讓我感到驚訝的是，我對這個無害而俊美的音樂家有些妒忌，不是醋意，因為我和赫爾敏娜之間根本不是愛情，而是比較精神層面的友情妒意，因為他配不上赫爾敏娜對他所顯示的興趣以及特殊的讚美，甚或可說是崇拜。我心情惡劣地想著，在這裡還要結識些奇怪的人。

後來赫爾敏娜被邀舞，我於是一個人坐在茶桌邊，聽著音樂，一種我直到目前無法忍受的音樂。親愛的老天爺，我想著，如今我活該被引到這裡，變成其中的一分子，這個我如此陌生而不喜歡，這個我從前一直謹慎迴避，如此鄙夷的四處尋歡作樂而遊手好閒份子的世界，這個充斥著大理石桌、爵士樂、酒家女、旅行商人的光滑與虛假世界！我鬱悶地啜著我的茶，盯著半優雅的人群，兩個美麗的女孩吸引我的目光，兩個人都是好舞者，我用驚奇和羨慕追隨著她們的身影，看她們如何靈活、美麗、快樂又自信地跳著舞。

這時赫爾敏娜又出現了，而且對我非常不滿。你不是為了擺這張臉，動也不動地坐在茶桌邊才來這裡的，她這樣責備我，你應該推自己一把，去跳舞。怎麼跳，我又不認識任何人？這一點都沒必要，難道那裡就沒有一個讓你中意的女孩嗎？

我把其中一個女孩指給她看，比較漂亮的那一個，她剛才就站在我們附近，穿著俊俏的絲絨短裙，剪短而濃密的金髮，還有著豐滿而女性的手臂，看起來賞心悅目。赫爾敏娜堅持我應該立即走過去，邀請她跳支舞。我絕望地抗拒著。

「我不行的！」我悶悶不樂地說：「是噢，如果我是個俊美的年輕小夥子就好了！但是這麼老又僵硬的呆子，連舞都不會跳——她會取笑我的！」

赫爾敏娜輕蔑地看著我。

「而至於我是否取笑你，你當然不會放在心上。你是這樣一個膽小鬼！想接近女孩子的人都要冒著被笑話的險，這是籌碼。所以冒險吧，哈利，最糟糕的情況也不過就是被取笑罷了——否則我對你服從的信任也就完了。」

她不退讓，我壓抑地站起身來，就在音樂再度開始的時候，走向那個美麗的女孩。

「我其實沒空，」她說，一面好奇地用清亮的大眼睛望著我，「不過我的舞伴似乎想留在吧檯那兒。那，你就來吧！」

我環住她，踏出第一步，仍然驚訝她沒把我送走。這時她已經注意到我的狀態，於是接手領舞的任務。她跳得很美妙，讓我也投入了，我一時間忘了所有的跳舞義務和規則，只是隨之舞動，感覺我的舞伴結實的臀部，她移動快速而柔軟的膝頭，看著她年輕而閃亮的臉龐，對她坦言今天是我一生中第一次跳舞。她微笑著鼓勵我，非常柔軟地回應我迷醉的眼光和奉承的言語，不是用話語，而是以輕微而陶醉的動作，讓我們越來越接近也更互相吸引。我把右手穩穩地擺在她的腰上，幸福而熱切地跟隨她雙腿、雙手、肩膀的動作，令自己感到驚訝的，我一次都沒有踩到她的腳，當音樂結束，我們兩個還站定了鼓掌，直到這支舞曲再次演奏，而我又一次熱烈地、愛戀地、虔敬地完成這個儀式。

當這支舞結束，結束得太快了，這個美麗的絲絨女孩退開，突然間赫爾敏娜站在我身邊，看著我們兩個。

「你注意到了嗎？」她讚美地笑著：「你發覺了嗎，女人的腿不是桌腳？喲，太好了！你現在會跳狐步舞了，謝天謝地，明天我們就開始練習波士頓，三個星期後在環球舞廳有個面具舞會。」

休息時間我們都坐了下來，這時俊美年輕的帕布羅先生，那個薩克斯風手，也過來向我們頷首，坐在赫爾敏娜旁邊。他似乎是赫爾敏娜很要好的朋友，而我，我承認，第一次碰面的時候一點都不喜歡這位先生。他是個漂亮的人，這是無可否認的，身材和臉孔都漂亮，我卻無法找出他其他優點。對於自己的多語言能力他也很輕浮，根本什麼都沒說，只是一些像請、謝謝、的確、當然、哈囉之類的，他能以各種語言說出來的字詞。不，他什麼也沒說，這個帕布羅先生，他似乎也不太動腦，這俊俏的西班牙騎士。他的工作是在爵士樂隊裡吹奏薩克斯風，而他似乎以愛和熱情來從事這個職業，他常在演奏當中突然用手擊掌，或是讓自己發出其他興奮的呼聲，好比叫喊著大聲唱的音節如：「哦——哦——哦——哦，哈—哈—哈囉！」除此之外，他在這世上只要長得俊俏就好，明顯的其餘無他，只要讓女性喜歡，穿戴最新流行的假領和領帶，還要在手指戴上許多戒指。他的娛樂在於坐在我們身邊，對著我們微笑，看一下腕表，捲一些菸，他捲得非常靈巧。他的深色美麗克里奧爾[22]眼睛，深色的卷髮裡並未隱藏浪漫、疑問、思想——從近處看這個美麗的異國半神人是個歡樂、有些被寵壞的年輕人，舉止得宜，除此無他。我和他談他的樂器以及爵士樂的音色，他必然發現，他正和一個音樂方面的老玩家和老行家打交道，然而他根本就不投入；每當我出於對他而其實是對赫爾敏娜的禮貌，以音樂理論為爵士樂辯護之類的，他就和善地對我和我的努力微笑，或許他完全不知道，在爵士樂之前、之外還有其他音樂種類。他是可親的，可親而有禮，以他大而空洞的眼睛俊俏地微笑著。然而在他和我之間似乎沒有任何共通點——他覺得重要而神聖的，沒有一樣對我具有同等意義，我們來自相反的地球區域，我們的語言沒有任何共同的字彙。（不過赫爾敏娜後來告訴我一件奇特的事，她告訴我，帕布羅在那次談話以後對她說了一些和我有關的話，覺得她應該盡量謹慎地和我這個人交往，這個人是那樣不快樂云云。而當她問帕布羅怎麼得出這個結論的，他說：「可憐，可憐的人。看看他的眼睛！根本不會笑。」）

22 克里奧爾（Kreol），南美的白人後裔。

黑眼睛告退，音樂又重新揚起，赫爾敏娜站了起來。「現在你又能和我跳一曲了，哈利。還是你已經不想跳了？」

現在我和她跳舞也比較輕鬆，比較自由而快樂，就像和另一個女孩跳的時候那樣無所顧忌而忘我。赫爾敏娜讓我帶著跳，像片花瓣似地溫柔而輕盈地配合著，在她身邊我現在察覺也感覺到那種一時迎合、一時遠颺的美，她散發著女性與愛情的香味，她的舞也輕柔而密密地唱著柔軟的性感曲調——然而我無法完全自由而爽朗地加以回應，我無法完全忘我而投入。赫爾敏娜和我太相似，她是我的同志，我的姊妹，是和我一樣的，她就像我自己，也如同我年少時的朋友赫爾曼，那個狂熱的人、詩人，我精神習練與放縱的激情夥伴。

「我知道，」當我談及此事，她後來說：「我知道得很清楚。我雖然要讓你愛上我，但並不急著這麼做。我們最先是同志，我們是希望成為朋友的兩個人，因為我們彼此已經認識。現在我們兩個要從對方身上學習，和對方玩一玩。我對你表演一些小做作，我教你跳舞，享一點樂還有發傻，而你讓我看到一些思想和你的一些知識。」

「唉，赫爾敏娜，我能展現的並不多，你知道的比我更多。你是如何奇特的一個人啊，你這女孩兒！你無處不瞭解我，總是走在我前面。我對你算得上什麼嗎？我對你而言不無聊嗎？」

她陰沉下來的眼光望向地板。

「我不喜歡聽你這樣說。想想那個晚上，你筋疲力盡又絕望地從你的折磨和孤獨裡走出來，走向我變成我的同志！你以為我當時為什麼能認出你來，瞭解你？」

「為什麼，赫爾敏娜？告訴我！」

「因為我就像你一樣，因為我就像你一樣孤獨，像你一樣對生命、人類和我自己愛得那麼少，像你一樣把這些看得那麼重。總是有一些這樣的人，對生命要求最好的，卻搞不定自己的愚蠢和粗魯。」

「你呵你！」我驚奇地叫出來：「我瞭解你，我的夥伴，沒有人像我這樣瞭解你，然而你對我仍然是個謎。你會這樣遊戲過一生，你對這些小東西和小樂趣有著奇妙的崇高敬意，你是這樣一個生命藝術家。你怎麼可能因生命而受苦？你怎麼可能絕望？」

「我並不絕望，哈利，但是因為生命而受苦——哎，是啊，我在這方面有些經驗。你驚訝於我的不快樂，因為我畢竟能跳舞，而且那麼瞭解生命的浮面。而我，朋友，我驚訝於你對生命如此失望，因為你根本熟知最美和最深刻的東西，精神、藝術、思想！因此我們彼此吸引，因此我們有如手足。我會教你跳舞、遊戲和微笑，卻依然不滿足；我會向你學習思考，學習去知曉，然而依舊不滿足。你知道我們兩個是惡魔的小孩嗎？」

「是的，那就是我們，惡魔就是精神，而他不快樂的小孩就是我們。我們從大自然掉落，懸在虛空裡。不過，現在我想到了：在荒野之狼論文裡，就是我告訴過你的那一本，裡面提到，哈利相信自己有一或兩個靈魂，由一或兩種人格組成，但那只不過是哈利自己的想像而已。每個人是由十個，百個，上千個靈魂所組成的。」

「我很喜歡這個想法，」赫爾敏娜叫著：「比如在你身上，精神層面非常高度發展，因為這樣，你在任何生活小藝術上是非常落後的。思想家哈利有一百歲了，然而舞者哈利還不到半天大，我們要讓他繼續長大，還有他其他的小兄弟們，和他一樣小而且同樣又笨又長不大。」

她微笑地看著我，用不一樣的聲音輕聲問我：

「那麼你喜歡瑪莉亞嗎？」

「瑪莉亞？誰是瑪莉亞？」

「就是和你跳舞的那一位。一個漂亮的女孩，非常漂亮。你有些愛上她了，就我所知。」

「你認識她嗎？」

「認識啊，我們相當熟。你對她很認真麼？」

「我喜歡她，我很高興她和我跳舞的時候那麼體貼。」

「哼，如果這就是一切！你應該對她獻點殷勤，哈利。她非常漂亮，又這麼會跳舞，而且你已經愛上她了。我相信你會成功的。」

「啊，那是我的野心。」

「你現在有點不坦白。我知道你在這世上某個地方有個情人，每半年才去看她一次，好跟她吵架。如果你要對這個奇特的女朋友保持忠誠，那你做得很不錯，但是請讓我說，不要把這事看得太認真！我其實懷疑你把愛看得過度認真。你可以這麼做，可以用你自己理想的方式來愛，盡你所想的，這是你的事，我對這些沒什麼好擔心的。我要操心的是，你要把生命裡的這些小小的、輕浮的藝術和把戲學得更好一些，在這些領域我是你的老師，我是比你的理想情人更好的老師，相信我！你真的很需要再一次睡在漂亮女孩身邊，荒野之狼。」

「赫爾敏娜，」我困窘地叫著，「你倒是看看我，我是個老男人！」

「你是個小男孩，就像你在學跳舞這件事上面讓自己太舒服了，同樣的，在學習愛這方面你也太好過了。理想又悲慘地愛，唉，我的朋友，這你是再清楚不過了，我沒有任何懷疑，反而尊敬不已！現在你要學著平凡點和人性一些去愛。已經起了頭，很快就可以讓你參加舞會。現在，你還要學會波士頓，我們明天開始，我三點過來。還有，你覺得這裡的音樂怎麼樣？」

「很好。」

「你看，這也算進步，你又多學了一些。到目前為止你根本不能忍受這些舞曲和爵士樂，這些音樂對你而言不夠嚴謹，不夠深刻；而現在你發現了，這些東西根本不需要太認真看待，卻會是可親又迷人的。還有，如果沒有帕布羅，這整個樂隊就什麼都不是，他帶領樂團，讓氣氛熱烈起來。」

○ ○ ○

正如留聲機敗壞我書房裡的禁慾精神，美國舞步陌生而搗亂，甚至毀滅地侵入我經營的音樂世界，來自各方面新奇的、被畏懼、解裂性的事物同樣侵入我直至目前如此清楚切割、嚴格封鎖的生活。荒野之狼的論文和赫爾敏娜對於一千個靈魂的說法是對的，每天，在所有那些舊的靈魂之外，在我之中又出現一些新的靈魂，提出要求，發出噪音，而我如今能看到我目前的性格妄想，清楚得就像面前的一幅畫。我剛好很擅長的幾種能力和習慣，我只讓這些貫徹到底，畫出一幅哈利的圖像，過著某個哈利的生活，而這個哈利不過是一個對於詩歌、音樂和哲學有著非常細緻品味的專家——我這個人的整個剩餘部分，能力、慾望和追求等等混亂都讓我厭惡，讓我把它們冠上荒野之狼的名號。

在這期間，轉變我的虛妄、消解我的人格絕非只是愉快而有趣的冒險；相反的，那經常是非常痛苦，經常是幾乎難以忍受的。留聲機在這個環境裡聽起來真如惡魔一般，其他的一切完全是另一種調調。經常，在任何一個新潮酒店，在那些優雅的花花公子和騙子之間跳著我的單步舞，就覺得自己是個叛徒，背叛了生活裡曾經對我是崇高而神聖的東西。如果赫爾敏娜只讓我獨處八天，那麼我會很快就逃離這種艱辛而可笑的紈褲子弟試驗。但是赫爾敏娜一直都在，雖然不是每天都看到她，我卻一直被她盯著，引導著、監督著、評判著——連我所有憤怒的抗拒以及逃避的想法，她都能微笑著從我臉上讀出來。

隨著我從前稱為「我的個性」的持續破壞，也開始理解為何我即使那樣絕望卻依舊十分懼怕死亡，也開始注意到，就連這可憎而可鄙的死亡恐懼也是我往昔的、中產階級虛假存在的一部分。眼前的這個哈勒爾先生，有才華的作家，莫札特和歌德的鑑賞家，為藝術形上學以及天才與悲劇、人性撰寫出值得一讀的觀察研究，書籍滿溢的蝸居裡憂鬱的隱士，一步一步被抬進自我批評裡，無處可藏。有才華又有趣的哈勒爾先生雖然曾經頌揚理性和人性，抗議戰爭的粗暴，然而在戰爭時並未束手就義，一如他思想的最終結論，而是找到某種變通之道，當然是非常合宜又崇高的，然而畢竟是種妥協。此外他還是權力和剝削的反對者，但是他在銀行裡有好幾張企業的有價證券，毫未察覺良心苛責地用這些股利。這就是整個情況，哈利·哈勒爾雖然把自己美妙地裝扮成理想家、蔑視世俗的人，當成憂鬱的隱士和憤世嫉俗的先知，然而他根本是個中產階級人士，覺得赫爾敏娜這樣的生活是傷風敗德的，為了在餐廳裡虛度的夜晚，為了在那裡虛擲的金錢而生氣，感到有愧於心，毫不企求自己的解放和圓熟，而是相反地強烈渴望回到舒適的時光，回到精神的小遊戲還讓他樂趣無窮並且帶來聲名的時代。受到他輕視和嘲弄的報紙讀者也同樣渴望回到戰前的理想時代，因為那比從苦難學習要來得輕鬆。見鬼了，他真噁心，這個哈勒爾先生！然而我依然緊緊擁抱著他，抓著他已經自行崩解的偽裝，依附著以性靈來裝腔作勢，對失序和偶然（也包括死亡）帶著中產階級恐懼的他，一面又把正在形成的新哈利，舞廳裡那個有些害羞而怪異的半吊子，諷刺又充滿忌妒地和曾經的、虛偽的理想哈利圖像比較，他這時已經看出這幅自我圖像當中的所有平庸線條，就是教授家那幅歌德像讓他生氣的同樣線條。他本身，舊的哈利，曾經就是這樣一個中產階級理想化的歌德，精神英雄散發出過分崇高的目光，因莊嚴、性靈和人性還有髮油而發光，幾乎因自己的高尚思想而感動！該死的，這幅和藹可親的圖像如今無論如何卻有幾個討厭的洞，理想的哈勒爾先生被可憐地拆下來了！看起來就像被路邊強盜洗劫的顯貴，還穿著被撕爛的褲子，機伶地試著學習衣衫襤褸者的角色，卻依然穿著自己的破衣，有如上面還掛著勳章一般，哭哭啼啼地繼續做作出迷失的尊嚴樣貌。

我常和音樂家帕布羅碰面，我對他的看法因此也必須加以修正，因為赫爾敏娜是如此喜歡他，希冀他的陪伴。我在記憶裡將帕布羅描繪成一個俊俏的廢物，一個小小的、有些虛榮的帥哥，愉快又沒麻煩的孩子，歡樂地吹奏著他的市集喇叭，用讚美和巧克力就能輕易駕馭他。然而帕布羅不理會我對他的看法，那對他是無關緊要的，一如我的音樂理論。他禮貌且友善地聽我說，總是微笑著，卻從不曾正面回答。相反的我似乎還是激起他的興趣，他顯然努力讓我喜歡他，對我展現善意。有一次我被這種沒有結果的對話所激怒，幾乎變得粗魯，他驚慌失措而哀傷地看著我的臉，握著我的左手安撫著，從一個小小的鑲金瓶子裡倒了一些東西讓我吸，說那會對我有好處。我以目光詢問赫爾敏娜，她點頭贊同，於是我接過用鼻子吸了。我的確在短時間內就變得比較輕鬆而活潑，粉末裡也許有些可卡因。赫爾敏娜對我說，帕布羅有許多這類東西，是經由祕密管道獲得的，有時拿出來招待朋友，而他在混合和調配方面是個大師：麻醉痛苦的東西，幫助睡眠的、製造美夢的、用來取樂的、陷入愛戀的用劑。

有一次我在街上遇到他，在河堤邊，他毫無異議地就和我同行，這次我終於讓他開口說話。

「帕布羅先生，」我對他說，他正把玩著一根細細的黑、銀雙色的小棍子，「您是赫爾敏娜的朋友，這是我對你感興趣的原因。然而您讓我——我必須說——不太容易和您攀談。我好幾次都試著和您討論音樂——我會想聽聽您的意見，您的辯駁和您的判斷；然而您拒絕給我任何最微不足道的回應。」

他真誠地對我笑著，這次沒把回答欠著，而是心平氣和地說：「您知道，依我的看法根本就不值得談論音樂。我從來不談音樂。對您非常聰明又正確的言論，我又應該如何回答呢？您所說的都那麼有道理。但是您看，我是音樂家，不是學者，我不認為理直氣壯在音樂裡有任何價值。和音樂有關的不是有理有據，不是品味和修養這一類的。」

「那麼，和音樂相關的究竟是什麼？」

「相關的是演奏音樂，哈勒爾先生，儘可能美好，儘可能多又密集地演奏！就是這樣，先生！如果我能在腦子裡記住巴哈以及海頓的所有作品，能說出其中最細微之處，這對人並沒有用處。但是如果我能拿起我的吹管，流暢地吹奏一曲搖擺舞，曲子可能好或壞，卻讓大家高興，曲子會進到他們的腿裡、血裡。音樂只和這些相關。您只要在比較長的停頓而後音樂再響起的那一刻，朝舞廳裡的臉孔看一下——他們的眼睛是如何開始散發光芒，雙腿開始抖動，臉開始笑起來！這就是為何人要演奏音樂。」

「很好，帕布羅先生。但是不只有感官性的音樂，也有性靈的音樂。不是只有眼下演奏的音樂，而是還有不死的、長存的音樂，就算它一時沒有被演奏。可以是某個人單獨躺在自己床上，在思想裡喚起一段《魔笛》或是《馬太受難曲》，然後音樂就開始了，卻沒有任何一個人吹著笛子或是拉著小提琴。」

「當然，哈勒爾先生。《思念》和瓦倫西亞音樂每晚也都由許多寂寞而愛做夢的人沉默地再造出來，就算最可憐的打字女工窩在辦公室，腦子裡都還有最後一首單步舞，隨著曲子的節拍敲擊字鍵。您說得沒錯，所有這些寂寞的人，就讓他們享受所有靜默的音樂，不管是情歌、《魔笛》或是瓦倫西亞！但是這些人從哪裡得到他們孤單又沉默的音樂？他們是從我們樂手這裡得到的，音樂必須先被演奏，被聽到，進入血液裡，才能讓某個人在自己房間裡想到它，夢到它。」

「我同意，」我冷冷地說：「不過這無關乎將莫札特和最新的狐步舞混為一談；而您為人們演奏的是崇高而永恆的音樂還是廉價的一日音樂，並不能一概而論的。」

當帕布羅察覺到我聲音裡的激動，他立刻裝出可愛的臉，安慰地撫摸我的手臂，讓他的聲音充滿難以置信的溫和。

「但是，親愛的先生，對於音樂高下您也許有理，我當然不反對您對莫札特、海頓和瓦倫西亞的任何評價，我完全不會過問。莫札特也許在一百年後都還會被演奏，而瓦倫西亞也許在兩年之內就悄無聲息——我相信，我們能將這一切託付給親愛的上帝，祂是公正的，掌握我們所有人的壽命，還有任何一曲華爾滋以及任何一首狐步舞的壽命，祂一定會做出正確的事。但是我們樂手必須做我們的事，而我們的責任和任務就是：必須演奏大家在這一刻正想要聽的，我們必須把音樂演奏得又好又美，而且儘可能動人。」

我嘆息著放棄了，這個人根本不為所動。

○○○

許多時刻，舊的和新的，痛苦及慾望，恐懼與歡愉，它們奇妙地混合著。我一下子在天堂，一下子在地獄，大半時間卻同時在這兩個地方。舊的和新的哈利一會兒激烈地爭執，一會兒和平相處。舊的哈利經常似乎死透了，死了而且被埋葬，但是突然他又站在那兒，發出號令，專制一切，知道得比誰都清楚，而那個新的，小小的年輕的哈利感到羞愧，沉默著，讓自己被壓到牆上。其他的時間，年輕哈利掐著老哈利的咽喉，使勁地壓下去，許多呻吟，許多死亡鬥爭，許多剃刀的念頭。

然而哀傷與幸福經常同在一陣浪裡向我撲來。我第一次公開嘗試跳舞之後沒幾天，那天晚上我踏進臥室，莫名地驚訝、陌生、震驚又陶醉地發現美麗的瑪莉亞躺在我的床上，就是這樣的一個時刻。

赫爾敏娜到目前為止帶給我的驚喜當中，這個是最猛烈的，因為我一點都不懷疑，是她將這隻天堂鳥送到我這裡來的。那個晚上我例外地沒有和赫爾敏娜在一起，而是在敏斯特聽了一場老教堂音樂演奏會——這是回到我舊生活的一次美好而憂鬱的遠遊，回到我的青春園地，回到理想哈利的領域。少許光線嬉戲間，美麗的交錯拱頂鬼魅鮮活地來回交織，在教堂高聳的哥德式空間裡，我聽了一些巴克斯特胡德[23]、帕赫貝爾、巴哈以及海頓，重新走上喜愛的老路，又聽到一個專門演唱巴哈的女歌手的美妙聲音，我曾和她交往過一陣子，經歷過許多傑出的演出。這些老音樂的聲音，無限的尊榮和神聖，喚醒我年輕時所有的精神高昂、陶醉和興奮，悲傷而沉思地我坐在教堂高高的聖壇上，在這個高雅神聖的世界裡，在這曾是我故鄉的地方作客一小時。在海頓的二重奏裡，眼淚突然湧上來，沒等到音樂會結束，我放棄和那個女歌手重聚，（啊，我曾經在這樣的音樂會後和藝術家們共度多少閃亮的夜晚！）從敏斯特溜走，在夜晚的巷道裡疲累奔跑著，隨處的餐廳窗戶後面，爵士樂隊演奏著我現今生活的旋律。啊，我的生命變成怎樣混沌錯亂！

我在這次夜行當中，對於我和音樂之間奇特的關係也思索良久，再一次從我和音樂之間這既令人感動又平庸的關係裡，看到整個德意志精神的命運。德意志精神裡主宰的是母權，對大自然的依附以音樂主宰的形式表現出來，是其他民族所沒有的。我們這些精神取向的人，不是提起男子氣概起而反抗母權，並未服膺精神、理智、文字而使之受到傾聽，未曾夢想著一種沒有字的語言，說出無法表達的，表現出無法呈現的。不是儘可能地對自己的樂器保持忠誠，正直的演奏，精神性的德意志人一直正面對抗文字和理性，和音樂眉目傳情。而在音樂之中，在這美妙神聖的音體之中，在美妙而溫和的感覺和情緒之中，在從不企求實現的這一切當中，德意志精神沉湎著，疏忽了許多真正的任務。我們所有精神人類其實根本無處為家，對音樂是陌生而有敵意的，因此在我們的德意志現實裡，在我們的歷史之中，我們的政治，我們的公眾意見當中，精神所扮演的角色是那樣微不足道。於是，我經常把這樣的念頭想個徹底，有時就會感到一陣強烈的渴望，去參與一回塑造真實，認真負責的做一次，

23 巴克斯特胡德（Dieterich Buxtehude, 1637-1707），巴洛克時期丹麥—德國管風琴家與作曲家。

而不只是宣揚美學以及精神工藝。然而總是以放棄作結束，隨著屈服陷入困境。將軍先生們和重工業家們完全正確：我們「精神主義者」無關緊要，我們是一群可有可無、不切實際、不負責任、精神思想豐富的空談家。該死的！剃刀！

就這樣思緒滿懷，一面充滿音樂的迴響，心裡滿是哀傷，絕望地渴求生命、真實、意義、無可挽回的損失，我終於回到家，爬上樓梯，點亮起居室的燈，徒然地想試著讀點書，想到強求我明晚到賽西兒酒吧喝威士忌和跳舞的邀約，不僅對我自己，也對赫爾敏娜產生一種敵意和苦澀的感覺。她也許是好心又誠摯的，也許她是個很美妙的人——她當時應該讓我沉淪到底比較好，而不是讓我在這個混亂、陌生、閃耀的遊戲世界裡進進出出，我在這個世界終究只會是個陌生人，而我最好的部分卻會在其中敗壞而困頓。

於是我哀傷地熄了燈，哀傷地走進我的臥室，哀傷地開始寬衣，這時一陣不尋常的香味讓我感到陌生，那聞起來有點像香水——環顧四周我看到美麗的瑪莉亞倚在我的床上，微笑著，有點不安，睜著大大的藍眼睛。

「瑪莉亞！」我說，而我的第一個念頭是，我的房東太太要是知道這件事，她會把我趕出去的。

「我來了，」她輕聲說著：「您生我的氣嗎？」

「不，不。我知道，是赫爾敏娜把鑰匙交給您的，是嘍。」

「唉，您生氣了，我還是走吧。」

「不，美麗的瑪莉亞，請您留下！我只是今天晚上剛好非常哀傷，今天是開心不起來的，也許明天又會變得風趣了。」

我稍微俯身向她，這時她用大而堅定的雙手扶住我的頭，拉向下而深長地吻了我。我坐到她身邊的床上，握住她的手，請求她輕聲說話，因為不能讓別人聽到我們；我低頭看著她美麗而豐滿的臉，陌生而美妙，像一大朵花躺在我的枕頭上。她慢慢地拉著我的手碰她的脣，移到被子底下，然後把我的手放在她溫暖、平靜呼吸的胸膛上。

「你不用陪笑臉，」她說：「赫爾敏娜已經告訴過我，你有些煩惱，每個人都會理解的。

我依然中你的意嗎？不久前在跳舞的時候，你非常迷戀我呢。」

我吻她的眼睛、嘴唇、頸子和胸部。剛才還想著赫爾敏娜，苦澀也帶著責備，而現在我把她的禮物捧在手裡，心懷感激。瑪莉亞的愛撫並未傷及我今晚剛聽的美妙音樂，而是足以匹配，使之圓滿。我慢慢地從這個美麗女人的身上抽掉被子，直到我吻到她的腳為止。當我躺到她的身邊，她如花的臉龐對著我諒解而善意地微笑著。

這一晚，在瑪莉亞身邊，我睡得並不長，然而像個孩子般睡得很沉很好。在睡眠之間我啜飲著她美好而活潑的青春，在輕聲閒聊當中得知許多她和赫爾敏娜的生活中值得瞭解的事。我對這類人及其生活所知非常有限，以前只有在戲劇裡才偶爾見到類似的生存方式，女人以及男人，半藝術家，半上流社會。直到現在我才稍微見識到這種奇特生活，少見地無瑕、罕見地墮落的生活。這些女孩，大部分出身貧困，太聰明又太美麗，以致於不能將整個生命單一地投入任何收入微薄、毫無樂趣的維生職業裡，都是時而兼差，時而依靠她們的嫵媚和親切維生。她們有時在打字機前工作幾個月，有時充當富有紈褲子弟的情人，從那兒拿到零花錢和禮物，有時在毛皮、汽車和大飯店之間生活，另一段時間住在閣樓房間裡；雖然在某些情況下可以相當代價和她們結婚，整體而言她們卻決不貪戀婚姻。她們有些在愛慾之中沒有愛，而且只是厭憎地付出，只求最高價；其他有些——瑪莉亞就是其中之一——異常地具有愛的天賦也需要愛，她們大部分在這方面和兩種性別的人都有經驗；她們只為愛而生，在正式而且付錢的朋友之外，還綻放著其他的情愛關係。忙忙碌碌，憂心忡忡又輕浮，聰明然而卻不加思考，這些花蝴蝶過著孩子氣卻也機伶的生活，獨立，無法隨意收買，期待著幸運和好天氣，愛上生活，卻不像中產階級那樣攀附著生活，永遠準備好隨著童話王子到他的城堡裡，永遠半意識到沉重而哀傷的結局。

瑪莉亞教我許多事——在那個美妙的第一夜和接下來幾天，不僅是溫柔的新遊戲和感官的快感，還有新的理解，新的看法，新的愛情。跳舞和娛樂場所的世界，電影院、酒吧和旅館大廳的世界，這些對我這個隱士和唯美主義者仍是有些廉價、忌諱而不名譽的，對瑪莉亞，對赫爾敏娜和她們的同伴而言，這個世界既不好也不壞，不值得愛也不值得恨，她們短暫而帶著慾望的生活在其中綻放著，在這個世界裡她們是自在而熟稔的。她們喜愛燒烤吧的一朵蘑菇或是一份特製拼盤，就像我們喜愛一位作曲家或是詩人一般；她們對一首新舞曲，或是一個爵士歌手感傷而煽情的歌曲所投注的興奮、激動和感動，就像我們因尼采或韓森而感動一樣。瑪莉亞告訴我有關那個英俊的薩克斯風手帕布羅的事，提到他這陣子唱了一首美式歌謠給她們聽，她在說的時候帶著著迷、欽佩和愛戀，令我感動，她的領略比任何一個受過高等教育而醉心於精緻藝術享受的人還多。我想跟著她們一起陶醉，即使是那首歌也可以；瑪莉亞充滿愛意的字句，她充滿慾望而閃亮的目光已經在我的美學上撕開一道寬寬的裂口。當然有一些美麗的，一些比較沒那麼精美的東西，對我而言它們似乎超越任何爭執和懷疑，甚至是莫札特，然而界限在哪裡呢？我們這些行家和批評家年輕時不也都熱愛過一些藝術品和藝術家，而今卻有所質疑，見其低劣？對我們而言，李斯特、華格納是這樣，很多人甚至對貝多芬不也有著同樣的經驗？瑪莉亞對這首美國歌曲的無稽孩子氣，也是同樣純粹、美麗，超越各種懷疑的藝術體驗，不就像任何一個教育委員傾聽《特里斯坦》[24]，或是任何指揮家在指揮貝多芬第九號交響曲時所受到的感動？這難道不是奇特地正巧符合帕布羅先生的看法，證實他是對的？

這位帕布羅，這位俊美的先生，對瑪莉亞而言似乎也非常可愛！

「他是一個漂亮的人，」我說：「我也非常喜歡他。不過告訴我，瑪莉亞，你為何能夠同時也愛我？這樣一個無聊的老傢伙，長相根本不好看，還有著灰頭髮，不會吹薩克斯風，也不會唱英文情歌。」

「不要說得那麼難聽，」她責備我：「這是非常自然的呀。我也喜歡你，你也有美麗、可愛和特別的地方，你不能是其他的樣子。人不應該談這些事，說什麼道理。你看，如果你從頸子吻過我的耳朵，那麼我會覺得你喜歡我，我合你的意；你會用一種帶點羞怯的方式來吻我，這就是告訴我：他喜歡你，他因此對你心存感謝，你是美麗的。我非常、非常喜歡這

24《特里斯坦》（Tristan und Isolde），華格納的歌劇。

樣。而另一個男人我剛好喜歡相反的，他似乎不知道怎麼看待我，吻我就好像在施恩一樣。」

我們又睡著了，然後我又醒了過來，不曾停止用手環抱著她，我美麗、美麗的花朵。

而多奇妙啊！這美麗的花朵是赫爾敏娜不斷帶給我的禮物！她一直都在瑪莉亞背後，被她像面具般圍繞著！而有時我忽然想到艾莉卡，我遙遠的壞情人，我可憐的女朋友。她長得並不比瑪莉亞遜色，就算不是那樣年輕而開放，特別的愛撫小把戲也不比瑪莉亞少。她像幅畫一般站在我面前一會兒，清楚而痛苦，受鍾愛而深深地和我的命運交織著，然後又沉了下去，沉進睡眠裡，被遺忘，在半遺憾的遠方。

於是我生命中的許多畫面就在這美麗而溫柔的夜晚出現在我面前，我那麼長時間空洞、可憐又枯燥地度過的夜晚，而如今被愛神奇幻地打開了，從深處豐富地湧出畫面之泉，一瞬間我的心因為沉醉而靜止，也因為哀悼我生命的畫室曾經如此豐富，高遠的星辰和星象曾經如此充滿可憐郊狼的心靈。童年和母親看著溫柔，美化得像座遙遠的、帶著無盡藍色而飄離的一塊山，發出我友誼合聲的堅強與清澈，從傳奇的赫爾曼開始，赫爾敏娜的心靈手足，發出香味而不屬塵世，就像從水裡長出的海中花般潤澤，許多女子的圖像湧向前來，那是我所愛過的、追求過的、歌頌過的，卻只有少數觸及而試著將她們變成我的。就連我一起生活多年的太太，她教會了我同伴情誼、衝突、放棄，不管任何生活的不愉快，依然留下深刻鮮活的信賴感，直到她錯亂生病，在突然逃避又狂野的抗拒之下離開我──我於是瞭解到我是多麼愛她，如何絕對深深地信賴她，她打破的信賴於是重重地傷了我，是畢生之最。

這些圖像──幾百幅，不管有無名稱──都再度呈現，年輕鮮活地從這個愛戀之夜的湧泉裡升起，而我再度知悉我在悲慘之中早已遺忘的，這些圖像是我生命的財產和價值，不滅地繼續存在著；變成繁星的經歷是我能遺忘卻不能摧毀的，它們的排列是我生命的傳奇，它們的星辰光芒是我的存在無可毀滅的價值。我的生命曾是勞累、波折而不快樂的，走向放棄與否定，因為人類的命運之鹽而苦澀，然而這個生命也曾是豐富的，驕傲而豐富的，即使在悲慘之中也是至高無上的。即使通往沉淪的路還是那樣不幸，這一生的核心卻是高尚的，具備面貌和個性，非關財富，但關星辰。

那夜之後又是一段時間過去，從那時起發生了許多事，物換星移，我只記得那個晚上幾件事，只記得我們之間交換的幾個字，只能憶起深刻的輕憐密愛間幾個表情和動作，只留下性愛力竭而沉睡後醒來的明亮瞬間。然而那個晚上是我沉淪以來，我的生命首次以堅定閃亮的目光看著我，讓我得以將偶然再度視為宿命，我再度體認到我存在的廢墟畢竟是神聖的片段。我的心靈又再度呼吸起來，我的眼睛又看得見，而轉眼間我熱切地猜測到，我只是將散落的圖片世界湊在一起，我只需要將哈利．哈勒爾式的郊狼生涯當作完整的圖畫凸顯出來，自己就能走進這些圖畫的世界，成為不朽。而這不正是所有人類生命起始和嘗試的目標？

第二天清晨，瑪莉亞分享我的早餐以後，我必須要把她偷渡出這個房子，也成功了。就在同一天我為她和我在鄰近的市區租了一個小房間，只供我們聚首之用。

我的舞蹈老師赫爾敏娜盡責地出現，而我必須學會波士頓。她是嚴格而不為所動的，不讓我有一刻鬆懈，因為我要和她參加下一回的化妝舞會，這是已經決定的事。她向我要了一些錢張羅她的衣著，卻拒絕說出任何事情。拜訪她或是僅僅得知她的住處仍然是我不被允許的。

在化妝舞會之前的時間，大約三個星期，是非常美好的。瑪莉亞似乎是我曾擁有的第一個真正的情人，從前我對所愛的情人總是要求性靈和教養，不曾真正注意到，即使是最具靈性而且受過相當教育的女性也不能回應我的思想，反而與之對立；我帶著自己的問題和想法走向她們，對我而言似乎完全不可能愛一個女性超過一個小時，如果她不曾讀過一本書，或是根本不知何謂閱讀，又或者無法區分柴可夫斯基和貝多芬。瑪莉亞沒受過教育，她不需要拐彎抹角，也不需要替代世界，她的問題都是直接從感受而生。以她產生的感受，以她特別的形體，她的顏色，她的頭髮，她的聲音，她的皮膚，她的脾氣能帶來那麼多的感官和情慾快感，勝過任何一切，為每種能力、她身體線條的每個弧度、身體上任何最細緻的形狀，都在愛人身上找到、變幻出答案，理解、鮮活而愉快的回應，這是她的藝術和任務。我第一次羞澀地和她跳舞的時候，就察覺到這種絕妙、令人陶醉而爐火純青的感官性，為她著迷。而赫爾敏娜，這全知的女孩，把瑪莉亞帶到我身邊當然也不是偶然的。她的氣味，她全部的特徵都是夏季的，如玫瑰一般。

我沒有那種運氣成為瑪莉亞唯一的或是特別喜愛的情人，我只是她許多情人之一。她經常沒時間陪我，有時只是下午一個小時，少數幾次是一整晚。她不拿我的錢，這背後一定是因為赫爾敏娜的關係。然而她樂於接受禮物，如果我送她一個紅漆皮革的小錢包，那麼也可以在裡面放兩三個金幣。此外因為這個紅色錢包我卻被她嘲笑了。錢包滿可愛的，但卻是賣不出去的東西，已經過時了。在這方面，我到目前所知、所瞭解的還比不上對愛斯基摩語的認識，卻從瑪莉亞那裡學到許多。我尤其學到了這些小玩具、流行或奢華的東西不單是廉價而庸俗的，不只是愛錢的工廠和商人的發明，而是自有其理，美麗、多樣，物品的小小世界甚或是大世界，各有其目的，為愛服務，讓感覺細緻，活化死去的周遭，神奇地賦予世界嶄新的愛情感官，從蜜粉和香水直到舞鞋，從指環到菸盒，從皮帶扣環到錢包。袋子非袋子，錢包非錢包，花非花，扇非扇，所有都是愛的塑造物質，是魔法，是刺激，是信差，黑市商人，武器，戰鬥口號。

瑪莉亞究竟愛誰，我經常思考這件事。她最愛的，我相信，是吹薩克斯風的年輕人帕布羅，他有著迷失的黑眼睛，以及修長、蒼白、優雅而憂鬱的手。我以為這帕布羅在愛慾當中是有些迷糊、被寵壞而被動的，然而瑪莉亞向我保證，他的熱情雖然只能慢慢地被點燃，卻更緊湊、更堅定、更男性、需索更強烈，勝過任何拳擊手或是騎士。於是我得知這個和那個人的祕密，爵士樂手、演員、一些女人、我們這一帶的女孩和男人，得知各式各樣的祕密，看到表面之下的聯繫和敵意，慢慢的我（我，這個在這世上完全毫無牽繫的異物）越來越熟悉而被牽扯進去。我也得知許多關於赫爾敏娜的事，尤其我現在經常和瑪莉亞很喜歡的帕布羅先生在一起。有時她也需要帕布羅的神祕藥劑，有時也幫我弄到這些享樂配方，而帕布羅總是特別熱心地為我服務。有一次帕布羅直接了當地告訴我：「您太不快樂了，這不好，人不應該是這樣，讓人難受。請您用一些清淡的鴉片煙吧。」我對這個快樂、聰明、孩子氣因而難以看透的人的看法不斷改變，我們變成朋友，不少時候我接受他的配方。他有些開心地看著我對瑪莉亞的愛戀。有一次他在自己的房間舉辦一次「慶祝會」，在一家郊區飯店的閣樓。那裡只有一張椅子，瑪莉亞和我必須坐在床上。他給我們一些喝的，那是從三個瓶子倒在一起混成的飲料，充滿神祕而美妙的利口酒。而後，當我心情變得非常好的時候，他眼睛發亮地建議我們來一場三人的性愛狂歡，我斷然拒絕，這種事情對我是絕對不可能的，然而我還是偷看了一下瑪莉亞的反應，雖然她立刻就附和我的拒絕，我卻看見她眼裡的微光，察覺到她惋惜我的放棄。帕布羅對我的拒絕感到失望，不過並未受傷。「可惜，」他說：「哈利太衛道了。什麼都不能做，本來會是那麼美好的，會非常美好的！不過我知道替代方式。」我們每個人都拿一些鴉片來抽，坐在那兒一動不動，雙眼睜開著，我們三個人都經歷到他所建議的那一幕，瑪莉亞因為心醉神迷而顫抖著。在我後來覺得有些不舒服的時候，帕布羅把我放到床上，給我幾滴藥，當我將眼睛閉上幾分鐘，我覺得在每邊眼皮上拂過一個飛快的輕吻，我受了下來，把這吻當作是瑪莉亞的，然而我知道得很清楚，這是帕布羅的吻。

有天晚上他帶給我更大的驚奇。他出現在我的公寓裡，告訴我他需要二十法郎，而他想向我借這些錢。他提供我的報酬就是這一夜讓瑪莉亞陪我，而不是陪他。

「帕布羅，」我驚嚇地說：「您不知道自己說的什麼話。把自己的情人交給他人來換取金錢，這對我們而言是最該譴責的。我沒聽到您的建議，帕布羅。」

他同情地看著我，「您不想要，哈利先生，那麼好吧。您總是給自己帶來那麼多難堪。好吧，如果您寧可這樣，您今晚就不和瑪莉亞一起睡，但請把錢就這樣給我，您以後能拿得回去的。我很急著要。」

「是為了什麼？」

「為了阿勾斯提諾——您知道的，就是那個拉第二小提琴的小個子，他已經病了八天了，沒人照顧他，他一分錢都沒有了，現在連我的錢也用完了。」

出於好奇還有一絲自我懲罰的心，我和他一起到阿勾斯提諾那裡去，帕布羅帶了牛奶和藥到他的屋頂小房間去，相當淒涼的一個房間，帕布羅剛把床鋪好，讓房間通風，把一塊漂亮而且是真正的敷布放在他發燒的額頭上，一切都快速、溫柔又專業地完成，就像一個好護士。當天晚上我看著帕布羅在城市酒吧裡演奏，直到清晨時分。

我常和赫爾敏娜談論瑪莉亞良久，就事論事地說她的手、肩膀、臀部，說她笑、吻和跳舞的方式。

「她已經對你示範過了嗎？」有一次赫爾敏娜問我，對我描述接吻的一種特殊舌頭遊戲。我要求她自己做給我看，然而她嚴肅地拒絕我：「以後吧，」她說：「我還不是你的情人。」

我問她，她從何得知瑪莉亞的接吻技巧，還有一些她祕密的，只有被愛的男人才知道的生活特性。

「噢，」她喊著：「我們是朋友啊。你以為我們彼此之間還有祕密嗎？我夠常在她那兒睡覺，和她一起玩。是呀，你真的弄到一個比其他人都能幹的美麗女孩。」

「不過我相信，赫爾敏娜，你們彼此之間還是有祕密的。或者你也告訴她你所知道關於我的一切？」

「沒有，這是另外一件你不會瞭解的事。瑪莉亞是個美妙的人，你真幸運，但是在你我之間有些東西是她完全不知道的。我曾對她說了很多關於你的事，這是理所當然的，比你當時希望的更多——我畢竟必須為你誘惑她啊！不過你要明白，我的朋友，瑪莉亞或是其他人永遠不會像我這樣瞭解你。我也從她那裡又知道了一些事——我對你的瞭解就像瑪莉亞一樣多。確實，我對你認識得那麼清楚，就好像我們經常上床一樣。」

當我再度和瑪莉亞碰面的時候，我奇妙而神祕地得知，赫爾敏娜就像我一樣被她放在心上，她感覺、親吻、品嘗以及評點赫爾敏娜的關節、頭髮和皮膚，就和我的身體一樣。新的，間接而複雜的關係和牽繫出現在我面前，新的情愛和生活可能性，於是我想到荒野之狼論文裡的一千個靈魂。

○○○

從我和瑪莉亞相熟到那次大型化妝舞會之間的短暫時間裡，我的確是快樂的，卻從未有那種如今終於解放、終於幸福的感覺，而是非常明顯的察覺到，這一切都只是前戲和準備，把一切急速地向前推動，使根本降臨。

我學了那麼多有關跳舞的事，現在我覺得或許可以參加舞會，隨著日子接近就越常說起的那個舞會。赫爾敏娜有個祕密，而她堅持絕不透露，不讓我知道她會穿戴什麼樣的面具服裝現身。我一定會認出她的，她這麼認為，而如果我失敗了，她會幫我，但是我不可以事先得知。所以她對我的變裝計畫也一點都不好奇，而我決定根本就不變裝。當我邀請瑪莉亞參加舞會的時候，她告訴我，這次盛會她已經有個護花騎士了，也確實已經拿到入場券，我有些失望地發現我必須獨自前往。那是城裡最精緻的化妝舞會，每年由藝術界在環球舞廳裡舉辦。

這些日子裡我不常看到赫爾敏娜，但是在舞會前一天，她有片刻和我待在一起——她過來拿我買給她的入場券——平靜地坐在我的房間裡，結果展開了一段讓我感覺有點奇特而且印象深刻的對話。

「你現在過得其實相當好，」她說：「你會跳舞了，超過四個星期沒有看到你的人，根本就認不出你來。」

「的確，」我承認，「我已經好幾年沒過得這麼好了。這一切都是因為你，赫爾敏娜。」

「喔，不是因為你美麗的瑪莉亞？」

「不是，她也是你送給我的，她很棒。」

「她是你所需要的情人，荒野之狼。俊俏、年輕、脾氣好，在愛情方面很伶俐，不是每天都能擁有。如果你不必和別人分享她，如果你在她身邊不總是個過客，就不會這麼好。」

的確，這點我也必須承認。

「那如今你需要的都有了？」

「沒有，赫爾敏娜，不是這樣的。我得到非常美好而醉人的、很大的愉悅，還有親切的安慰。我就是幸福……」

「那就好啦！你還想更多嗎？」

「我想要更多，我不滿意只是幸福，我不是為了幸福而生的，那不是我命定的。我命定的是幸福的相反。」

「也就是不幸嘍？你以前多的是不幸，當你因為剃刀而再無法回家的時候。」

「不，赫爾敏娜，那不一樣，我當時很不幸，我承認。然而那是一種笨拙的不幸，是不會帶來任何結果的。」

「為什麼？」

「否則我就不必總是帶著對死亡的恐懼，而我其實祈願自己的死亡！我所需要和渴望的不幸是不一樣的；讓我因慾望而受苦，讓我帶著狂喜死亡，這是我所期待的幸福或是不幸。」

「我瞭解你的意思，我們在這方面是患難兄弟。但是現在你和瑪莉亞在一起，你對這樣的幸福有什麼不滿的？你為什麼不滿足？」

「我不反對幸福，喔不，我喜歡幸福，我感激它，它美得就像多雨的夏天裡某個出太陽的日子，然而我察覺到那並不能久長。這樣的幸福也不會有什麼結果，只讓人滿足，而滿足並非我所愛。這樣的幸福讓荒野之狼入睡，讓牠飽足，卻不足以讓人為它而死。」

「所以荒野之狼必須死掉？」

「我想是的！我非常滿足於我的幸福，我還可以承受這幸福一陣子。然而這幸福只要偶爾給我一小時的空檔，讓我醒來，讓我產生慾望，我所有的慾望就不在於隨時保有這幸福，而是再度受苦，只是比先前多些美麗少些悲慘。我渴望受苦，會讓我準備好而樂意受死的痛苦。」

赫爾敏娜溫柔地看著我的眼睛，以她會突然出現的陰暗目光，美麗又可怕的眼睛啊！慢慢地，字字斟酌著，一個接著一個，她說——說得那麼輕，我必須費盡力氣才聽得到：

「我今天要告訴你一些事情，是我早已經知道，而你也早已知道，但也許卻不曾對自己說過的。我現在告訴你，我對自己以及你還有我們的命運所知道的一切。你，哈利，你曾是個藝術家和思想家，充滿愉悅和信仰的人，總是追隨偉大和永恆的足跡，從未滿足於華麗和微小。但是生命越是喚醒你，越讓你回歸自我，你的困境就越大，你所受的苦，所陷入的焦慮和絕望就越深，淹沒你直到頸子；你曾認為是美麗和神聖的，曾經熱愛和推崇的，對人以及對追求更高使命的信仰，這一切都不能幫助你，因此變得毫無價值，摔得粉碎。你的信仰再也找不到空氣呼吸，窒息卻是種殘酷的死亡。我說得對嗎，哈利？這就是你的宿命吧？」

我點頭，點頭，點頭。

「你對內在生命有一定的想像，是種信仰，是種要求，你樂於行動、受苦和犧牲——然後你卻慢慢注意到，這世界根本不要求你有任何作為、犧牲或是這一類的，發覺到生命不是英雄史詩，沒有英雄之類的角色，而是中產階級的好房子，讓人對裡面的食物、飲料、咖啡和絲襪、塔羅牌遊戲還有收音機音樂完全感到滿意。想要不同的東西，內心藏著英雄氣概和美感，崇敬偉大的詩人，或是崇敬聖人，這種人是傻瓜，是唐吉訶德騎士。好，我其實也是這麼過來的，我的朋友！我是個具有美好天賦的女孩，原本註定要跟隨崇高的模範來生活，對自己提出高要求，要實現榮耀的任務。我能承受偉大的命運，成為一個國王的妻子，革命家的情人，天才的姊妹，殉道者的母親，可是生活只允許我當一個品味平庸的交際花——光是這點就已經叫我夠難受的了！這就是發生在我身上的事。有一陣子我相當絕望，有相當長的一段時間我想在自己身上找出罪過。我想生命終究必定是對的，如果生命嘲笑我的美夢，那麼我想一定是因為我的夢是愚蠢的，不對勁的。但是這樣一點幫助都沒有，我因為有好眼睛和好耳朵，也有些好奇心，我很仔細地看著所謂的生命，看著我認識的人和鄰居們，超過五十個人和他們的命運，於是我發覺，哈利：我的夢想是對的，對上千百倍，就像你的一樣；生命，也就是真實，是不對勁的。我這樣的女人沒有其他選擇，只能坐在打字機邊，為愛錢的人工作，然後貧困又無意義地老去，或者為了錢和這種喜歡賺錢的人結婚，或是變成像妓女一般，這也同樣不對勁，就像你這樣的人必須孤獨、內向而絕望地拿起剃刀一樣錯誤。我的悲慘也許是偏向物質和道德方面的，而你的是精神層面的——卻走上同樣的道路。你以為我不能瞭解你對狐步舞的不安，對酒吧和舞廳的反感，對爵士樂和所有這類廢物的抗拒？這些我再瞭解不過，我也同樣瞭解你對政治的厭惡，對政黨和媒體的空話和不負責任感到哀傷，你對戰爭的絕望，不管是過去的、未來的，對人現今的思考方式，怎麼閱讀、蓋房子、演奏音樂、慶祝慶典、怎麼推動教育都感到絕望！你是對的，荒野之狼，千百倍正確，但是你卻必須死掉。對這個簡單、安逸，只要一點點就感到滿足的今日世界來說，你的要求太高太饑渴，這個世界把你吐出來，你比它多了一個面向。想要活在今日，想要自己生活快樂的人，不能是像你和我這樣的人。想用音樂取代亂彈，以愉悅取代享樂，以心靈替代金錢，拿真正的工作來取代忙綠，要求熱情而非嬉戲，對這樣的人而言，這個美麗的世界不是故鄉……」

她望向地板沉思著。

「赫爾敏娜，」我溫柔地呼喚著她的名字，「我的姊妹，你的雙眼看得多麼正確！然而你還是教了我狐步舞！你是怎麼想的：像我們這樣的人，像我們這種多了一個面向的人無法在這裡生活嗎？為什麼呢？只有我們這個時代才如此嗎？或者一直都是這樣？」

「我不知道，為了世界的名譽我想相信那只發生在我們的時代，只是一種疾病，是暫時的不幸。領導者堅定順利地準備著下一場戰爭，同時我們其他人跳著狐步舞，賺錢吃夾心巧克力球——在這樣一個時代，世界看起來必定相當安逸。我們希望其他時代比較好，將來也再度變好，更豐富、更寬廣、更有深度，但是這對我們沒有幫助。也可能這世界一向如此……」

「一直都像現在這樣？一直只是一個給政客、黑市商人、酒保和紈褲子弟的世界，沒給人類任何空氣？」

「這個嘛，我不知道，沒人知道，也無所謂。不過我現在想到你最愛的，我的朋友，你曾經告訴過我關於他的事，也曾為我讀過一些他的信件，我想到莫札特。他那時的情況如何？在他那個時代是誰在統治世界，為自己挑肥揀瘦，頤指氣使，左右一切：莫札特還是商人？莫札特還是平庸的人？他是如何死去如何被埋葬的？我想，也許世界一直都是這樣，也會這樣繼續下去；學校所說的、大家因為教育必須熟讀的『世界歷史』，連同所有的英雄、天才、偉大的行為和感受──這些都只是謊言，是學校老師發明的，為了教育目的，也為了讓孩子在規定的那幾年裡有事情可忙。從前一直是如此，也會這樣繼續下去，時代和世界，金錢與權力屬於渺小而平庸的人；其他人，真正的人什麼都沒有，除了死亡什麼都沒有。」

「沒有任何其他的？」

「不，還有永恆。」

「你指的是後世的名聲和讚譽？」

「不是的，小野狼，不是聲譽——那有什麼價值？你相信，所有真正而完整的人都會出名，在後世流傳名聲嗎？」

「不，當然不。」

「所以和聲譽無關。聲譽的存在只是為了教育，是學校老師的事。我指的永恆無關聲譽，不！我說的永恆，虔誠的人稱之為神的國度。我想，我們所有的人，我們這些高要求的人，帶著渴望、多了個面向的人，如果除了這個世界的空氣之外，沒有其他的空氣可呼吸，我們根本不能存活；如果時間之外還存在著永恆，那麼這就是真切的國度，其中包括莫札特的音樂，還有你的偉大詩人寫的詩，聖人也是其中之一，創造奇蹟、忍受殉道而死、為人們做出偉大榜樣的人。可是永恆還包含每個真正作為的形貌，每種真實感受的力量，就算沒人知道、看到以及寫下來，沒為後世保留下來。在永恆裡沒有後世，只有並存的世界。」

「你說得對。」我說。

「虔誠的人，」她深思地繼續說：「對這些知道得最清楚。他們因此推舉出聖人以及他們所稱的『神聖團契』。聖人，那些真正的人，耶穌基督最年輕的兄弟。我們通往他們的生命是遙遠的，隨著每個善行，每個勇敢的想法，帶著每一份愛。聖人的群體，以前被畫家以金色的天空來表現，閃耀著，美麗而平和——它和我之前所說的『永恆』並沒有不同，那是超越時間和表面的國度，我們是屬於那裡的，那裡是我們的故鄉，是我們心所嚮往的地方，荒野之狼，所以我們渴望死亡。你會在那裡再度遇見你的歌德，還有你的諾瓦歷斯和莫札特，而我會遇見我的聖人，克里斯多佛、內利的菲利普和其他所有的聖人。有許多聖人原先是可惡的罪人，罪也可能是通往神聖的道路，罪以及不道德的行為。你會笑我，不過我經常想著，也許連我的朋友帕布羅也可能是個隱藏的聖人。唉，哈利，我們必須走過那麼多汙穢和荒謬，才能回到自己的地方！而我們沒有任何人帶領，我們唯一的引導是鄉愁。」

最後這幾個字她又說得很輕，房間裡這時是平和寧靜的，太陽正西沉，讓我圖書館裡許多書背上的金字發出光芒。我把赫爾敏娜的頭捧在手裡，吻她的額頭，讓她的臉頰貼著我的，有如手足一般，我們就片刻保持這樣。我最希望就一直這樣，今天永不結束。然而這一夜，大型舞會前的最後一夜，瑪莉亞已經許諾我了。

可是到瑪莉亞那裡去的路上我沒有想著她，而是想著赫爾敏娜說過的話。這一切，在我看來，也許不是她原本的想法，而是我的，她這個明眼人從我這裡讀取、呼吸進去，然後又交回給我，賦予這些想法形貌，全新地呈現在我面前。我在那一刻對她特別感激的是她說出永恆的想法，我需要這個想法，沒有這個想法我就活不下去，卻也無法死去。神聖的彼世，沒有時間、永恆價值的世界，今天，神性之物又再度由我的女朋友和舞蹈老師送給我。我不自禁想到有關歌德的那個夢，想到那個老智者的形象，笑得不像人，還有他對我開的不死的玩笑。沒有主體的，那個笑，只是光芒，只是明亮，那是，如果有個真正的人走過哀傷、重擔、錯誤、熱情和人們的誤解，進到永恆，在他挺進宇宙的時候所餘下的。而永恆即是時間的崩解，幾乎回歸無辜，變回空間。

我在我們經常用晚餐的地方找尋瑪莉亞，但她尚未到達。在那寂靜的郊區小酒館裡，我坐在一張鋪好的桌子旁邊等著，而我的思緒還停留在我和赫爾敏娜的談話上。所有出現在我和她之間的這些想法，對我而言是那樣熟悉，是早已知曉的，由我最本源的神話和圖像世界誕生！不死者，他們如何活在沒有時間的空間裡，解脫，而後變成圖像，水晶般澄澈的永恆有如穹蒼傾注在他們周圍，這個塵世外的世界洋溢著冰涼、星辰般閃爍的清朗——我為什麼這麼熟悉這些想法？我思考著，想到莫札特的一首《期終曲》，一段巴哈的《平均律》，在我看來，在音樂裡隨處閃爍著這樣冷然的、星辰般的明亮，震動著這般的穹蒼清朗。沒錯，就是這樣，這些音樂正有如凝結成空間的時間，其中無盡震動著超人的愉悅，永恆而神性的笑。啊，我夢中的老歌德也相當搭配這個音樂！突然我從四面八方聽到這無可言喻的笑，聽到不朽的笑。著魔似的我坐在那兒，著魔地從背心口袋找出鉛筆，找紙張，發現我面前的酒單，把它翻轉過來然後在酒單背面寫下詩句，後來過了一天我才又在自己的口袋裡發現它。詩句是這麼寫的：

不死者

一再從地底山谷
生命渴望湧向我們，
狂野的困境，迷醉的過度震盪，
無數最後一餐的血腥煙霧，
情慾糾纏，無盡的饑渴，
謀殺的手，剝削的手，乞求的手，
憂慮和慾望奴役的人群
沉悶地蒸騰，腐敗，粗魯而溫熱，
呼吸著極樂、野性交配，
吞噬自我又嘔出，
孵出戰爭，而和藹的藝術，

以幻象妝點燃燒的淫窟，
交纏、吞噬，匆忙穿越刺眼
童稚世界的年節市集歡樂，
為每個人從波浪中重新升起，
一如在每個人面前曾經崩壞成穢。
而我們卻相反地找到自我
穹蒼裡星光照耀的冰，
不識歲月，不識時間，
非男人非女人，既不年輕也非老朽，
你們的罪和你們的憂慮，
謀殺和淫蕩的情慾
於我正如環繞的太陽是戲，

每一天都是最長一日。
沉默向你們顫動的生命頷首，
沉靜自轉的星辰凝望
我們吸進宇宙的冬天，
與天堂飛龍為友，
冷然而不變的是我們永恆的存在，
冷然如星辰明亮是我們永恆的笑。

然後瑪莉亞到了，愉快地用餐之後，我和她一起走到我們的小房間。這天晚上她比往常都還要美麗、溫暖而真摯，讓我嘗盡溫柔和一些把戲，我把後者當作她的全然奉獻。

「瑪莉亞，」我說：「你今天像女神一樣揮霍，別把我們兩個累壞了，明天可是化妝舞會。你明天的護花使者是怎樣的人？我擔心，我親愛的小花，他會是個童話王子，而你會被他誘拐再也不回到我身邊。你今天愛我就像好情人在分別時愛得那麼多，就像最後一次。」

她把嘴脣完全貼近我的耳朵，低語道：

「別說，哈利！每一次都可能是最後一次。如果赫爾敏娜要帶走你，你也不會再回到我身邊。也許她明天就帶走你。」

那些天典型的感受，那種奇妙的苦樂參半的心情，在舞會前的那天晚上我感覺得再強烈不過。我所感覺到的是幸福：瑪莉亞的美麗和付出，享受，撫觸，呼吸到無數細緻溫柔的感官性，那是我直到這遲暮之年才體認到的，在溫和搖擺的享受波動中拍擊。然而那還只是外層：其中的一切充滿意義、張力、命運，而在我充滿愛意，溫柔地忙著性愛裡甜美又感動的小細節之時，看起來似乎在十分溫暖的歡愉之中優游著，內心卻感覺到，我的命運如何急促地向前推進，像匹羞澀的馬追趕著拍打著，想逃離深淵，逃避墮落，充滿憂慮，充滿渴望，充滿對死亡的奉獻。就像不久前，我還以羞澀和恐懼拒卻單純肉慾情愛舒適的輕浮，就像我對瑪莉亞笑盈盈的、樂於付出的美麗感到憂慮，我現在感覺到面對死亡的焦慮——那種已經自知即將獻身和解脫的焦慮。

當我們安靜地沉入忙碌的性愛遊戲，比以往更深刻地彼此相屬之時，我的靈魂和瑪莉亞告別，向她對我所有的意義告別。透過她我學到了，在結束之前再度把自己幼稚地交付給膚淺的遊戲，尋找最短暫的快樂，在性的無辜之中變成兒童和動物——在我之前的生命裡只是種少見的例外狀態，因為感官生活和性對我幾乎一直都帶著罪惡的苦澀滋味；禁果甜美卻焦慮的感覺，這是注重精神層面的人必然要譴責的。如今赫爾敏娜和瑪莉亞讓我看到這個花園的無辜，感謝我曾在其中作客——然而隨即是我該向前進的時候了，在這個花園裡是太美又太溫暖。繼續追求生命的花冠，我命定要繼續為生命無盡的罪付出代價。輕鬆的生命，輕浮的愛，輕易死亡——這些對我而言什麼都不是。

因為這兩個女孩的啟示，我決定為明天的舞會，或是接著舞會後面，計畫一些非常特別的享樂和縱慾節目。也許這是結束，也許瑪莉亞的預感是對的，而我們今天是最後一次躺在一起，也許明天會展開新的命運道路？我滿懷炙熱的渴望，充滿窒息的焦慮，我粗野地抓著瑪莉亞，再一次閃耀而饑渴地奔過她花園裡的所有小徑和樹叢，再一次咬噬天堂之樹甜美的果實。

○○○

這晚缺乏的睡眠，我在白天補齊。早上我搭車前往澡堂，然後回到家，累得要命，把我的臥室弄暗，脫衣服的時候在口袋裡發現我寫的那首詩，又把它遺忘，我隨即躺了下來，忘了瑪莉亞、赫爾敏娜以及化妝舞會，睡了一整天。當我傍晚起床，刮鬍子的時候又想到，化妝舞會在一個小時之內就要開始，而我還必須找到一件燕尾服襯衫。我心情愉快地把自己準備好，走出去好先吃飯。

那是我要參加的第一場化妝舞會。從前我雖然參加過好幾次這種慶典，偶爾也覺得滿有趣的，然而我從未在其中跳過舞，總是當旁觀者，帶著興奮向別人敘述，期待地聽別人說起舞會，這些總是讓我覺得怪異。如今我也緊張且不無焦慮地期待這個舞會。因為沒有女伴，我決定晚點再去，赫爾敏娜也這麼建議。

過去這段時間我很少去「鋼盔」，我一度的避難所，失望的男人在那兒坐耗他們的夜晚，啜飲他們的酒，扮演單身漢的地方，再也不適合我目前的生活形態。然而今天晚上我又不自主地走過去；目前充滿我內心的宿命和分離的那種苦樂心情，使得我生命裡的所有驛站與紀念地點再次發出過往的那種痛苦美麗光芒，這家小而煙霧瀰漫的酒館也是如此，不久前我還是它的常客，不久前一瓶鄉村酒漿當作原始的麻醉劑，就足以讓我回到我孤獨的床過一夜，讓我能多忍受生命一天。從那之後我嘗到另一種方式，比較強烈的刺激，品嘗過更甜美的毒藥。我微笑著走進那家老店，接受女店東的問候，還有沉默常客們的頷首招呼。他們推薦我來一份小烤雞，送了上來，新釀亞爾薩司酒明亮地倒進鄉下的厚酒杯裡，乾淨的白色木桌還有陳舊發黃的壁板友善地看著我。坐在那兒吃喝的我，內心升起枯萎和歡送會的感覺，未能完全消解這甜美和痛苦的深刻感受，現在卻隨著我早先生活裡的所有地點和物質，共同成長到足以消融的境界。「現代」人稱之為感性；他們不再愛這些東西，甚至不愛最神聖的東西——汽車，都希望能夠盡快換個更好的廠牌。這種現代人是大膽、靈巧、健康、冷淡而精鍊的，一種優秀的類型，會在下一次戰爭當中神話般地全身而退。對我而言這無關緊要，我不是現代人而是老式的人，我是從時間掉落的人，走近死亡，志在一死。我不反對感性，在我燒盡的心裡只能察覺一些像感覺的東西，我是高興而感激的。於是我把自己交託給老酒館的記憶，把我的忠誠交給老舊笨拙的椅子，把自己託付給菸酒的氣味、習性、溫暖、家鄉般的微光，一切為我而發出的微光。告別是美麗的，聽起來是溫和的。我硬邦邦的座位是那麼可親，我庄稼樣式的酒杯，亞爾薩司酒冰涼而有著果香的氣味，我對這些以及室內一切的熟悉是可愛的，夢遊似地蹲著喝酒的人的臉是可親的，那是失望的人，我長久以來都是他的兄弟。我在這裡感覺到的是中產階級的感性，清淡調味來自少年時期的老式酒店浪漫氣息，在酒店、葡萄酒和香菸都還是被禁止的、陌生而絕佳的東西的時候。然而沒有郊狼站起身來，好齜牙咧嘴地把我的感性撕裂成碎片。我平和地坐在那兒，被過往，被已經沉落的星辰散發的微弱光芒燒灼著。

來了個路邊小販賣著烤栗子，我向他買了滿滿一巴掌；來了一個帶著花的老婦，我向她買了幾朵丁香，送給女店東。直到我要付帳，卻徒勞地伸向習慣的外套口袋，才又注意到我穿著燕尾服。化妝舞會！赫爾敏娜！

然而時間還很早，我無法決定是否現在就到環球舞廳去。就像最近這一段時間，所有的娛樂都會伴隨著出現抗拒和壓抑，我也察覺到對於踏入一個寬闊、過度擁擠而充滿聲響的空間的反感，一種對陌生氣氛，對紈褲子弟的世界，對跳舞所產生的一種小學生似的羞澀。

閒逛的時候我走過一家電影院，看見燈束和彩色的巨幅看板閃爍著，又走了幾步，折回來然後走了進去。我可以在這裡十分安靜地坐在黑暗中直到十一點左右。拿著遮光提燈的服務生帶路，我顛簸地穿過門簾走到黑暗的放映廳裡，找了個位子，接著就突然置身於舊約聖經當中。這部電影是那些據說不是為了賺錢，而是為了高貴、神聖目的所製作的影片之一，付出相當多的工夫精心拍攝的，下午時段甚至有學生是由宗教老師帶領前來觀賞。影片是關於摩西和住在埃及的以色列人的故事，動用非常多人員、馬匹、駱駝、宮殿、法老王光芒和猶太人，辛勞地在炎熱荒漠沙地裡拍攝。我看著那個摩西，頭髮理得有點像華特．懷特曼[25]的髮型，是個華麗的劇場摩西，拄著長長的棍子，以武神佛坦[26]的步伐火熱又沉重地穿越沙漠，先其他猶太人一步。我看著這個摩西在紅海邊向上帝祈求，看見紅海裂開露出一條通道，被堵起的水山之間出現一條隧道（電影技術人員是以什麼方式做出這個效果，由牧師帶領來看這部宗教電影的堅信禮男童還有好一番爭辯），我看到先知和恐懼的族人走過紅海，看到他們身後出現法老王的戰車，看到埃及人愣在岸邊害怕著，然後勇敢地踏入紅海，看到水牆從天而降打在華麗的、穿戴金色盔甲的法老王身上，打在他的戰車連帶所有人馬頭上，這一幕不是沒有讓我想到韓德爾美妙的雙低音提琴二重奏，這首曲子壯盛地歌頌同一個事蹟。接著我

25 華特．懷特曼（Walt Whitman, 1819-1892），美國詩人、散文家、新聞工作者及人文主義者。
26 佛坦（Wotan 或 Wodan），日耳曼人最古老的神祇之一，或是相當於 Odin，北歐神話裡的戰神。

看到摩西登上西奈山，一個沉鬱的英雄在陰森的岩石荒野裡，看著耶和華如何在那裡藉著狂風、暴風雨以及閃電向摩西顯示十誡，而他卑劣的族人正在山腳下立起金色牛犢，投入無比熱烈的狂歡。看著這一切對我是如何奇妙而不可置信，而這些神聖的故事，其中的英雄與奇蹟，在我們的童年一直是對另一個世界的第一個模糊想像，能讓超乎人力的事發生，就在這裡在感激的觀眾面前，他們一面吃著帶來的小麵包，只要花門票錢就能看到這些上演，一幅幅美麗的小小圖像，來自這個時代的巨大廢物堆和文化賤賣。我的天，為了防止這些傷風敗俗的行為，當時，不只埃及人，就連猶太人和其他人類最好隨即毀滅，強烈而體面的死亡，而非我們今日這種可悲的、表面而不完全的死亡，啊！

我私下的壓抑，我對化妝舞會不坦誠的厭惡，並未因為這部電影和它帶來的啟發而減少，而是不舒服地膨脹起來，想著赫爾敏娜，我必須在腦子裡推自己一把，好讓我終於邁向環球舞廳，走進去。時間已經很晚了，舞會早已完全展開，我立刻清醒而羞怯地進入舞廳，尚未脫下外衣就有一大群戴著面具的人熱絡地推著我，被女孩們催促著去香檳廳喝酒，被小丑們狠拍著肩膀稱兄道弟。我什麼都不理會，穿過擁擠的空間，辛苦地走到衣帽間，拿到衣帽間號碼牌之後，非常小心地把它收在口袋裡，想著也許很快又要用上它，一旦我受夠了這些喧鬧。

這座巨大建築的每個房間都歡宴著，每個大廳都有人跳著舞，就連酒窖裡、所有的走廊和樓梯間都氾濫著面具、舞蹈、音樂、歡笑和追逐。我抑鬱地穿過群眾，從黑人樂團到鄉農音樂，從巨大閃亮的主廳到側廊，樓梯，酒吧，自助餐廳，香檳室。牆壁大半掛著年輕藝術家們野性情慾的畫作，所有的人都在這兒，藝術家、記者、學者、商人，當然還有城裡的整個浮華世界。帕布羅先生坐在其中一支樂隊當中，興奮地吹奏著他彎曲的管子；當他認出我來，就對我大聲唱出他的問候。被眾人推擠著，我到這個或那個房間，走上樓梯，走下樓梯；地窖裡有個通道被藝術家們布置成地獄，惡魔們的樂團在裡面飛快敲打著。慢慢地我開始用眼睛搜尋赫爾敏娜，找尋瑪莉亞，專注地尋找著，好幾次努力地想進入主廳，但是每次都失敗，或是人群的洪流朝我反向湧來。到了午夜我還沒找到任何人；雖然我還沒有跳舞，卻已經覺得悶熱頭暈。我坐到旁邊的椅子上，在大聲說話的陌生人之間，讓人給我一杯酒，發現參與這種吵雜的盛會不是我這老先生該做的。我認命地喝著杯裡的酒，看著女性裸露的臂膀和背脊，看著許多荒誕的面具人物飄過，讓人推擠我，沉默地把一些坐在我膝蓋或是想和我跳舞的女孩推走，其中一個叫著：「老怪物」，她說得對。我決定喝些酒壯膽助興，卻連酒都不可口，我幾乎喝不下第二杯。我逐漸感覺到，荒野之狼是怎樣站在我身後，吐著舌頭。什麼事都沒發生，我在這裡是跑錯地方。我帶著最高的意願來到這裡，然而我在這裡快樂不起來，周圍大吼大叫的歡騰、嘻笑和整個喧鬧都讓我覺得愚蠢而壓迫。

於是午夜一點的時候，我失望而且對自己生氣地漫步回到衣帽間。這是一場挫敗，重新墮落成荒野之狼，赫爾敏娜決不會原諒我，但是我沒辦法是其他樣子。我費勁穿過擁擠人群走回衣帽間，一路上又再次仔細地看著四周，看我是否沒注意到哪個女朋友，徒勞。現在我站在櫃台前，櫃台後那位禮貌的先生已經伸出手來等我遞過號碼牌，我把手伸進背心口袋——號碼牌已經不見了！該死的，連這都出錯。在我悲傷地漫遊穿過廳堂，當我坐在平淡的酒旁我都曾伸手到口袋裡，掙扎著是否下定決心繼續遊走，一直都感覺到那塊圓而扁平的牌子在那個地方。現在牌子不見了，一切都和我作對。

「號碼牌掉了？」身邊一個小個頭的紅、黃魔鬼用尖銳的聲音問我。「這兒，朋友，你可以拿我的。」一面把牌子遞給我。我機械式地拿過牌子，用手指翻過牌子，那個靈巧的小夥子已經消失了。

我把那個小小的圓形厚紙牌舉到眼前，想看看上面的號碼，然而那上面根本沒有號碼，而是用小字潦草地寫了東西。我請衣帽間人員等一下，走到下一盞燈火邊讀著上面以小而抖動的字母畫的一些字，難以辨認：

今晚四點開始神奇劇場

——只有瘋子能入場——

入場票價為理性

不是每個人都能入場。赫爾敏娜在地獄裡。

就像瞬間脫離操縱者掌控的傀儡，在短暫而僵直的死亡以及遲鈍之後復活，又回到戲裡，跳著舞，動作著，我跑起來，受到魔術絲線的牽引，靈活、年輕而熱切地回到喧鬧之中，回歸我適才疲累、無趣而垂老地逃脫之處。沒有一個罪人比我更急著回到地獄之中，生漆皮鞋剛才還擠壓著我的腳，濃重的香水空氣才讓我反胃，熱氣原本讓我無力；現在我急速地用如羽的雙腳，以單步舞的拍子穿過所有廳堂，迎向地獄，感覺充滿神奇的空氣，被熱氣搖晃烘托著，也被震耳欲聾的音樂，眩目的色彩，女性香肩的氣味，千百人的迷醉，歡笑，舞蹈，所有迷醉眼睛的光芒所負載。有個西班牙女舞者飛進我的臂彎：「和我跳舞！」——「不行，」我說：「我必須到地獄去。不過你的一個吻是我熱意帶著走的。」面具下的紅唇迎向我，直到吻上了我才認出那是瑪莉亞。我緊緊地把她圍在臂彎裡，她豐滿的嘴脣有如成熟的夏日玫瑰綻放著，這時我們也已經開始跳舞，嘴脣仍然交疊著，舞過帕布羅身邊，他愛戀地倚著他溫柔吟唱的音管，他美麗的動物眼神閃耀而半失神地圍繞著我們。然而我們還跳不到二十個舞步，音樂就中斷了，我不情願地讓瑪莉亞離開我的手。

「我還想跟你再跳一次，」我說著，因為她的熱氣而陶醉，「跟我走幾步，瑪莉亞，我愛上你美麗的手臂，再多留一會兒！但是你看，赫爾敏娜在呼喚我，她在地獄裡。」

「我也這麼想。好好活著，哈利，我會親愛地記著你。」她向我道別。這是道別，已是秋日，這是命運，夏日玫瑰於是成熟而滿是馨香。

我繼續跑著，穿過充滿溫柔人群的長廊，走下樓梯，走進地獄。那裡漆黑的牆上點著刺眼邪惡的燈光，惡魔樂團正狂熱地演奏著。在一張高高的酒吧椅上坐著個俊俏、沒戴面具的年輕人，穿著燕尾服，用譏嘲的眼光快速瞧了我一眼。我被舞動的漩渦擠到牆邊，大約有二十對男女在這個非常狹窄的空間裡跳舞。我饑渴而焦慮地觀察著所有女性，大部分都戴著面具，有幾個衝著我笑，但沒有一個是赫爾敏娜。那個坐在高腳椅上的美少年嘲笑地望向我。我想著，下一個休息時間赫爾敏娜會過來叫我。一曲終了，沒有人過來。

我走向吧檯，吧檯縮在這個小而低矮空間的一個角落裡。我在那個年輕人身旁的椅子坐下，點了一份威士忌。喝酒的時候我看到那個年輕人的側面，他的面貌看起來那麼熟悉而富有吸引力，就像一幅來自非常遙遠時代的畫，因為過往沉寂的灰塵籠罩而顯得珍貴。啊，這時我全身顫了一下：那是赫爾曼，我少時的朋友！

「赫爾曼！」我猶豫地說。

他微笑著：「哈利？你找到我了？」

那是赫爾敏娜，只是髮型改變了一下，稍加化妝，她那張突出於流行立領的聰慧臉龐充滿品味而蒼白，她的手從寬寬的黑色燕尾服袖子和白色硬袖口伸出而顯得美妙地嬌小，奇妙的纖細，穿著黑白絲織的男性襪，她的腳從黑色長褲伸出。

「這就是你要讓我愛上你的裝扮嗎，赫爾敏娜？」

「到目前為止，」她點著頭說：「我已經讓幾個女士愛上我了，不過現在輪到你了。讓我們先喝一杯香檳吧。」

我們喝了香檳，坐在吧檯高腳椅上，而身旁的舞繼續跳著，熱烈激昂的絃樂膨脹著。赫爾敏娜似乎不費吹灰之力，我很快就愛上她了。因為她身穿男性衣著，我不能和她跳舞，不能有任何愛憐舉動，而她戴著男性面具顯得遙遠而中性，卻在眼光、話語、表情裡以她女性的所有魅力籠罩著我。沒有碰觸她，我卻已經匍匐在她的魔力之下，而這種魔力停留在她的角色裡，本身是種雙性的。因為她和我聊起赫爾曼以及童年，關於我的和她的童年，談起性成熟之前的那些歲月，那時少年愛的能力不僅對雙性也涵蓋所有一切，感官和精神的，一切都帶著愛的魔力以及童話般的變幻能力，只有少數特別的人和詩人還能在之後的年歲裡於某些時候回返。她完全扮演著青少年的角色，抽著菸，輕浮又充滿性靈地閒聊著，常有些挖苦人，卻又完全充滿愛欲，所有的都在我的感受裡幻化成嫵媚的誘惑。

我以為自己是那樣徹底又正確地瞭解赫爾敏娜，但是今晚她是如何完美全新地在我面前展現自己！她溫柔而不經意地將渴望的網籠罩著我，她是如何嬉戲地、水妖般地讓我喝下甜美的毒液！

我們坐著，閒聊著，喝著香檳，走過各個廳堂觀察著，就像冒險的探險家，選擇幾對情侶，偷聽他們的愛情遊戲。她把一些女士指給我看，要我和她們跳舞，給我一些誘惑技巧的建議，教我哪些要用在哪個女士身上。我們扮演情敵，同時追求同一位女士一會兒，兩人都輪流和這位女士跳舞，都試著贏取她。然而這一切都只是面具遊戲，只是我們之間的遊戲，讓我們倆更緊密地繫在一起，為彼此燃起熱情。一切都是童話，只是更增加一個層面，更加深一層意義，是遊戲和象徵。我們看到一位非常美麗的女輕女士，看起來有些痛苦而不滿，赫爾敏娜和她跳舞，讓她開懷，和她一起消失在一個香檳包廂裡；之後赫爾敏娜告訴我，她並非以男性，而是以女性的身分來征服這個女性——以女同性戀的魔力。沉湎於跳舞的廳堂組成的吵雜屋子，帶著面具的迷幻群眾逐漸變成我的瘋狂夢幻天堂，群花競香，以果實換果實遊戲著，我用探索的手指尋找著，綠色包廂陰影裡探出的蛇誘惑地看著我，蓮花在黑色的沼澤上神出鬼沒，神奇的鳥在樹枝裡引誘著，一切卻都帶領我走向渴望的目標，全都帶著對唯一目標的渴望重新邀請我。有一次我和一個不認識的女孩跳舞，火熱地，追求地，她把我拉進興奮和迷醉之中，當我們在如夢似真之間搖擺，她說，突然笑起來地：「都認不出你來了，今晚你本來是那麼蠢又無趣。」這時我認出她，她就是在幾個小時前說我是「老怪物」的那個女孩。這時她真以為已經征服我了，然而在下一支舞我又為另一個舞伴感到狂熱。我一直跳了兩個小時或更久，每支舞，甚至是我沒學過的舞。赫爾敏娜一再出現在我附近，那個微笑的年輕人，對我點頭，消失在人群裡。

這是一種我活到五十歲還從未有過的經歷，雖然每個少女和大學生都知道，我卻在這個舞會之夜才學到：慶祝的體驗，慶祝群眾的狂熱，個人沉入群眾的祕密，歡愉的神祕契合。從前我常聽人說，每個女傭都知道，從前我也常看到述說的人眼中發出的光芒，總是一邊沉思一邊羨慕地微笑著。陶醉者、自我解放者醺醺然眼睛裡的那種光芒，以及他消融在群體陶醉當中的半混亂沉淪和那種微笑，我一生中曾在高貴和卑賤的例證上看過百餘次，曾在喝醉的士兵和水手身上看過，也同樣曾在偉大的藝術家身上看到，好比在盛大表演的激情之中；前往戰場的年輕士兵身上所看到的也不遑多讓；而最近我還對這種愉快的陶醉微笑和光芒感到驚奇，愛上它們，加以嘲笑，羨慕它們出現在我的朋友帕布羅身上，每當他幸福地沉醉於樂團演奏，掛在他的薩克斯風上，或是凝視著指揮、鼓手還是拿著斑鳩琴的那個人，陶醉，銷魂極樂。有時我會想到這樣的微笑，這種孩子般散發出來的光芒，也許只會出現在很年輕的人身上，或是那些沒有強烈個體性和彼此區分的民族才有。然而今天，在這個被祝福的夜晚，我本身，荒野之狼哈利，也散發出那樣的微笑，我也優游在這種深刻的、孩子氣的、童話般的快樂當中，我也呼吸著這甜美的夢幻與熱切，那是來自群體、音樂、旋律、酒漿和性慾，曾經在某個學生的舞會吹噓裡，我經常帶著嘲弄且不加思考地傾聽著對它的頌揚。我再也不是我自己，我的個性在慶典狂歡之中消融了，就像鹽溶於水。我和這個或另一個女士跳舞，然而不只是她被我擁在手臂裡，不只撫過她的頭髮，不單聞到她的香味，而是所有的一切，連帶其他在同一個廳裡的女性，跳著同一支舞的，和我在同一曲音樂中優游的，而她們散發光芒的臉龐就像奇幻的花朵從我面前掠過，一切都屬於我，我屬於一切，我們是整體的一部分。男人也屬於其中，我也在他們之中，他們對我也並不陌生，他們的微笑正是我的微笑，他們的追求也是我的，我的追求也是他們的。

有支新的舞，是狐步舞，在那個冬天征服了世界，舞曲標題是《思念》。這首曲子本來是為了別的用途演奏的，卻越來越受歡迎，我們每個人都被這首曲子浸潤而為它著迷，每個人都跟著它的曲調哼著。我不停地跳舞，和每個剛好遇上的女士跳舞，有很年輕的女孩，有如花盛開的年輕女性，也有夏日完全成熟的女性，以及憂鬱凋萎的：為一切著迷，歡笑著，快樂的，散發著光芒。當帕布羅看到我這麼神采煥發的時候——我這個總是被他當作非常令人遺憾的可憐魔鬼——他的雙眼發光而快慰地看著我，興奮地從他的樂隊椅子站起來，用力吹著他的號角，站到他的椅子上，站在上面鼓漲雙頰吹奏，一邊隨著《思念》的拍子，狂野而幸福地搖擺著身體和他的樂器，而我和我的舞伴丟給他飛吻，大聲地跟著唱合。啊，我在這當中想著，那邊想要的就會發生在我身上，我畢竟也曾經快樂過，神采煥發，解放了自我，變成帕布羅的兄弟，變成一個孩子。

我失去了時間感，我不知道這醉人的幸福持續了幾個小時還是片刻；我也沒注意到，這個慶典越熱烈就越集中在狹窄的空間。大部分的人都已經離去，長廊變得安靜下來，許多燈光都已熄滅，樓梯間死寂，在比較上方的廳室裡，樂團一個接一個沉寂下來並離開；只有在主廳和下方的地獄依然震耳欲聾，不斷升起火焰，繽紛的宴會狂歡。因為我和赫爾敏娜——那個年輕人——不能跳舞，我們總是只在中間休息時間短暫碰頭，相互問候，最後她完完全全消失，不僅從我眼前消失，而是也不復出現在我的念頭裡。再也沒有任何思想，我融化地在陶醉的跳舞人群中游動著，被香氣、聲調、嘆息及話語觸動著，被陌生的眼睛問候著、激勵著，被陌生的臉龐、嘴唇、臉頰、手臂、胸膛和膝蓋所圍繞，音樂將我像波浪般隨著節奏前後搖擺。

這時我突然看到，一瞬間半清醒的，最後幾個還逗留著的客人擠滿這些小廳，是最後幾個還發出音樂的房間——這時我突然看見其中一個黑底白臉的女丑角，一個美麗清新的女孩，是唯一一個以面具遮掩、賞心悅目的角色，是我整晚都還沒見過的。所有其他人看起來都已顯出深夜的疲態，發紅的灼熱臉孔，壓壞了的服裝，萎靡不振的領子和縐褶領，而這個黑色女丑角卻容光煥發，嶄新地戴著白臉面具站在那兒，穿著毫無摺痕的服裝，毫不散亂的縐褶領，平坦的蕾絲衣袖，還有新整的髮型。我被吸引過去，環抱著她，帶她跳舞，她的縐褶領散發香味搔著我的下巴，她的頭髮拂過我的臉頰，比今晚所有的舞者都還要溫柔而真摯，她標致的年輕身體迎合著我的動作，閃避著，嬉戲似地脅迫誘惑又不斷重新碰觸。突然間，我在舞蹈之間彎下身，用我的脣尋找她的，這雙脣猶豫而又熟悉地微笑著，我認出這堅定的下巴，快樂地認出這肩膀、手肘和雙手，那是赫爾敏娜，再也不是赫爾曼，她換了服裝，清麗地稍微噴了香水上了粉。我們的嘴脣灼熱地合在一起，一瞬間她全身向下直到膝蓋貼著我的身體，渴望而奉獻地，然後她收回她的脣，自制而逃避地跳著舞。當音樂中斷，我們仍相擁站在那兒，我們周圍所有被感染的舞伴們鼓起掌來，踏著腳，尖叫著，筋疲力竭的樂團重複奏起《思念》。我們每個人忽然間感覺到清晨的到來，看到窗簾後的無力光線，察覺到歡樂逐漸接近終點，預料到即將來臨的疲累，於是我們盲目地、大笑而絕望地再次投入舞蹈，投入音樂，躍進湧入的光線，隨著節奏踏著步子，一對挨著一對，再次幸福地感覺巨浪打在我們身上。在這支舞裡，赫爾敏娜放掉她的高姿態、嘲弄和放肆——她知道再也不須做什麼好讓我愛上她，我是屬於她的。而她投身於舞動、凝望、親吻和微笑。這個狂熱夜晚的所有女性，所有我曾一起跳舞的，所有曾被我燃起激情的，所有曾點燃我激情的，所有追求我的，所有我渴求地依偎過的，所有我曾帶著愛欲眼光追隨的，全部都鎔在一起，鑄成唯一的一個，在我懷裡綻放著。

這曲新婚之舞持續了一段時間，兩次，三次，音樂倦怠了，使喇叭手放下他們的樂器，鋼琴師從大鋼琴邊站起，首席小提琴手無力地搖搖頭，而每一次他們都在最後幾個跳舞的人大聲懇求之下重新熱烈起來，再一次演奏，演奏得更快，更狂野。然後——我們還因為最後一支饑渴的舞而糾纏著，呼吸沉重——鋼琴蓋上了，我們的手臂疲累地垂下，一如喇叭手和小提琴手，而吹笛手急速地把他的笛子收到盒子裡，門打開了，寒冷的空氣湧入，侍者帶著大衣出現，酒吧服務生熄掉燈火。一切如鬼魅般可怕地飛散，適才還跳舞大放光芒的人們發著抖簇擁著，穿上大衣豎起領子。赫爾敏娜蒼白卻微笑地站著，她慢慢舉起手臂，將頭髮往回掠，她的腋窩在燈光下閃爍，一層薄而無盡的柔和陰影從該處向遮住的胸部延伸，而這細微搖動的陰影像是總結她所有魅力、所有的遊戲和美麗身體的一切可能性，就像一抹微笑。

我們站在那裡，看著對方，我們是最後留在舞廳，最後還留在房子裡的人。我聽到下方某處有門關上的聲音，聽到玻璃杯打碎了，聽到一串竊笑聲漸遠，和汽車發動的邪惡匆促噪音混合著。在某個地方，某個距離某種高度，我聽到笑聲響起，一陣清亮、愉悅卻又令人戰慄且陌生的笑聲，就像是用水晶和冰做成的笑，響亮而爽朗，卻冰冷而僵硬。這奇特的笑聲為何讓我覺得熟悉？我想不出來。

我們兩個站在那裡彼此對望著，有片刻的時間我清醒而且冷靜下來，覺得無盡的疲累從身後襲來，不舒服地覺得汗溼的衣服潮溼又溫溫地掛在我身上，看到我的雙手發紅，血管浮起，從壓扁而汗溼的襯衫袖口伸出來。然而這一刻又很快過去，赫爾敏娜的一個眼神將之熄滅，在她的眼光之前，就像我自己的靈魂透過這個眼光看著我，所有的真實都崩解了，甚至我對她的感官渴求這個真實也煙消雲散。我們著魔似地看著對方，我可憐渺小的靈魂看著我。

「你準備好了嗎？」赫爾敏娜問我，她的微笑消逝了，就像她胸膛上的陰影一樣。未知空間那個陌生的笑聲逐漸飄高遠颺。

我點點頭，是啊，我準備好了。

這時帕布羅出現在門裡，那個音樂家，他高興的眼睛對著我們發光，那原本是動物的眼睛，動物的眼睛總是嚴肅的，而他的卻總是笑著，那樣的笑讓它們變成人的眼睛。他以最誠摯的友愛向我們招手，他穿上了一件繽紛的絲質家常夾克，夾克的紅領上方是他溼透的襯衫領子，以及他過度疲累而蒼白的臉，奇特地顯得灰敗，然而閃亮的黑眼睛卻抵消這一切，他的黑眼睛也消融真實，也讓人著魔。

我們隨著他的招手過去，在門下他輕聲對我說：「哈利兄弟，我邀請您來一點小娛樂，唯獨瘋子才能入場，票價是理智。您準備好了嗎？」我又再度點頭。

親愛的傢伙！他溫和而小心地牽著我們的手臂，赫爾敏娜在右邊，我在左邊，然後帶著我們走上樓梯到一個小小的圓形房間，上方發出藍色的光芒，幾乎是全空的，除了一張小圓桌和我們坐的三張沙發之外，什麼都沒有。

我們在哪裡？我睡著了嗎？我是在家裡嗎？我坐在一部行駛中的汽車裡嗎？不，我坐在藍色發光的圓形房間裡，在稀釋的空氣裡，在一層變得十分不密實的真實裡。為什麼赫爾敏娜如此蒼白？為何帕布羅說那麼多話？或者是我讓他說那麼多話，從他之中說話？從他的黑眼睛裡，不也只是我自己的靈魂在看著我，那迷失憂心的鳥兒，就像從赫爾敏娜的灰眼睛看著。

我的朋友帕布羅用他所有良善而有些儀式性的友善看著我們說著話，說了很多很長，他，這個我未曾聽他講過相關的事，對任何爭辯、修辭都不感興趣，我根本不敢想像有任何思想的人，現在說著話，用他美好而溫暖的聲音流利無誤地說著。

「朋友，我邀請你們來點小娛樂，哈利早已期待很久，他已經夢想很久的娛樂。時間有些晚了，也許我們大家都有點累了，因此我們要先在這裡休息一下，增加一點氣力。」

從牆的凹陷處他拿了三個小酒杯出來，還有一個小而滑稽的瓶子，拿過一個異國風情的彩色小木盒，從瓶子裡把酒倒滿三個杯子，從盒子裡拿出三支細長黃色的菸，從他的絲質夾克拿出一個打火機，幫我們點火。我們每個人都慢慢地抽著自己的菸，沉入自己的沙發裡，香菸的煙霧濃得像乳香一樣，一邊慢慢地一口一口喝著苦甜的、奇妙的未知陌生順口液體，事實上相當提神而讓人感到愉快，就好像被灌了瓦斯而失去重量一樣。我們就這樣坐著，輕輕吸著菸，休息著，從玻璃杯慢慢啜飲，覺得自己變得輕盈而快樂。帕布羅一邊用他溫暖的聲音低聲說：

「親愛的哈利，今天可以招待您，這讓我高興。您經常對自己的生活感到厭煩，您想遠離這裡，不是嗎？您渴望離開這個時間，這個世界，遠離這個真實而進到另一個，一個更適合您的真實，進到一個沒有時間的世界。您儘管這麼做，親愛的朋友，我現在邀請您這麼做。您知道這另一個世界隱藏在哪裡，這個世界其實就是您所追尋的自己的靈魂。其實在您自己之中就存在著那另一個真實，您嚮往的那一個。我不能給您任何原本不存在於您之中的東西；除了您的靈魂，我無法打開其他的圖像大廳。我所能給您的只是機會、動力，是一把鑰匙。我幫助您讓您自己的世界顯現出來，一切只是如此而已。」

他又把手伸到彩色夾克口袋裡，拿了一面圓形的提包鏡子出來。

「您看：直到目前您就是這樣看自己的。」

他把那面小鏡子拿到我的眼前（我想到一首童謠：「小鏡子，小鏡子在我手上」），而我看到，有些分散而霧茫茫的，不安的，在自己之中不斷動著，不斷激烈的忙和著，不安的一幅圖像：那是我自己，哈利．哈勒爾，而在這個哈利之中是荒野之狼，一匹疑懼、美麗的，卻迷失而憂慮地觀望著的狼，牠的眼睛一下子邪惡，一會兒悲傷地閃爍著，而這個狼的形象不斷地流穿哈利，就像在大河裡有條支流被另一種顏色籠罩翻攪著，爭鬥著，充滿痛苦，一個被另一個吃掉，充滿對形體無法止息的渴望。哀傷，流動著、半具體的狼哀傷地從牠美麗而疑懼的眼睛看著我。

「您自己看到了。」帕布羅溫和地重複說著，將鏡子放回口袋裡。我感激地閉上眼睛，啜飲靈藥。

「我們現在休息夠了，」帕布羅說：「我們補足了力氣，聊了些話。如果你們不再覺得疲勞，那我現在就要帶領你們到我的西洋鏡裡，讓你們看看我的迷你劇場。你們可同意？」

我們站起身來，帕布羅微笑地走在前面，打開一扇門，拉開一道簾幕，這時我們就站在劇場圓形的、馬蹄鐵似的一條走道上，就在正中央，向兩旁延伸的彎曲走道經過許許多多的，多得不可思議的狹長包廂門。

「這是我們的劇場，」帕布羅解釋：「是個娛樂劇場，希望你們找到各種有趣的東西。」這時他大聲地笑了起來，只有幾個音，但是卻強烈地穿透我，又是那個清亮卻陌生的笑，我之前從上方聽到的那一個。

「我的小劇場有許多包廂門，比你們想要的還多，十個、百個或上千個，在每個門後面等著你們的，是你們正在尋找的。這是個漂亮的圖像陳列室，親愛的朋友，然而像您這樣只是一路跑過去，對你們卻一點用處也沒有。您會被自己慣稱的個性所阻礙、迷惑。無疑的您早已經猜到，征服時間，消解真實——不管您如何稱呼自己的慾望——其實就意味著期望釋放您所謂的個性。個性是您的牢房。如果您以自己的樣子走進劇場，您只會用哈利的眼睛來看所有一切，都只透過荒野之狼的舊眼鏡來觀看。您因此受邀拿下這副眼鏡，把這非常尊貴的個性儘可能友善地留在更衣室裡，您隨時可以根據自己的期望再把它拿來使用。您剛度過的這個美妙的舞會之夜，荒野之狼論文，最後還有那些微的、我們剛用過的興奮劑，已經為您做好充裕的準備。您，哈利，當您放下珍貴的個性之後，可以使用劇場的左側，赫爾敏娜使用右側，您們兩位可以在其中隨性再度聚首。請，赫爾敏娜，請暫時走到簾幕後面，我要先帶哈利進去。」

赫爾敏娜消失在右邊，經過一面巨大的鏡子，從地板直到穹頂覆蓋著後面的牆壁。

「好啦，哈利，現在請您過來，請您讓自己有很好的心情，讓自己心情十分愉快。教您學會笑，這是整個活動的目標——我希望您讓我好辦事。您覺得還舒服吧？是吧？沒有一點擔心？那好，非常好。您現在，沒有憂慮而且帶著衷心的愉悅，就要踏進我們的表象世界，要藉助一場小小的表象自殺來導入，一如這裡的慣例。」

他又把那面小鏡子拿出來，舉在我的面前。我又再度看到那混亂、迷霧籠罩的，被掙扎的狼形穿透的哈利，一幅對我十分熟悉而且絕不討喜的畫，它的毀滅決不會讓我焦慮。

「您現在要摧毀這幅變得多餘的鏡像，親愛的朋友，其他的什麼都不必做。一旦您的情緒許可，您只要用誠摯的笑來觀察這幅圖就夠了。您所在之處是一所幽默學校，您應該學習笑。現在，所有更高的幽默都從不再把自己個人當回事開始。」

我定定地看著那面小鏡子，手裡的小鏡子，鏡子裡的哈利狼顯出抖動的樣子。有一瞬間它在自我之中抖動，在內心深處，安靜卻痛苦，有如記憶，有如鄉愁，有如悔恨。然後這輕微的壓抑變成一種新的感覺，那種感覺就像從古柯鹼麻醉的下巴拔出一顆病牙一樣，是種鬆懈下來、深呼吸，同時還有驚訝的感覺，驚訝於這根本一點都不會痛。而伴隨著這種感覺的是種清新快活和想笑的感覺，我根本無法抗拒，於是爆出一陣解放的笑聲。

那幅模糊的小鏡像抖動著消失了，小小的圓形鏡面突然有如燃燒了一般，變得灰暗、粗糙而不透明。帕布羅笑著把黯淡的鏡子丟在一旁，它在地上滾動著消失在無盡的走廊裡。

「笑得好啊，哈利，」帕布羅喊著：「你還要學著像不死者一般地笑著。現在你終於殺死荒野之狼了，用剃刀可不成，小心牠就此長眠不起！你馬上可以離開這愚蠢的真實，我們要找個理由喝酒慶祝手足之情，親愛的，你從未像今晚那樣討我喜歡。如果你還重視，我們甚至可以一起作哲學思考，辯論，討論音樂以及莫札特以及古典的格魯克[27]以及柏拉圖還有歌德，隨你高興。你現在會瞭解為何之前不行。——希望這會令你快樂，你今天會讓荒野之狼離去。因為自殺當然不是最終的，我們今天是在神奇劇場裡，這裡只有圖像，沒有真實。為你自己找出美麗而愉快的圖像，顯示你真的不再愛上你可質疑的個性！然而如果你希望取回它，那你只要再看一次鏡子，我現在要給你看的這一面。你也知道那句古老智慧的話：手裡的一面小鏡子勝過牆上的兩個。哈哈！（他又笑得那麼美好又可怕。）——好啦，現在只剩下一場很小而有趣的儀式要進行。你現在已經丟棄了你的個性眼鏡，那麼過來一下，看一眼這面正確的鏡子！它會讓你得到樂趣的。」

他笑著，一邊給我幾個小親吻，他把我轉過身，讓我朝向那面巨大的貼牆鏡子，我在鏡

27 格魯克（Christoph Willibald Gluck, 1714-1787），德國古典音樂家，大約與巴哈同時期。

子裡看到自己。

在短暫的瞬間裡，我看到我熟知的那個哈利，只是有張不同往常的愉快、明亮而笑著的臉。然而我才剛認出他來，他就分裂破散，分出第二個形象，然後第三個、第十個、第二十個，整個巨大的鏡子都布滿了哈利或是哈利破片，無數的哈利，而我卻只能在一閃之間看到、認出每一個。這許多哈利之中有些和我一樣老，有些更老，有些是蒼老的，有些是非常年輕的，是少年、男孩、上學的男孩、小傢伙、孩子們。五十歲和二十歲的哈利跑著、彼此交錯，三十歲和五十歲的哈利，嚴肅和有趣的，道貌岸然和怪異的，穿著體面和破爛的，還有全裸的，光頭的，長卷髮的，這些都是我，每一個都快如閃電地被我瞥見，認出來，消失不見；他們向四方奔去，向左，向右，向著鏡子深處，向鏡子外面。其中一個，年輕優雅的小夥子，笑著跳進帕布羅的胸懷，環抱住他然後一起跑走。還有一個，我特別喜歡的一個，俊美、有吸引力，大約十六、七歲的少年，像閃電般快速奔進長廊裡，饑渴地閱讀著所有門上的銘刻，我追上前去，他在一扇門前停住腳步，我讀著那扇門上的字：

所有女孩都是你的！

投入一馬克

那個可愛的少年一躍快速向前，頭往前方將自己栽入投幣孔，消失在門後。

就連帕布羅也消失了，鏡子似乎也要消失了，連帶所有無數的哈利形象。我察覺到現在我被留給自己和這個劇場，好奇地逐門走過，讀著每一扇門上的字，那是誘惑，那是承諾。

○○○

有個銘刻

愉快狩獵出發！

開車追捕

特別吸引我，我打開這扇狹長的門，走了進去。

我被拉進一個嘈雜激昂的世界，街道上汽車呼嘯追逐，有些是裝甲的，追逐著路人，把他們碾成肉泥、壓傷在房子圍牆上。我立刻意會到，這是人和機器之間的戰鬥，長久以來醞釀著的，長時間所預期、早已恐懼著的，這時終於爆發了。到處都躺著死者，肢體分離的傷者，四處都是破碎、扭曲、半燒毀的汽車，在荒瘠的混亂之上盤旋著飛機，這些飛機也被許多從屋頂和窗戶伸出的獵槍和機關槍射擊。牆上到處張貼著狂野、華麗而令人情緒激昂的海報，巨大的字體就像燃燒的火把，要求國家應該要為人們對抗機器，打死那些痴肥而穿著華美、香噴噴的富豪，連帶摧毀他們巨大狂嘯、邪惡低吼、惡魔般低吟的汽車，這些人藉著機器從他人身上壓榨出肥油；要求國家應該要燒掉工廠，稍微整理被破壞的大地，減少人口密度，讓土地再度長出青草，讓布滿灰塵的水泥世界再生起森林、綠地、草原、河流和沼澤。其他海報相反的，畫得美妙，風格華麗，比較溫和，顏色比較不那麼孩子氣，非常有技巧而充滿性靈的描繪，它們相反的生動警惕所有資產家和深思的人防範無政府主義威脅性的混亂，相當清楚地描寫秩序、工作、資產、文化和法治的好處，讚美機器是人類最高和最終的發明，能藉助機器變成神。我思索而驚訝地看著這些海報，紅的綠的，它們煽動的辯才，脅迫的邏輯，它們是對的，我深深信服地一下子站在這張，一下子站在另一張海報前面，越來越清楚地受到周圍相當頻繁的槍聲的干擾。現在，主題清楚了，這是戰爭，一場激烈火熱且非常令人同情的戰爭，無關皇帝、共和、國界、國旗、顏色或是這類不過是點綴和造作但基本上無關卑劣的惡行，而是任何覺得窒息，覺得生命不再有樂趣的人，賦予他的厭惡強烈的表達，尋求排除這鉛製文明世界的普遍毀壞。看到這所有的毀壞和謀殺慾望讓我那樣清楚和深切地從眼睛笑出來，而紅色的野花在我內心高高地、大大地綻放著，也笑得那麼大聲。我愉快地加入戰鬥。

然而這其中最美的是，在我身邊突然出現我的小學同學古斯塔夫，我好幾十年都沒有聽到他的消息，他曾是我早年孩童時期的朋友之中最野、最有力量也最熱愛生命的。我看到他淺藍色眼睛對我眨著，於是打從心底笑了出來。他向我招手，我立刻開心地迎向前去。

「老天爺，古斯塔夫，」我高興地喊著：「居然能再看到你！你後來變成什麼樣子了？」

他岔岔地笑了起來，完全就像在孩童時期。「畜生，我非得馬上又被質問、聽些廢話嗎？我當上神學教授，不過，你知道的，天幸現在已經不再有宗教課了，年輕人，只有戰爭。來吧！」

小卡車迎向我們轟隆而來，他把領導者從車上射下來，像隻猴子般靈活地跳上那部車，把車停好然後讓我上車，接著我們像魔鬼般快速地在槍林彈雨和翻覆的汽車間前進，往城市和郊區的方向駛去。

「你是站在工業家那邊的嗎？」我問這個朋友。

「哎，什麼啊，這是品味問題，我們到了外面再考慮。但不是，慢著，我比較贊成選擇另一個政黨，基本上其實也無所謂。我是個神學家，我的前輩路德在他那個時代幫助諸侯和富人對付農民，現在我們要稍微矯正一下。爛車，希望還能撐個幾公里！」

如風一般快速，天界的孩子，噠噠作響地離開，開進一片綠色寧靜的景致，好幾里遠，穿過一大片平原，然後慢慢地爬升上綿延的山區。我們在此停留，是一條光滑、平坦的街道，在陡峭的岩壁和較低的防護牆之間，以大彎度爬升，高高地穿過一個藍色發光的湖泊。

「漂亮的地方。」我說。

「非常漂亮。我們可以稱之為軸心街道，幾條不同的軸線要在這裡聚合，小哈利，注意了！」

一棵巨大的松樹立在路邊，我們看到松樹上面有個大概是以木板蓋成的小屋，有個瞭望台和高塔。古斯塔夫開朗地對著我笑，他藍色的眼睛狡獪地眨著，我們兩個都急忙下車，然後沿著樹幹往上爬，深呼吸一口，把自己藏在我們非常喜歡的瞭望台裡。我們在那裡找到獵槍、手槍、彈藥箱。我們才剛冷靜一點，就狩獵位置，下一個轉彎處就已經傳來一部大型豪華轎車沙啞而盛氣凌人的喇叭聲，高速呼嘯地行駛在平坦的山區街道而來。獵槍已經拿在手上，奇妙的緊張。

「瞄準駕駛員！」古斯塔夫很快地下達命令，那笨重的汽車隨即從我們下方駛過。而我已經對準然後扣下扳機，打中駕駛員的藍帽子。那個男人癱軟下來，汽車繼續狂奔，撞上牆壁，擠壓在一起，沉重的撞擊，就像隻大又肥的胡蜂般憤怒地撞上較低的牆，翻覆過去，然後在短促一聲輕響之後越過圍牆掉落深處。

「解決了！」古斯塔夫笑著，「下一個讓我來。」

這時下一部車已經奔馳而來，三、四個乘客看起來小小地坐在沙發座椅上，有個女人的頭上揚起一塊頭紗，僵直而水平地向後飛，一塊淺藍色的面紗，其實讓我為之感到遺憾，有誰知道在面紗下是否有張最美的女性面孔在笑著。老天爺，如果我們已經扮演了強盜的角色，也許要再確實而帥氣一點，跟隨偉大的典範，我們勇敢的謀殺樂趣不會延伸到漂亮的女士身上。然而古斯塔夫已經開槍，司機抖了一下，縮在一起，汽車撞到直立的岩石彈起，又掉回地面重擊，輪胎向上，掉回街道上。我們等著，一切都不動了，無聲地停在那裡，就像被陷阱抓住，人陷在車子底下。這時車子還低鳴著，輪胎怪異地朝向空中，但是突然間汽車發出可怕的響聲，陷入明亮的火焰之中。

「一部福特汽車，」古斯塔夫說：「我們必須下去讓街道再度暢通。」

我們爬下去，看著燃燒的那一堆殘骸，很快就燒盡了，我們這時用新木當槓桿，把車子移到一邊，越過街道邊緣推到深谷裡，在灌木叢裡一路跌撞。其中有兩個死者在汽車翻轉的時候掉了出來，落在草叢，部分衣服燒掉了。其中一個人的大衣還保存得相當好，我翻了翻他的口袋，看是否能得知他是誰。出現了一個皮夾，裡面是名片。我拿了其中一張，唸著上面的字：「沓忑・團・阿西。」

「很好笑，」古斯塔夫說：「其實我們殺死的這些人叫什麼名字根本就無關緊要，他們就像我們一樣是可憐的惡魔，名字並不相干。這個世界必定敗壞，我們也跟著沉淪。把這世界放在水底十分鐘，這可能是最無痛的解決辦法。好啦，上工了！」

我們把死者扔向汽車，馬上又來了另一輛汽車。我們立刻從街道一起射擊，那部車像醉酒一般繼續旋轉了一段路，然後翻過來喘息著停在那兒，有個乘客動也不動地坐在裡面的座位上，一個漂亮的年輕女孩卻毫髮無傷的下車，雖然她臉色蒼白，劇烈地發著抖。我們向她友善地問候，向她獻慇懃。她受到的驚嚇太大，無法說話，只是瘋了似的盯著我們看了一會兒。

「哪，我們先看一下那個老先生，」古斯塔夫說著轉向乘客，他還坐在死亡的司機後面的座位上。那是一個有著灰色短髮的男性，聰明的淺灰色眼睛張開著，卻似乎受了相當的傷，至少他的嘴巴淌血，頸子相當扭曲而僵硬。

「冒昧一下，老先生，我的名字是古斯塔夫，我們恣意地射殺了您的司機。能請教一下，我們是在和誰說話？」

那個老者冷淡而悲傷地以他的灰色小眼睛看著。

「我是首席檢查官洛爾靈，」他慢慢地說：「你不僅殺了我可憐的司機，也殺了我，我感覺得到生命即將走到盡頭。為什麼您要對我們開槍？」

「因為超高速駕駛。」

「我們是以正常速度行駛的。」

「昨天正常的，今天卻不再正常，首席檢察官先生，我們今天認為每種汽車行駛的速度都太高。我們現在破壞汽車，所有的汽車，其他的機器也一樣。」

「也包括你們的獵槍？」

「也會輪到獵槍，如果我們還找得出時間來銷毀它。也許我們明天或後天就會把所有的都解決掉。您知道吧，我們的地球人口可怕地過度繁殖。唉，現在需要多一些空氣。」

「您對每個人開槍，不加選擇？」

「當然，對某些人來說這無疑是令人惋惜的，比如對這個年輕漂亮的女士——她可是您的女兒？」

「不，她是我的速記員。」

「那更好。現在請您下車，或是您要我們把您從車子裡拖出來，我們要摧毀車子了。」

「我寧可一起被摧毀。」

「如您所願。冒昧再請教一個問題！您是首席檢察官，我總是無法理解，一個人是怎麼變成檢察官的。控告其他人，大部分是可憐的傢伙，讓他們被判刑，這就是您的謀生方式，不是嗎？」

「是這樣。我盡我的義務，那是我的職務。就像劊子手的職務就是要殺死被判死刑的人。您自己也做著同樣的職務，您也殺人。」

「的確，只是我們不為義務殺人，而是為了取樂，更有甚者：出於惱怒，出於對世界的絕望。因此殺戮讓我們得到相當的樂趣。殺人不曾為您帶來樂趣嗎？」

「您讓我感到無聊。行行好，完成您的工作，如果義務這個概念對您而言是陌生的……」

他沉默下來，嘴脣扭曲著，就像他想要吐唾一樣，然而只是一點血，黏在他的下巴上。

「請您等一下！」古斯塔夫禮貌地說：「義務這個概念我無論如何是不認識的，再也不了。以前我在職位上和這個概念相當有關係，我曾是神學教授。此外我曾是士兵，參與了戰爭。對我而言，是義務的以及被威權和上級命令去做的，根本都是不好的，我一直都希望做相反的事。然而當我再也不認識義務這個概念的時候，我卻還知道負罪——也許這兩者是同一個概念。母親將我生下來，我就有罪，被判要活著，有義務屬於一個國家，成為士兵，要殺戮，為軍備納稅。現在，在眼前這一刻，我又負了生命的罪，就像過去在戰爭中，被引導著非得去殺。而這次我不是帶著反感來殺，我投入自己的罪，我一點都不反對這個愚蠢阻塞的世界裂成碎片，我樂意伸出援手，也樂意一起沉淪。」

那個檢察官很努力地想用他被血黏住的嘴脣微笑一下，卻不怎麼漂亮，不過他的善意是看得出來的。

「這倒不錯，」他說：「所以我們是同事。現在請您盡自己的義務，同事先生。」

那個漂亮女孩這時在路邊坐下，失去意識。

就在這一刻又來了另一輛車，以全速向我們奔馳而來。我們將女孩拉到邊上一些，將身子壓低在岩石邊，讓駛來的車子開進其他車子的殘骸裡。那部車猛地煞車，彈到高處，卻絲毫無傷地停了下來。我們很快地把獵槍拿到手上，瞄準新來的人。

「下車！」古斯塔夫命令著：「把手舉高！」

那是三個男人，走下車來，服從地把手舉高。

「有人是醫生嗎？」古斯塔夫問。

他們否認了。

「那麼請您行個好，把這位先生從他的座位解放出來，他受了重傷。然後請您把他帶上車，載到下一個城市。向前，扶好！」

那位老先生很快就被抬到另一輛車裡安置好，古斯塔夫命令著，所有的人都照辦。這時我們的速記員又恢復了意識，看著整個過程。我們取得的這個漂亮戰利品頗合我意。

「小姐，」古斯塔夫說：「您失去雇主了，希望那位先生和您不很親近。您要接受我的支配，請您當個好同志！好了，現在有點緊急，很快這裡就會變得很不舒適。您能爬上去嗎，小姐？可以？那就上去吧，我們一前一後幫您爬上去。」

於是我們三個都攀爬著，儘可能迅速爬上我們的樹屋。那個小姐到上面時不舒服，不過她拿到一杯白蘭地，很快就恢復到能欣賞遠方湖、山的美景，告訴我們她的名字是朵菈。

下面很快地又來了一部汽車，小心地從翻覆的汽車旁邊駛過而沒有停下來，接著立刻加速。

「偷懶！」古斯塔夫笑著，射殺了司機。那部汽車跳了幾下，一躍撞上牆壁，把牆撞凹了，車子斜斜地掛在邊上。

「朵菈，」我說：「您會使獵槍嗎？」

她不會，不過她跟我們學了怎麼上膛。起初她有點笨拙，把自己的一根手指磨出血來，哀號著要英國貼布。然而古斯塔夫向她解釋，這是在戰爭，她應該表現出自己是個幹練、勇敢的女孩，於是她就辦到了。

「不過我們會怎樣呢？」她接著問道。

「我不知道，」古斯塔夫說：「我的朋友哈利喜歡漂亮的女人，他可以當您的男朋友。」

「但是他們會帶警察和士兵過來把我們殺死的。」

「警察這一類的已經不復存在，我們能選擇，朵菈，要不我們安靜地待在這兒，把所有經過的汽車都射翻了；或者我們自己找部車開走，然後讓別人對我們開槍。我們選擇哪一邊都沒有差別。我贊成留在這裡。」

下面又開過一輛車，喇叭聲清脆地傳了上來，它很快就被解決了，四輪朝上挺在那兒。

「奇怪，」我說：「射擊居然能帶來那麼多樂趣！我以前還是個反戰人士呢！」

古斯塔夫微笑著，「是啊，這世界就是人太多。以前都沒有注意到，可是如今每個人不僅想要呼吸空氣，還想要有部車，這時才注意到。我們的所作所為當然是不理性的，是孩子把戲，就像戰爭是場盛大的孩子把戲一樣。以後人類必須要學到，用理性的方式限制自己的繁殖。針對這無法忍受的狀況，我們暫時以相當不理性的方式來回應，然而我們的做法基本上卻是正確的：我們減少人口。」

「是的，」我說：「我們所做的或許是瘋狂的，或許卻是好而必需的。如果人類過度講求理性，試著藉助理性來整頓理性根本不能通曉的東西，這是不好的。於是就產生像美國人或是布爾什維克的理想，兩種都異常理性，然而因為它們把生命單純地簡化，因此可怕地強暴、剝奪了人類生命。人類的圖像，一度是崇高的理想，正要變成劣質複製品。我們這些瘋子也許還能再度讓生命提升起來。」

古斯塔夫笑著回答：「年輕人，你說得真是聰明，傾聽這些智慧之泉是種樂趣，帶來收穫，也許你是對的。不過這樣就夠了，現在把你的槍上膛，你對我而言有點愛做夢。隨時都還會有些小公鹿跑過來，我們可沒辦法用哲學射殺他們，槍管裡必須隨時有子彈。」

有輛車過來，隨即被解決了，街道被封閉了。有個存活者，一頭紅髮的胖男人，粗野地在汽車廢鐵堆邊擺姿態，張大眼睛上上下下看著，發現我們的藏身處，咆哮著跑過來，用一把來福槍往上向我們射擊好幾次。

「現在就走開，不然我就開槍了，」古斯塔夫向下叫著。那個男人瞄準他，再射擊一次，於是我們向下射擊，開了兩槍。

又來了兩部車，被我們撂倒了。於是街道維持安靜而空曠，關於街道危險的消息似乎傳開了。我們有時間觀賞美麗的遠景。在湖的那一邊是一座低地城市，煙霧從那裡升起，我們很快就看到火焰如何從一個屋頂延燒到下一個，也可以聽到槍聲。朵菈哭了一會兒，我撫摸她溼溼的臉頰。

「我們每個人都必須死嗎？」她問，沒有人回答。這時下方來了一個步行的人，看到壞掉的汽車堆在那裡，就在那四周探看，彎身到其中一部汽車裡，抽出一把彩色的洋傘，一個皮製的女性提包，一個酒瓶，然後平靜地坐到矮牆上，從那個酒瓶裡喝酒，吃一些從提包裡取出以錫紙包著的東西，把瓶子裡的東西完全喝乾，滿足地繼續上路，洋傘夾在腋下。那人平和地走遠了，我於是對古斯塔夫說：「你眼下有可能對準這個和善的傢伙開槍，在他的頭上轟個洞嗎？天知道，我不能。」

「又沒人要你這麼做。」我的朋友咕噥著，然而他心裡也彆扭起來。我們根本沒有看到任何依然無害、和平而童稚的臉，依舊活在純潔無辜的狀態裡的人，我們這麼值得稱讚而必要的作為卻瞬間顯得愚蠢而可憎。見鬼的這些血！我們感到羞愧，然而在戰爭裡，就算是將軍有時也會有相同感受。

「不要再待在這裡了，」朵菈抗議：「我們下去吧，汽車裡一定能找到什麼吃的。你們難道不餓嗎，布爾什維克黨人？」

下方燃燒的城市裡，鐘聲開始響起，激動而充滿憂慮。我們爬下樓梯，當我幫朵菈爬下護牆的時候，我吻了她的膝蓋，她開朗地笑了，但這時支架撐不住了，我們兩人一起跌空……

○○○

我又置身圓形迴廊裡，因為狩獵冒險而興奮著。四處，無數個門上的銘刻都吸引著我：

幕塔博

隨意變成任何動物和植物

印度愛經
印度性愛課程
初期班：愛撫的四十二種方式
充滿樂趣的自殺！
把自己笑死
想讓自己充滿性靈？
東方智慧
啊，如果我有千舌！
男士專屬

西方世界的沒落

優惠中，依舊無與倫比

藝術的典範

以音樂將時間轉換成空間

笑的眼淚

幽默室

隱士遊戲

任何陪伴的相等替代

一連串的銘刻無止無盡，其中一個是：

塑造個性指引
成效保證

這讓我肅然起敬，於是踏進這扇門。

迎接我的是一個昏暗而安靜的房間，其中有個男人像東方人一樣坐在地板上，面前放著一個像是大棋盤的東西。最初一眼那個人看起來像是我的朋友帕布羅，至少那個人穿著一件類似的繽紛絲質夾克，也有著同樣深色發亮的眼睛。

「您是帕布羅嗎？」我問他。

「我誰都不是，」他友善地解釋：「我們在這裡沒有名字，我們在這裡不是個人，我是個棋手。您想上塑造個性的課？」

「是的，有勞了。」

「那麼請儘可能友善地將您的一些角色交給我運用。」

「我的角色……？」

「那些您看著所謂的個性崩解所分裂出來的角色。沒有角色我玩不起來。」

他把一面鏡子拿到我面前，我又在其中看著完整的自己分解成許多自我，數目似乎又增加了。這些人物現在非常小，大概只有可拿在手上的棋子大小，那個棋手無聲而穩定地用手指從裡面拿了幾個，放在地板上的棋盤旁邊。他聲音單調地說著話，就像在重複一段經常做的演說或授課內容：

「您知道那錯誤且帶來不幸的說法，認為人類具有一個持續的一致整體。您也知道，人是由許多靈魂，由非常多自我所組成的。將個人的表面一致分裂成這許多人物角色被視為是瘋狂的，科學因此發明了人格分裂這個名詞。沒有領導，沒有一定秩序及組合的這種多樣性當然要加以約束，科學在這方面是對的；相對的，科學錯在相信這許多分支自我只有一種聯繫的、終生的秩序是可行的。科學的這種錯誤帶來一些不愉快的後果，它的價值只在於，國家雇用的老師和教育人員認為這樣能簡化自己的工作，省略思考和實驗。根據這樣的謬誤，許多被視為『正常』甚至具有高社會價值的人，其實卻是無可救藥的瘋癲；相反的有些被視為瘋狂的人其實卻是天才。因此我們要藉助我們所謂的建構藝術概念，填補科學漏洞百出的靈魂學說。我們讓那些曾經歷過自我崩解的人知道，他們隨時可以把這些破片以任何秩序重整，他們因此可以造就無數多變的生命遊戲。就像詩人以滿手的角色創造出戲劇，我們也將崩解的自我所產生的角色不斷結合成新的群組，有著新的表演和張力，永遠都有新的狀況。請看！」

他以沉著、靈巧的手指拿起我的角色，不管是老年、青少年、童年、女性的，或是開朗的、哀傷的、強壯的、柔弱的、靈巧還是笨拙的，都被他快速地排在棋盤上變成一局棋，這些角色一下子被組合成群，成家庭，遊戲或戰鬥，變成友人或敵手，建立起一個小世界。在我為之陶醉的眼睛裡，他讓這個活潑而秩序井然的小世界自行運作一會兒，遊戲和戰鬥，結成同盟或彼此廝殺，相互追求、結婚、繁衍；其實這是一部有著四個角色的動人緊張戲劇。

然後他帶著更愉快的神情用手拂過棋盤，將所有角色謹慎地取下，將他們攏成一堆，然後沉思地，有如挑剔的藝術家，將同一堆角色安排成完全不同的另一場戲，有著截然不同的組合、關係和糾結。第二場戲和第一場相關：同一個世界、同樣的結構題材，然而曲調改變了，速度更換了，強調不同的主題，布置出不同的情境。

於是這靈巧的構造師以這些角色做出一場場不同的戲，每個角色都是我的一部分，遠觀之下所有的棋局都相似，可以看出屬於同一個世界，有著同樣的根源，卻又是全新的。

「這是生活藝術，」他教導地說：「您本人未來可以隨意繼續塑造您的生命，活化它們，讓它們相互糾纏，讓它們變得更豐富，都操之在您。好比瘋狂，以比較高深的那層意義來說，是所有智慧的開端，精神分裂也是所有藝術、所有幻想的起點。即使學者都已經隱約認識到，比如說如何慎思閱讀《魔號王子》[28]，這本令人愉快的書，有個學者辛勤的工作成果經

28《魔號王子》（Prinz Wunderhorn），所指應是《少年魔號》（Des Knaben Wunderhorn），是德國詩人布倫塔諾（Clemens Brentano）和阿爾尼敏（Achim von Arnim）蒐錄而成的德國民謠詞集。

由許多瘋狂的、被監禁的藝術家的創意加工而更臻化境。——這裡，請把您自己的小人偶收在身上，這個遊戲會為您帶來更多樂趣。您會將今日難以忍受的傀儡、糟蹋了整個遊戲的人物，在明天降格成無足輕重的配角。您會將這些可憐又可愛的小人物，似乎曾註定要當個倒楣鬼和災星的角色，在下一場戲裡變成公主。祝您玩得愉快，先生。」

我深深地彎腰，感激地向這個天才演員鞠躬，將那些小小的角色人偶放在我的口袋裡，然後穿過狹窄的門回到迴廊。

我原本想著，我也許會立刻坐在迴廊地板上，把玩這些小人偶好幾個小時，永遠地玩下去，然而我才站到明亮的劇場圓形走道，就有一股強烈氣流再度把我拉走。有張海報招搖地在我眼前發亮：

荒野之狼的馴服奇蹟

這個銘刻在我內心引起許多感受；來自我過往生活各種各樣的憂慮和壓抑，來自已遠離的現實，讓我的心痛苦地揪在一起。我以顫抖的手打開這扇門，來到一個年度市集攤位，看到裡面有道鐵圍籬，將我和簡陋的表演舞台隔開來。我看到舞台上站著一名馴獸師，一個看起來有點江湖氣而且自抬身價的男人，雖然長著一臉大鬍子，雖然手臂滿是肌肉，還穿著花花公子似的馬戲團服裝，卻惡作劇似的、令人厭惡地看起來像我自己。這個強壯的男人駕御著——可悲的一幕——一匹巨大、漂亮卻可怕地消瘦，帶著奴隸般驚惶眼神的狼，就像條狗一樣。這時我覺得既噁心又緊張，同時厭憎卻也私心覺得有趣，我看著這個粗魯的馴獸師駕著這高貴卻卑微屈服的猛獸，做出一連串的把戲和聳動的表演。

無論如何這個男人，我該死的破鏡雙胞胎，神奇地將他的狼馴服了。那匹狼專注諦聽每一個命令，像狗一樣回應每回呼聲和鞭擊聲，牠跪下，假裝自己死了，學著人樣用後腿站立，服從而乖巧地用嘴刁著一塊麵包，一個蛋，一塊肉，一個籃子，牠必須接住馴獸師掉下的鞭子，然後用嘴叼過去，一邊以令人難受的卑微甩動尾巴。在狼的前面丟出一隻兔子，一隻白羊，牠雖然咬著牙，因為顫動的渴望而滴下口水，卻沒碰任何一隻動物，而是隨著命令跳過這些發著抖蹲在地上的動物，帶著優雅的幅度，而且牠在兔子和羊之間坐下，用前腳環抱著牠們，和牠們形成令人感動的家族，因此從人手裡得到了一片巧克力來吃。這隻狼否認自己的天性到怎樣神奇的程度，觀看這些是種折磨，我驚恐得毛髮直豎。

激動的觀眾，以及狼本身所受的折磨在表演的第二部分就得到補償。那個機巧的馴服節目結束，而那個馴獸師在羊—狼群上方得意地帶著甜美微笑行禮以後，角色就交換了。長得像哈利的馴獸師突然深深彎腰地將他的鞭子放在狼的腳前，然後開始像狼先前那樣發抖，縮在一起，看起來一樣可憐。那隻狼卻笑著舔嘴，痙攣和虛偽褪去，牠的眼光發亮，全身緊繃，在重得的野性裡容光煥發。

這時狼下達命令，而人必須聽從，聽從命令跪下，扮演著狼，讓舌頭吐出掛著，用填充的假牙將衣服從身上撕下。根據馴人師的命令，他用雙腳或四肢走路，假裝用兩隻後腿站立，假裝死了，讓狼騎在自己身上，把鞭子叼給牠。那人裝著狗的樣子，展現天賦又充滿奇幻地接受任何羞辱和變態行為。有個美麗女孩來到舞台上，接近那個被馴服的男人，撫摸他的下巴，讓自己的臉頰摩蹭著他的，然而他維持用四肢著地，維持畜生的樣子，搖著頭並且開始對著那個女孩齜牙咧嘴，最後像匹狼似地威嚇著，嚇得她逃離。巧克力被放在他面前，他輕蔑地聞了聞，推開一邊。最終那白羊和肥美的兔子又被帶了進來，這受教的人交出最後一切扮演狼，把那當作一種樂趣——用手指和牙齒抓住尖叫的小動物，把牠們的皮和肉一塊塊撕下來，猙獰地咀嚼牠們活生生的肉，投入地吸吮，因狂喜而閉上眼喝著牠們溫熱的血。

我震驚地奪門而出，我知道了，這個神奇劇場並非純粹的天堂，所有地獄就位在它華麗的表面之下。老天啊，難道連這裡也沒有救贖嗎？

我充滿焦慮地來回跑著，嘴裡察覺到血和巧克力的味道，不管哪一種都同樣醜惡，我渴望逃離這混沌的波動，激動地在我之中想掙回比較可忍受而友善的圖像。「喔朋友，不要這種心態[29]！」我心中唱著，然後驚訝地想起戰爭前線可怕的照片，那是戰爭期間偶爾能看到的。

---

29 暗指赫塞於一九一四年發表的一篇呼籲和平的文章〈朋友，不要這種心態〉，請參考《流浪者之歌》（遠流）頁20譯註1。

我回想到那相互交錯的屍堆，他們的臉因為戴著防毒面具而幻化成猙獰的魔鬼面孔。我那時仍是那樣愚蠢而孩子氣，我這個反對戰爭的人類之友，看到那些照片令我無比震驚！如今我知道，任何馴獸師、政府部長、將軍的腦子孵化的神經錯亂想法和圖像都是同樣可怕、狂野、邪惡的，也同樣粗魯和愚蠢地存在我之中。

我吸口氣，想起劇場開始的時候，之前那個漂亮年輕人看到之後急忙跟進的銘刻：

所有女孩都是你的

在我看來，整體而言，根本沒有其他銘刻像這一個這樣值得追隨。我因為能逃離那個該死的狼世界而高興，於是走了進去。

真美妙——有如神話，同時又十分熟悉，使得我打了個冷顫——我年少時的氣味在此處向我迎來，我的孩童和青少年時期的氣氛，而我的心流著當時的血液。我剛才還做過、想過、曾是的，都在我身後沉落，我又變年輕。一個小時之前，片刻之前，我以為自己相當清楚何謂愛情、慾念和渴望，然而那是老年人的愛和渴望，現在我又變年輕了，而我在自己之中所感覺到的，這灼熱流動的火焰，這強力牽動的渴望，像三月足以融化冰雪的暖風般的熱情，是年輕、嶄新和真實的。啊，就像已被遺忘的火焰那樣重新燃起，當時的音調聽起來是如何膨脹而低沉，是怎樣在血液當中閃亮地綻放著，是怎樣在靈魂裡尖聲歌唱著！我是個男孩，十五或十六歲，我的腦袋裡都是拉丁文和希臘文還有美麗的詩句，我的想法充滿進取和抱負，我的幻想充滿藝術家的夢，然而比這些跳動的火焰更深沉、更強烈而更旺盛地在我之中燃燒、抖動的是示愛的火焰，性的饑渴，肉慾令人憔悴的先兆。

我站在我的故鄉小城上方的一個岩石山丘上，聞起來有暖風和第一陣紫羅蘭的氣味，河流從那個小城閃爍著蜿蜒而上；我父親房子的窗戶，還有這一切看起來、聽起來、聞起來都充滿陶醉，如此清新而有創意，散發出色彩深度，在春風裡搖曳得那麼不真實而多加美化，就像我曾經在我最初的青年時期，在最圓滿而詩意的時刻看到的這個世界。我站在山丘上，風拂過我的長髮；迷惑的手，在夢幻的愛情渴望裡迷失，我從剛轉綠的灌木叢摘了一片年輕半開的葉心，把它拿到眼前，聞著它（光是這個味道就讓我灼熱地回想起當初的一切），我捏著這小小的綠色東西，用我兩片尚未親吻過女孩的嘴唇逗弄著，然後開始咀嚼它。隨著這微澀、帶著香氣的苦味，我忽然清楚地知道我所經歷的是什麼，所有一切都回來了。我再次經歷了少年時代的最後幾年當中的一個小時，春天最初的一個星期天下午，那天我獨自散步時遇到羅莎．克萊斯勒，那麼害羞地向她問好，有如被迷昏了一般地愛上她。

當時這個美麗的女孩正獨自做夢似地往山上走，還沒有看見我，我卻滿懷不安的期待早已看到她，看到她的頭髮綁成粗粗的辮子，臉頰兩邊卻依然垂下鬆散的髮綹，在風中嬉戲流動著。生平第一次我看到了這個女孩有多美，風在她柔順的髮間嬉戲有多美、多夢幻，她薄薄的藍色洋裝下襬是那樣美麗而勾起慾望地垂在她幼嫩的關節上，就像我從那被咬碎的葉心嘗到的苦澀藥草滋味，讓我完全浸淫在極度不安的甜美慾望和春天的焦慮之中；在我看到這個女孩的時候，我就充滿了對愛情絕對致命的預感，對女性的想像，那許許多多可能和允諾，無名的幸福，難以表達的混亂，焦慮和苦難，最切身的救贖和最深的罪惡，充滿了對這一切驚心的預感。那苦澀的春天滋味是怎樣在我的舌尖燃燒啊！這遊戲的風是怎樣穿過她紅色臉頰旁散開的髮絲啊！然後她走近我，抬起眼認出我來，瞬間她的臉微微發紅，她望向一旁；然後我問候她，脫下堅信禮男童帽，而羅莎，很快把持住，微笑地問候，有些仕女般地向後退，臉抬起，然後慢慢地，堅定而優越地繼續走，被我在她身後所獻上的無數愛情祈願、渴求和順從所包圍。

這就是曾經發生的，在三十五年前的一個星期天，當初所有的一切都在這一眼當中回來了：山丘和城市，三月的風和葉心的味道，羅莎和她棕色的頭髮，膨脹的慾望和甜美窒息的焦慮。一切就像當初一樣，在我一生之中，我似乎從未像我當時愛羅莎那樣愛過。然而這次我要以不同於當時的方式來感受她；當她認出我來，我看著她臉紅，看到她努力地隱藏那陣羞紅，立刻知曉她喜歡我，知道這次偶遇對她和我有同等意義。這次我不再把帽子脫下，不再正式地拿著脫下的帽子站著直到她走過去，這次，儘管血流造成疑慮和壓抑，我喊著：「羅莎！感謝上帝你來了，你這美麗的美麗的女孩，我好愛你。」這也許不是這種時刻所能說出的最有靈性的話，但此時不需要性靈，這樣就完全足夠了。羅莎這次沒有板著仕女的面孔，沒有繼續往下走，她停住腳步，看著我，臉變得比之前更紅，然後說：「你好，哈利，你真的喜歡我嗎？」她棕色的眼睛這時從她有力的臉龐散發出光芒，我察覺到：我過往的整個生命和愛都是錯誤而混亂的，充滿愚蠢的不幸，就從那個星期天我讓羅莎走遠的那一刻開始。然而現在錯誤被改正了，一切都會有所不同，一切都會好轉的。

我們把手伸給對方，攜手慢慢地繼續往下走，無可言喻的快樂，非常不好意思，不知道要說什麼、做什麼，出於尷尬開始快步跑著走著，直到我們喘不過氣而必須停下來為止，卻沒有鬆開彼此的手。我們兩個都還是孩子，不太知道要怎麼和對方相處，我們在那個星期天甚至沒有發展到第一個吻，然而我們非常快樂。我們站著呼吸著，坐在草地上，我撫摸著她的手，而她用她的另一隻手害羞地滑過我的頭髮，然後我們又站了起來，試著量一量我們誰比較高，我其實高了一指寬，但是我不肯承認，堅稱我們兩個完全一樣高，親愛的上帝決定我們彼此相屬，我們以後會結婚。那時羅莎說她聞到紫羅蘭，於是我們蹲在短短的春天草地上，尋找著也找到一些帶著短梗的紫羅蘭，然後互相把花贈送給對方；天氣轉涼，光線斜斜地落在岩石上，羅莎說她必須回家，我們兩個於是都很哀傷，因為我不許陪著她走，但是我們現在彼此間有個祕密，而這是我們所擁有最可愛的。我留在上方的岩石之間，聞著羅莎的紫羅蘭，躺在峭壁上方的地上，臉朝著深處，向下看著城市傾聽著，直到羅莎甜美的小小身形出現在下方，走過噴泉走上橋梁。現在我知道她到達她父親的房子，她在那裡走過房間，雖然我躺在上方這裡遠離她，但是有條帶子，一陣電流，揚著一個祕密從我這裡湧向她。

我們再度碰面，這裡或那裡，在岩石上，在花園圍籬邊，一整個春天，而當丁香花開始綻放的時候，我們給予對方第一個不安的吻。身為孩子的我們能給對方的並不多，我們的吻還沒有火焰也不豐盈，她耳朵上方鬆鬆的卷髮我也只敢輕輕撫摸，然而那是我們的，我們為愛與歡愉所能做的，而隨著那羞澀的撫摸，以不成熟的愛語，帶著壓抑的相互等待，我們學到一種新的幸福，我們登上愛的階梯一小步。

於是我就這樣重新經歷我的整個愛情生活，從羅莎和紫羅蘭開始，卻比較幸福。然後羅莎不見了，娥姆佳德出現了，而太陽更熾，星辰更為沉醉，然而不管羅莎或娥姆佳德都未成為我的，我必須一階一階向上爬，經歷過許多，學了許多，也必須再度失去娥姆佳德和安娜。我曾在青少年時代愛過的女孩，我又重新愛上她們，但此刻我能對她們任何一個傾注愛情，對她們付出一些什麼，接受她們給我的贈禮。期望、夢想和各種可能性，這些曾經只活在我的幻想當中的，如今變成真實而被體驗到。所有這些美麗的花朵，伊達和羅蕊，她們每一個我曾愛過一個夏天、一個月、一天的女孩！

我領悟到，我現在是那個俊俏熱情的年輕小伙子，就是我之前看到跑進愛情之門的那個小伙子，我現在看到的是一部分的我，這個只占我的本質和生命的十分之一、千分之一的我，讓它們增長，不被我其他的自我形象所左右，不受思想家的干擾，不受荒野之狼的折磨，不被詩人、幻想家和衛道人士所貶低。不，我現在只是個陷入愛戀的人，除此無他，除了幸福和愛情的痛苦不再呼吸其他。娥姆佳德就已經教會我跳舞，伊達教我親吻，而她們之中最美的，艾瑪，在一棵秋夜飄動的榆樹下，是第一個讓我親吻她古銅色胸膛，讓我啜飲情慾之杯的女孩。

我在帕布羅的小劇場裡經歷過許多，可以用語言表達的不及千分之一。所有我曾愛過的女孩現在都是我的，我給她們每一個她們知道要從我這裡拿走的，我品嘗了許多愛，許多幸福，許多愛慾，許多混亂還有許多痛苦，我一生所欠缺的愛都在這個夢幻時刻神奇地在我的花園裡綻放著，害羞柔嫩的花朵，刺眼招搖的花朵，灰暗而快速凋萎的花朵，翻飛的情慾，深沉的夢幻，灼熱的窒悶，充滿焦慮的死亡，閃耀的新生。我發現有些女性只能快速地在狂亂中贏取，而其他的則要長時間且細心追求，這些都是種幸福；我生命中每個昏暗的角落重新亮起，在這些角落裡，性的聲音曾經呼喚過我，有個女性的眼神曾點燃我，白皙發亮的女孩皮膚吸引過我，即使只有一分鐘之久，而所有一度錯失的這時都被取回。她們每一個都變成我的，每一個都有各自的方式。帶著奇特深棕色眼睛卻有著極淺色頭髮的女子也出現了，我曾在火車走道窗戶邊站在她身旁十五分鐘，而她曾多次出現在我的夢中——她一句話都沒說，卻教會我出乎預料的、可怕而致命的性愛藝術。還有馬賽港那個光滑、沉靜、面無表情微笑著的中國女孩，有著光滑深黑色的頭髮和靈動的雙眼，她也知道一些我從未聽聞的。她們每一個都有自己的祕密，隨著自己的出身之地散發出香味、親吻，以自己的方式笑著，以她們特殊的樣子害羞，以她們特殊的樣子肆無忌憚。她們來來去去，巨流將她們帶向我，將我沖向她們，帶離她們，性慾洪流裡嬉戲而孩子氣的游動，充滿吸引力，充滿危險，充滿驚喜。而我驚訝於我的生命，表面上那樣貧乏而無愛的郊狼生涯，曾經是那樣充滿愛戀、機會、誘惑。我幾乎錯過這一切而逃離，因為這一切而顛簸，曾想儘可能快速地加以忘懷——然而她們都被保存在這裡，毫無漏缺，成百個。如今我看著她們，將自己交付給她們，對她們敞開胸懷，沉入她們發出微微粉紅色澤的地底世界。還有那個帕布羅曾建議過的誘惑也回來了，還有其他更早的，我當時甚至無法理解的，充滿幻想的三人和四人性愛遊戲，他們微笑地將我納入輪舞之中。發生許多事，玩過許多把戲，都是言語無法形容的。

從誘惑、重擔、糾纏的無盡巨流之中，我又重新浮現，安靜、沉默、整裝完備，塞飽了知識，智慧，經驗十足，成熟到配得上赫爾敏娜。我千百人物神話的最後一個角色，無盡行列最後一個出現的名字就是她，赫爾敏娜，而同時我的意識恢復，結束這個愛情童話，因為我不想在此處，在魔鏡的朦朧之中遇見她，她不只屬於棋局當中的一個我，她屬於整個哈利。啊，我現在會把我的棋局安排成所有的都和她相關，一切都朝向實現。

這條巨流將我沖上岸，我又站在劇場安靜的包廂走廊。現在要做什麼？我想拿出我口袋裡的小人偶，但是這個衝動已經消退了。這個眾門的世界無盡地環繞著我，這些銘刻，那面神奇的鏡子。我漫無主張地讀著下一則銘刻，顫抖起來：

如何以愛殺人

上面這麼寫著。我的內心很快搏動著亮起一個回憶的畫面，有一秒鐘之久：赫爾敏娜，坐在餐廳的一張桌子邊，突然由酒漿和菜餚轉移到深不可測的對話，眼神裡有著可怕的嚴肅，我想起她怎麼對我說的，她將會使我愛上她，只為了能死在我手上。沉重的憂慮和黑暗的波濤氾濫淹沒我的心，突然間這一切又出現在我面前，突然間我內心最深處又感覺到窘迫與宿命。我絕望地伸手到口袋裡，好拿出那些小人偶，好來一點魔術，調整我的棋盤秩序。所有人偶卻都已經不在那裡，取而代之的，從口袋抽出的是一把刀。我嚇死了，跑著穿過迴廊，經過那些門，突然站在那面巨大鏡子的正前方，朝裡面看著。在鏡子裡站著的，像我一般高，是匹巨大美麗的狼，安靜地站在那裡，不安的眼睛羞赧地閃著光芒。牠兩眼發光地對我眨著，笑了一下，嘴巴張開片刻，可以看到牠的紅色舌頭。

帕布羅在哪裡？赫爾敏娜在哪裡？那個聰明的傢伙，那個對塑造個性說了一堆漂亮話的人在哪兒？

我又朝鏡子裡看了一眼，我剛剛是瘋了，在那片高高的玻璃後面沒有狼，沒有舌頭在嘴裡翻攪。鏡子裡站著的是我，站著哈利，有張蒼老的臉，被所有的遊戲所離棄，因為所有的重擔而疲累不堪，可怕的蒼白，但畢竟是個人類，畢竟是某個人，可以與之交談的人。

「哈利，」我說：「你在那裡做什麼？」

「沒什麼，」那個鏡子裡的哈利說：「我只是等著，等著死亡。」

「死亡到底在哪裡？」我問道。

「死亡來臨了。」另一個我說，我聽著劇場內部的空房間裡傳來的音樂曲調，一首美麗而恐怖的音樂，是《唐璜》[30]的片段，伴隨著石頭客人的登場。冰涼的曲調可怕地迴響著穿過鬼魅的房子，那是來自彼世，從不死者那方走來的。

「莫札特！」我想著，我用內心生活最愛、最崇高的圖像發誓。

這時我身後傳來一聲笑，一個清亮而冰冷的笑聲，來自一個人類從未聽聞的苦難彼方，由神的幽默所生。我轉過身，被這個笑聲冰透而且感到十分幸福，這時莫札特走了過來，笑著經過我的身邊，從容地踱向一道包廂門，開門走了進去，而我汲汲地跟隨他，我年輕時代的神，我的愛與推崇的終生目標。音樂繼續響著，莫札特站在包廂圍欄邊，半點看不到劇場的樣子，黑暗填滿無邊無際的空間。

「您看，」莫札特說：「沒有薩克斯風也行得通，我的確不想太接近這種奇妙的樂器。」

「我們在哪裡？」我問他。

30 《唐璜》（Don Juan），即莫札特的歌劇《唐喬凡尼》。

「我們在《唐喬凡尼》的最後一幕，僕役列波瑞羅已經跪下。精彩的一幕，就連音樂都值得一聽，是啊。即使音樂之中還是有各式各樣非常人性的東西，還是可以感覺到彼世，那一陣笑——不是嗎？」

「這是曾被寫下的最後的偉大音樂，」我像個學校教師般熱切地說：「當然，後面還有舒伯特，還有雨果．沃爾夫[31]，還有那可憐而偉大的蕭邦也是我不能忘記的。您皺起眉頭，大師——是啊，貝多芬也在其中，他也是很美妙的。然而這一切，不管有多美，已經有些破碎，從本身開始分崩離析，一部如此完美傾注的作品，從《唐喬凡尼》之後就再也沒有被創作出來了。」

「您不用費心了，」莫札特笑著，非常譏諷的說：「您本身是個音樂家嗎？好啦，我已經放下我的手藝，退休了。半出於樂趣我才偶爾看看這些行當。」

他舉起手，就像他正在指揮一樣，月亮或是其他什麼蒼白的星體從某處升起，越過包廂圍欄我看到無可測量的太空深處，霧和雲移到裡面，山丘天色暗了下來，還有海岸，在我們腳下延伸出一整片遼闊的沙漠般的平面。我們在這個平面上看到一位似乎值得尊敬的老先生，有著長長的鬍子，帶著一張心情沉重的臉，引領著一隊幾萬個穿著黑衣的男人，看起來那麼陰鬱而無望，於是莫札特說：

「您看，那是布拉姆斯，他尋求解脫，但是那還要好一陣子。」

我得知，根據神的審判，那些穿著黑衣的人都是被視為樂譜上多餘的聲音和音符。

「太多樂器，浪費太多材料。」莫札特點著頭。

我們隨即看到，另一支同樣龐大部隊的最前面走著理查．華格納，感覺到那沉重的千人如何牽引、吸住他；我們看到他也一樣疲憊地以忍耐的步伐蹣跚前進。

「在我的青少年時代，」我哀傷地說：「這兩個音樂家是可想見的最大對比。」

莫札特笑了。

---

31 雨果．沃爾夫（Hugo Wolf, 1860-1903），奧地利作曲家，音樂評論家。

「是啊，一直就是如此。拉出一些距離來看，這樣的對比傾向於變得越來越相似。此外，厚實的器樂不是華格納或是布拉姆斯的個人錯誤，那是他們時代的謬誤。」

「怎麼說？而他們現在必須為此付出沉重的代價？」我抱怨地喊著。

「當然，這是官方進程。唯有他們為自己的時代贖完罪，才知道是否還有那麼多個人的部份留下來，是否值得做個總清算。」

「然而他們倆又不能做些什麼！」

「當然不能。他們也不能改變亞當吃了蘋果，卻還是必須因此贖罪。」

「真可怕。」

「當然，生命一直都是可怖的。我們不能改變什麼，然而又要負起責任。人被生下來，於是有罪。您如果不明白這點，那您上過的一定是怪異的宗教課。」

我變得十分哀傷。我看到自己，一個累得要死的朝聖者，越過冥界的沙漠，背負著許多可有可無的書籍，那是我所寫下的，裡面包括所有的論文，還有所有的報章專欄，加工這些文章的排版人員大隊，以及必須要讀這所有文字的讀者大隊在後追隨著。我的上帝！而亞當和蘋果以及這整個普遍的原罪也都還在，所有的一切都要贖罪，先經過無盡的地獄火焰，然後才輪到我個人的問題，是否有我自己的部份，或是我所有的作為和後果只是海上空泛的泡沫，只是情節河流上無意義的遊戲！

莫札特看到我拉長的臉開始放聲大笑，笑之前他先在空中翻了個身，雙腿發出可怕的顫音，然後對我尖聲叫喊著：「嘿，我的年輕人，你咬到舌頭了，壓著肺了？你想到自己的讀者，那些卑鄙的兀鷹，可憐的貪吃鬼，還想到你的排版工、異教徒，該死的宗教迫害者，磨大刀的劊子手？這實在可笑，你這恐龍，讓人恥笑，讓人擠壓，讓人嚇到你屁滾尿流！噢你虔信的心，還有你的印刷黑墨，連帶你的靈魂痛苦，讓我來給你點上蠟燭憑弔吧，只是開個玩笑。滴滴答答，吵死人，玩死你，尾巴搖盪，光芒不長。上帝命令魔鬼帶走你，因為你寫寫畫畫而鞭打你，一切都是拼拼湊湊偷來的。」

但這對我太強烈了，怒氣沒給我多餘時間哀傷，我抓住莫札特的髮辮，他飛了出去而髮辮卻越來越長，就像彗星的尾巴，掛在最尾端的是我，被旋轉著丟過世界。該死的，這個世界可真冰冷！這個不死者帶著一層可怕的稀薄冰氣，然而這冰冷的空氣卻讓人愉快，在我失去感覺之前，我在那短暫片刻裡還察覺得到。一陣苦辣、鋼鐵般光滑冰冷的喜悅穿透我，想要同樣清朗、狂野又非世俗地狂笑，就像莫札特那樣，然而我的呼吸和意識都已到了盡頭。

○○○

混亂且破碎地我又恢復意識，長廊裡的白色燈光照映在光滑的地上。我並非身處不死界，還沒有。我還在謎題的這一邊，和苦痛、郊狼們以及充滿折磨的糾葛在一處。這不是個好地方，不是可以忍受的留滯，這一切必須結束。

巨大的全牆鏡子裡，哈利站在我對面，他看起來不太好，他看起來和那天晚上拜訪過教授，在黑鷹酒館的舞會上差不多，然而那已經過去好久了，幾年，幾世紀；哈利變老了，他學會了跳舞，拜訪過神奇劇場，聽到莫札特在笑，對跳舞、女人、刀子再也不感到焦慮。即使天賦有限，翻滾過幾世紀也會變得純熟。我盯著鏡子裡的哈利良久：我還很清楚他，他還有一點點像十五歲的哈利，在一個三月的星期天在岩石間遇到羅莎，脫下堅信禮男童帽的那一個。然而從那時起他已經又老了幾百年，鑽研音樂和哲學又感到厭煩，在鋼盔飯館裡灌著亞爾薩司酒，和正直的學者爭辯黑天，愛過艾莉卡和瑪莉亞，變成赫爾敏娜的朋友，曾對汽車開槍，和光滑的中國女孩睡覺，遇見歌德和莫札特，在仍然纏住他的時間之網和表面真實上撕出不同的破洞。就算遺失了他漂亮的棋子，他還有把伶俐的刀子在口袋裡。向前吧，老哈利，老朽疲累的傢伙！

該死的魔鬼，生活嘗起來是多麼苦啊！我對著鏡子裡的哈利吐口水，用腳踩上去將他踩得粉碎。我慢慢走過傳出回聲的走廊，注意觀察著那些之前做出漂亮允諾的門：上面再也沒有銘刻。我慢慢走過神奇劇場所有幾百扇門。我今天不是參加了一場化妝舞會嗎？那之後已經過去幾百年了。隨即再也不會有任何年月了。還有要做的事，赫爾敏娜還等著，那將是個奇特的婚禮。我在混沌的水波裡游向前去，混沌地被牽引著，像俘虜，像荒野之狼。見鬼了！

我在最後一扇門前停下腳步，混沌的浪將我帶到這裡。啊羅莎，啊，遙遠的青春，啊，歌德和莫札特！

我打開門，在門後發現一幅簡單而美麗的圖畫。地面小地毯上我看見兩個裸體的人躺著，美麗的赫爾敏娜和漂亮的帕布羅，並排著，沉睡著，因為性愛遊戲而筋疲力竭。美麗的、美麗的人，絕佳的圖畫，美妙的軀體。在赫爾敏娜的左胸下方是一個清楚的圓形印記，皮下發青，是帕布羅美麗發亮的牙齒留下的愛的咬痕。就在印記的部位，我將刀子插進去直到刀柄，血從赫爾敏娜白色細緻的皮膚流出來。如果一切都不一樣，有不同的發展，我會想吻去這鮮血。我這時什麼都不做，只是看著血怎麼流出來，看著赫爾敏娜的眼睛張開了一會兒，充滿痛苦，深感驚訝。「她為何感到驚訝？」我想著，然後我想到，我必須闔上她的眼睛，不過她的眼睛又自行閉上了。完結了，她只是向側邊又轉了一下，從腋窩到胸部我看到一道細緻溫和的陰影遊戲著，那讓我回想到什麼。想不起來了！於是她躺著不動了。

我看著她一段時間，終於我像大夢初醒般發起抖來，想要走開。這時我看到帕布羅伸長了身子，看到他睜開眼睛，伸展關節，看著他彎身在那美麗的死者上方微笑著。這個傢伙決不會變得嚴肅一點，我想著，任何事都讓他微笑。帕布羅細心地掀起地毯一角，蓋到赫爾敏娜身上直到胸部，使得傷口再也看不見，然後悄無聲息地走出包廂。他要去哪裡？所有的人都丟下我一個人嗎？我單獨和那個半遮掩的死者，我曾愛過忌妒過的那個人留在這裡。她蒼白的額頭上垂著男孩的卷髮，嘴唇從完全蒼白的臉龐散發出紅色光芒，微微張開著，她的頭髮發出輕柔的香味，讓那小小而形狀飽滿的耳朵半透著光。

現在她的願望實現了，在她尚未變成我的之前，我已經殺死我的愛人。我做了難以想像的事，現在我跪著，凝視著，卻不知道這個舉動的意義，甚至不知道這是好而正確的或是恰好相反。那個聰明的棋手，帕布羅會對這事兒怎麼說？我什麼都不知道，我無法思考。在那熄滅的臉龐上，擦了唇膏的嘴唇越來越紅。這就是我的一生，這就是我一點點的幸福和愛情，就像這已變僵的嘴：有些紅色，畫在一張死人的臉上。

從那張死亡的臉龐，那死亡的白色肩膀，死亡的白色手臂散發出來，慢慢瀰漫的一股寒顫，一片冬季的荒蕪和孤寂，一股慢慢地、慢慢地加劇的寒冷，讓我的手和嘴脣開始僵硬起來。我熄滅了太陽嗎？我毀滅了所有生命之心嗎？宇宙的死寒會衝進來嗎？

我打著冷顫看著那變成石頭的額頭，生硬的髮卷，耳蝸蒼白冰涼的微光。從這一切湧出的寒冷是致命的，然而也是美麗的：它們發出聲響，發生美妙的震動，它們是音樂！

我難道未曾早先就已經感覺到這股同時也像快樂的寒顫？我豈未曾聽聞這個音樂？是的，在莫札特那兒，在不死者那裡。

我想到一些詩句，那是我從前，在更早的時候，在某處發現的：

而我們卻相反地找到自我
穹蒼裡星光照耀的冰，

不識歲月，不識時間，

非男人非女人，既不年輕也非老朽，

冷然而不變的是我們永恆的存在，

冷然如星辰明亮是我們永恆的笑……

這時包廂門開了，走進來的——我看了第二眼才認出來——是莫札特，沒有辮子，沒穿及膝短褲和搭扣鞋，而是穿著現代服裝。他緊挨著我坐下，我幾乎碰到他因而縮了回來，讓他不會被赫爾敏娜胸膛流到地板上的血弄髒。他坐下來，忙著投入地摸索一些散放在四周的小機器和工具，他專注地在那個東西上到處扳動、上螺絲，而我驚訝地看著他靈巧飛快的手指，我是那麼想要看一次他用這十指彈鋼琴。我滿懷思緒地看著他，或者其實也不是滿懷思緒，而是做夢般地，在看到他美麗靈巧的手之時迷失了，因為感覺他在身邊而溫暖起來，也有一些憂慮。而他究竟在那兒做什麼，在那裡有什麼要上螺絲和組裝的，我根本漠不關心。

他在那裡組裝的是個收音機，讓它開始運作，這時喇叭開了然後傳出：「您收聽的是慕尼黑播出，韓德爾的《F大調大協奏曲》。」

在我難以形容的驚訝和震驚之下，那鬼魅般的鉛製漏斗的確吐出了支氣管黏膜和咬碎的橡膠的混合物，是留聲機和收音機聽眾都一致稱之為音樂的東西——而在混濁的黏膜和聒噪聲後面的，就像在厚厚的髒汙表面背後的，真的是一幅古老而賞心悅目的圖畫，可以辨認出神性音樂的珍貴結構，王者風範的構造，冰涼遼闊的呼吸，飽滿而豐富的弦音。

「我的天啊，」我震驚地喊著：「您在做什麼，莫札特？您是認真要對我及您自己做出這等齷齪的事？您把這可憎的機器丟給我們，我們這個時代的勝利，這個時代毀滅藝術之戰的最後一樣致勝武器？非這樣不可嗎，莫札特？」

噢，這非凡的男子這時笑了，他笑得多麼冰冷而充滿靈性，沒有發出聲音卻震碎一切！帶著深深的樂趣，他看著我的折磨，轉動著那該死的螺絲，挪動那個鉛喇叭。他笑著讓走樣的、失去靈魂而被毒害的音樂繼續流進空間裡，笑著回答我的問題。

「拜託不要那麼激情，鄰居先生！還有，您可曾注意到那裡的漸慢？神來一筆，不是嗎？是唷，現在您，沒耐心的人，讓這個漸慢的想法進入您的心裡——聽到低音了嗎？它們像神一樣邁步——讓老韓德爾的奇想穿透您不安的心，寧定下來！您聽一下，您這小子，不帶激情或嘲弄，在這個可笑的機器事實上的確無望的低能面紗後面，聽到這神的音樂遙遠的形象發生變化！請注意聽，讓自己從中學到些東西。請注意這錯亂的傳聲管表面上是最愚蠢、最無用，做盡世上最忌諱的事，隨便哪裡演奏的音樂，愚笨粗俗而且走樣得可憐的音樂，毫不揀選地丟進一個陌生的、不屬於音樂的空間——也要注意它其實無法摧毀這音樂的原始精髓，藉著音樂必然只能證明它無用的科技以及毫無精神內涵的庸碌作為！請您仔細聽好，小子，您必須這麼做！那麼，張開耳朵吧！就是這樣。現在您聽的不單是透過收音機被強暴的韓德爾，這種表現形式再怎麼可憎依然充滿神性——您聽到看到的是最珍貴的，同時是所有生命的絕佳寫照。您聽著收音機就聽到也看到思想和現象、永恆與時間、神性與人性之間的原始爭鬥。正是如此，我親愛的，就像收音機讓世界上最偉大的音樂隨便流入最不可能的空間十分鐘之久，丟進中產階級的沙龍，閣樓，帶到流著汗、吃東西、打呵欠、想睡覺的收聽者之間，如何剝奪音樂的感官美，敗壞、損毀音樂，掐住音樂，卻始終無法完全抹煞它的精髓——生活，亦即所謂的真實，正是如此將偉大的世界圖像戲局隨意拋擲，讓韓德爾的音樂接上一段有關中小企業塗改赤字技巧的演講，將神奇的樂團演奏變成難以下嚥的拖泥帶水音調，把科技、勤奮、粗野的排泄物及嘔吐物推到思想和真實、交響樂團和耳朵之間。整個生命就是這樣，小子，而我們必須讓它這樣下去，如果我們不是蠢驢，我們就會一笑置之。您這一類的人根本沒資格批評收音機或生命，您還是先學學傾聽吧！學著去重視那些值得認真對待的東西，取笑其餘的！或是您已經作得更好、更高貴、更聰明、更有品味？噢不，哈利先生，您沒有。您把自己的生命變成可憎的病態故事，將您的天賦變成不幸。而如我所見的，您除了糟蹋這樣一個美麗的、令人神魂顛倒的年輕女孩，把刀刺進她的身體讓她死去以外，就不知道該拿她怎麼辦！您認為這是正確的嗎？」

「正確？喔不！」我絕望地叫喊著，「我的天啊，一切都錯得離譜，該死的愚蠢而且糟透了！我是畜生，莫札特，一頭愚蠢惡劣的畜生，病態而迂腐，您說得再正確不過了。——至於這個女孩：這是她自己想要的，我只是達成她的願望罷了。」

莫札特無聲地笑著，不過倒是非常仁慈地關掉收音機。

適才還衷心確信的辯白，這時自己聽來實在相當愚蠢。赫爾敏娜之前提到——我忽然想起——時間和永恆的時候，當時我立刻就將她的想法當成我自己想法的投射；然而被我殺死這個想法其實是赫爾敏娜突來的念頭和期望，完全沒有受到我任何影響，被我理所當然地接收了。但是當時我何以並非只是單純接受相信這個如此可怖而陌生的想法，而是根本事先就已經猜到了？也許是因為這根本是我自己的想法？那我又為何正巧在這個時刻殺了她，在我發現她赤裸著躺在另一個人懷裡的時候？一切了然於胸又充滿嘲諷的是莫札特無聲的笑。

「哈利，」他說：「您真愛說笑。除了刺她一刀以外，這個美麗的女孩對您真的別無所求了嗎？您真讓人開了眼界！不過您至少扎實地刺了下去，這可憐的孩子死透了。也許現在是時候讓您瞭解，您對這位女士所作所為的後果，或者您想擺脫這個後果？」

「不，」我叫著：「難道您一點都不明白嗎？擺脫這個後果?!我企求的只有贖罪，贖罪，贖罪，把我的頭伸到斷頭台上，讓自己接受處罰，被毀滅。」

莫札特極度輕蔑地看著我。

「您還是這麼激情！不過您會學到幽默的，哈利。幽默總是黑色的絞架幽默，必要的時候您也會在絞架上學會。您準備好了？是？好，那麼請您到檢察官那兒去，讓法院那毫無幽默的機器處置您，直到在監獄裡某個清晨的冰涼斷頭時刻。您準備好接受這一切了嗎？」

有個銘刻忽然出現在我面前：

處決哈利

我點頭表示接受。四面牆之間一個光禿禿的院子，牆上是加了柵欄的小窗戶，斷頭台乾淨俐落地架在那兒，穿著長袍和小禮服的十幾個男人，正中間是我凍僵地站在灰撲撲的清晨空氣裡，整顆心因為可悲的疑懼而糾在一起，但也是坦然而認命的。我隨著命令向前，隨著命令跪下。檢察官脫下他的帽子，清了一下喉嚨，其他人也輕咳了一下。檢察官拿著一紙公文，在面前展開宣讀著：

「諸位，您面前站著的是哈利．哈勒爾，被控恣意濫用本神奇劇場，被判有罪。哈勒爾不僅侮辱了這崇高的藝術，將我們美麗的圖像大廳與所謂的真實混淆，將被投射的女孩以一柄投射的刀刺死；此外他毫無幽默感地意圖將本劇場當成自殺機器。因此我們判處哈勒爾永遠活下去，並剝奪進入本劇場的許可十二個小時。被告也必須接受被恥笑一回的刑罰。諸位，現在進行懲罰：一——二——三！」

數到三之後，所有在場的人都完美地開始大笑，高聲和鳴的笑，可怕的，人類根本無法忍受的冥府笑聲。

當我回過神來，莫札特就像之前一樣坐在我身邊，拍著我的肩膀說：「您已經聽到判決了，因此您必須習慣繼續聽著生命的收音機音樂，這會對您有好處的。您出乎尋常地沒有天賦，親愛的蠢小子，不過您現在畢竟慢慢瞭解您被要求的是什麼，您應該學習笑，這就是對您的要求。您應該掌握生命的幽默，這一生的黑色幽默。當然您樂意做世界上任何事，只是不樂意做您被要求的事！您樂意刺殺一個女孩，接受被盛大地處死，您大概也樂意讓自己苦修鞭打百年之久，不是嗎？」

「是的，打從心底願意，」我在悲慘之中叫喊著。

「當然！每種愚蠢又缺乏幽默的活動都找得到您，您這慷慨的先生，所有激情而無趣的行動都有您的份！我可不是因此而在這裡的，對您的浪漫贖罪一點都不同情。您想被處死，想要腦袋落地，您這莽夫！為了這愚蠢的理想您還得犯下十次謀殺才行。您想死，懦夫，不想活。該死的，然而您正該活著！您被處極刑是正確的。」

「啊，那是怎樣的一種處罰？」

「比如我們可以讓那個女孩復生，而您要和她結婚。」

「不，我不想這麼做，會帶來不幸的。」

「好像您所做的還不夠不幸一樣！不過激情和謀殺現在該做個了結。理性一點吧！您應該活著，您要學著笑，學著傾聽生命該死的收音機音樂，讚美其中隱藏的精神，學會取笑那當中的喧鬧。就這樣，對您的要求沒有更多的了。」

輕聲的，從咬緊的牙齒後迸出來，我問他：「那如果我拒絕呢？如果我說您，莫札特先生，是錯的，然後變成荒野之狼，操控牠的命運呢？」

「那麼，」莫札特平和地說：「我會建議您再抽一根我美妙的香菸。」他說著，從背心口袋變出一根香菸拿給我的時候，他突然間再也不是莫札特，而是以深邃的異國雙眼溫暖地看著我，是我的朋友帕布羅，看起來也像是教我用小人偶下棋的那個人的雙生兄弟。

「帕布羅！」我跳起身喊著：「帕布羅，我們是在哪裡？」

帕布羅給我一根菸，幫我點火。

「我們，」他微笑著：「在我的神奇劇場，如果你想學探戈或是變成將軍，或是要和亞歷山大大帝聊天，這一切你下次都可以做。不過我必須說，哈利，你有點讓我失望。你該死地失控了，打破了我這小劇場的幽默，做了一件爛事，你用刀刺，用真實的斑點汙染了我們漂亮的圖像世界，你這樣實在不好看。希望你至少是出於妒忌才這麼做的，在你看到赫爾敏娜和我躺在一起的時候。然而你卻不知道該怎樣處理這個角色——我相信，你現在已經學得比較好了。好了，這是可以修正的。」

他取過赫爾敏娜，在他的手指裡隨即縮小成遊戲角色，然後把她放進背心口袋裡，也就是他先前拿出香菸的那個口袋。

甜美濃厚的菸發出舒適的香味，我覺得自己被掏空了，準備好睡上一整年。

噢，我了然一切，瞭解帕布羅，瞭解莫札特，聽到我身後某處有個可怕的笑聲，知道口袋裡我生命戲局的無數角色，感動地預知其意義，願意再重頭開始這戲局，再次品嘗它的折磨，因為它的荒謬再次顫抖，再次並且經常走過我內心的地獄。

我終究會把這角色遊戲玩得好一些，我將學會笑。帕布羅在等我，莫札特在等我。

赫曼・赫塞年表

柯晏邾／彙整　主要資料來源／德國舒爾坎普出版社

一八七七　七月二日誕生於德國卡爾夫（Calw）

父：約翰・赫塞（Johannes Hesse, 1847-1916），原籍俄羅斯愛沙尼亞，波羅的海地區傳教士，也是後來成立「卡爾夫出版聯盟」領導人，一八六九～七三年在印度傳教。

母：瑪麗・袞德爾特（Marie Gundert, 1842-1902），當時聞名的印度學家、語言學家也是傳教士赫曼・袞德爾特（Hermann Gundert）的長女。

一八八一～八六　與雙親定居瑞士巴塞，父親在巴塞教會學校授課，一八八三年取得瑞士國籍（先前為俄國國籍）。

一八八六～八九　全家返回卡爾夫定居，赫塞上小學。

一八九〇～九一　進入葛平恩（Göppingen）拉丁文學校就讀，準備參加伍爾騰山邦（Württemberg）的國家考試，以獲得圖賓恩（Tübingen）教會神學院免費入學資格。獲得獎學金後，赫塞必須放棄原有的巴塞公民籍，他的父親於是為他申請，於九〇年成為全家唯一具有伍爾騰山邦公民籍的家族成員。

一八九一～九二　進入茅爾布隆（Maulbronn）新教修道院，七個月後中斷逃校，因為赫塞「只想當詩人」。

一八九二　四、五月進入波爾溫泉（Bad Boll）宗教療養中心療養，六月試圖自殺，之後被送進史戴登（Stetten）神經療養院直到八月。十一月進入堪史達特中學（Gymnasium von Cannstatt）。

一八九三　七月完成一年自願畢業考。

「變成社會民主黨人跑酒館。只讀我極力模仿的海涅作品。」

十月開始書商實習，三天就放棄。

一八九四～九五　在卡爾夫佩羅塔鐘工廠實習十五個月。計畫移民巴西。

一八九五～九八　圖賓恩學習書商經營學。

九六年於維也納發表第一首詩〈德國詩人之家〉。

九八年十月出版第一本著作《浪漫詩歌》。

一八九九　開始寫作小說《無賴》（Schweineigel）（手稿迄今下落不明）。

散文集《午夜一點》（Eine Stunde hinter Mitternacht）於六月出版。
九月遷居巴塞，直到一九〇一年赫塞在此地擔任書商助理。

一九〇〇　開始為《瑞士匯報》（Allgemeine Schweizer Zeitung）撰寫文章與評論，這些文章比書「更有助於我在當地的聲名擴張，對我的社交生活頗多助益」。

一九〇一　三至五月首遊義大利。八月開始在古書店工作（直到〇三年春）。
出版《赫曼・勞雪的遺作與詩作》（Die Hinterlassenen Schriften und Gedichte von Hermann Lauscher）。

一九〇二　詩集於柏林出版，並題文獻給不久前去世的母親。

一九〇三　辭去古書店的工作。
將《鄉愁》（Camenzind）手稿寄給柏林的費雪出版社（Fischer Verlag）。
十月開始在卡爾夫寫作《車輪下》（Unterm Rad）等（直到〇四年）。

一九〇四　費雪出版社正式出版《鄉愁》。
與攝影師瑪麗亞・貝努麗（Maria Bernoulli）結婚，六月遷居波登湖畔（Bodensee）的該恩村（Gaienhofen）一個閒置農舍。
成為自由作家，為許多報章雜誌撰稿（包括《慕尼黑日報》、《萊茵日報》、《天真至極》（Simplicissimus）等等）。
出版研究傳記《薄伽丘》（Boccaccio）與《法藍茲．阿西西》（Franz Assisi）。

一九〇五　長子布魯諾誕生於十二月（Bruno Hesse, 1905-1999，畫家／插畫家）。

一九〇六　《車輪下》正式出版。
《三月雜誌》（März）創刊，是一份鼓吹自由、反對德皇威廉二世統治的雜誌，赫塞直到一九一二年都列名共同出版人。

一九〇七　出版短篇小說《人世間》（Diesseits）。在農舍附近另築小屋並入住。

一九〇八　出版短篇小說《鄰居》（Nachbarn）。

一九〇九　次子海訥誕生於三月（Hans Heinrich Hesse, 1909-2003，裝潢設計師）。

一九一〇　小說《生命之歌》（Gertrud）在慕尼黑出版。

一九一一　三子誕生於七月（Martin Hesse, 1911-1969，攝影師）。

詩集《行路》（Unterwegs）在慕尼黑印行。
九月至十二月偕畫家友人一同前往印度。

一九一二　出版短篇小說《崎嶇路》（Umwege）。
和家人遷居瑞士伯恩，住進逝世友人也是畫家亞伯特・威爾提（Albert Welti）的房子，此後終生未再返回德國。

一九一三　出版《來自印度，印度遊記》（Aus Indien. Aufzeichnungen einer indischen Reise）。

一九一四　費雪出版社三月出版小說《羅斯哈德之屋》（Roßhalde）。
第一次世界大戰爆發，赫塞登記自願服役，卻因資格不符被拒。一九一五年被分發到伯恩，服務於「德國戰俘福利處」，為法、英、俄、義各地的德國戰俘提供讀物直到一九一九年，出版戰俘雜誌。

一九一五　戰爭之初赫塞即公開發表一些反戰言論，此舉引起法國文學家、和平主義者羅曼・羅蘭（Romain Rolland, 1866-1944，是年獲頒諾貝爾文學獎）的共鳴，主動寫信向赫塞致意，兩人從此展開跨國際友誼。

一九一六　赫塞的父親逝世，妻子開始出現精神分裂症狀，最小的兒子羅患危及生命的腦膜炎，德國境內對赫塞的政治性抨擊日益強烈，最後導致赫塞神經崩潰，到瑞士琉森接受榮格（C.G. Jung, 1875-1961）的學生所進行的初次精神治療。

一九一七　《德國戰俘報》及《德國戰俘周日報》創刊。
成立專為戰俘服務的出版社，直到一九年為止赫塞共編輯了二十二本書，在德、瑞士及奧地利報章雜誌發表許多和平主義相關文章、公開信等。
德國國防部禁止赫塞出版批評時事的文字，開始以筆名愛米爾・辛克萊（Emil Sinclair）在報章雜誌發表文章、寫作。

一九一九　在伯恩匿名出版政治性傳單《查拉圖斯特拉再現，一個德國人想對德國年輕人說的話》（Zarathustras Wiederkehr. Ein Wort an die deutsche Jugend von einem Deutschen）。
四月和住進療養院的妻子分居，孩子交給朋友照料。
五月獨自遷居瑞士蒙塔紐拉（Montagnola）／鐵辛（Tessin）的卡薩卡慕齊之屋（Casa Camuzzi），直到一九三一年。

六月《徬徨少年時》（Demian）於柏林出版，以筆名愛米爾・辛克萊發表。
六、七月間以十個星期的時間完成短篇小說《克萊與華格納》（Klein und Wagner）。
七月首次前往卡羅納（Carona）拜訪提歐及麗莎・溫格，進而結識後來的第二任妻子露特・溫格（Ruth Wenger, 1897-1994）。
十二月開始為《流浪者之歌》寫下研究筆記。

一九二〇

二月，開始寫作《流浪者之歌》。
四月，劇作《歸鄉人》（Heimkehr）第一幕發表。

一九二一

謄寫《流浪者之歌》第一部，將〈戈塔瑪〉一章寄給巴塞的地方報社刊登。
七月，將《流浪者之歌》第一部正式題字獻給羅曼・羅蘭，發表於《新評論》（Neue Rundschau）。
七月初開始密集拜訪溫格一家，露特的父親強烈要求赫塞與露特結婚。

一九二二

五月初完成《流浪者之歌》，五月底，赫塞將手稿寄給費雪出版社。
十月，《流浪者之歌——印度詩篇》（Siddhartha, eine indische Dichtung）一書正式出版。

一九二三　出版《辛克萊筆記》（Sinclairs Notizbuch）。
六月正式和妻子離異。

一九二四　重新取得瑞士國籍。在巴塞著手準備出版企劃。
和露特・溫格結婚。
一月起，為了他和侄子要為費雪出版社撰寫的《奇特的故事與人物》（Merkwürdige Geschichten und Menschen）一書，長時間在圖書館裡埋頭研究。
三月又因腸炎被送進醫院。
回到蒙塔紐拉，之後多次往返蘇黎世。
八月發表評論《歌德與貝堤娜》（Goethe und Bettina），探討歌德晚年和年輕才女貝堤娜・布倫塔諾（後冠夫姓「阿爾尼姆」）之間的關係。
十一月，在巴瑟（Basel）向靈吉爾小姐租下兩個房間、附家具的小閣樓居住。
十一月底和妻子到德國旅行。
十二月前往路德維希堡，和侄子討論出版事宜。露特彩排莫扎特歌劇《魔笛》。

一九二五

為了十二冊的選集《德國精神經典百年 一七五〇～一八五〇》（Das klassische Jahrhundert deutschen Geistes 1750-1850）長時間在圖書館裡埋頭研究。

三月和德國出版社簽約出版《德國精神經典百年 一七五〇～一八五〇》。

五月，妻子露特確認罹患肺結核。德國出版社因財務問題終止出版《德國精神經典百年 一七五〇～一八五〇》。

持續和其他兩家出版社交涉出版選集事宜，包括費雪出版社，未果。

五月底出版《南方的陌生城市》（Fremdstadt im Süden）。

第一任妻子因為親人自殺再度被送進精神病院。

七月到卡羅納岳父家探望妻子露特。

九月底出版《來自印度，關於印度》。

十一月在德國巡迴演講，於慕尼黑和湯馬斯．曼、詩人靈格納茲（Joachim Ringelnatz）等人聚會，觀賞喜劇演員卡爾．瓦倫汀（Karl Valentin）的演出。

十一月搬進朋友為他在蘇黎世租下的公寓，直到一九三一年該處都是他冬季住所。

一九二六

耶誕節在無人認出的情況下出現在「赫曼．赫塞之夜」活動。

一月到巴瑟探望妻子露特；月中出版《到城裡郊遊》（Ausflug in die Stadt）；畫集出版。費雪來訪，參加許多狂歡節舞會，包括面具舞會。

四月初，在蘇黎世觀賞該年冬天第三次《魔笛》演出。

五月在蘇黎世朗讀《荒野之狼》手稿。

六月出版詩集《危機》（Krisis），其中幾首詩也被收到《荒野之狼》之中。

九月畫了許多水彩畫，繼續撰寫《荒野之狼》。

十月初，好友巴爾開始撰寫赫塞傳記。

十月底，被普魯士藝術學院推選為外部文學院士，一九三一年主動退出：「我有種感覺，下一次戰爭發生，這個學院許多人將會蜂擁附和那些重要人士，就像在一九一四年一樣，這些大人物在國家公約裡就一切攸關生死的問題欺騙人民。」

十一月，《荒野之狼——詩體日記》刊登於《新評論》。《我們的時代對某種世界觀的渴望》（Die Sehnsucht unserer Zeit nach einer Weltanschauung）

初版。

在蘇黎世觀賞莫札特的歌劇《唐喬凡尼》。

十一月中到十二月中在德國旅行。

十二月中回到蘇黎世，開始日夜撰寫《散文版荒野之狼》。

一九二七

一月一日，依照第二任妻子的願望，兩人協議離婚。

《散文版荒野之狼》完成謄寫。

直到二月中都因病在蘇黎世附近溫泉中心修養。

二月和費雪見面討論《散文版荒野之狼》；在容格的「心理學俱樂部」朗讀〈神奇劇院〉。

再度參加面具舞會；出版《三月在城裡》（März in der Stadt）。

三月，露特的離婚申請書寄到。

四月中回到蒙塔紐拉；四月底開始著手進行《知識與愛情》。

五月，〈論荒野之狼〉（Tractat vom Steppenwolf）初稿刊登於《新評論》；正式和妻子露特離婚。

五月中在蘇黎世朗讀《荒野之狼》；閱讀卡夫卡《城堡》並發表評論。

六月，《荒野之狼》和雨果．巴爾撰寫的第一本赫塞傳記同時由費雪出版社印行。

七月，五十歲生日，親友齊聚，唯獨巴爾因胃癌在蘇黎世開刀（九月病逝）。

一九二八～二九　出版少量散文和詩集。開始和妮儂．多賓密集來往；在蘇黎世朗讀《荒野之狼》、《危機》詩集和《皮克多變形記》；三月到德國巡迴朗讀。

一九三〇　出版《知識與愛情》（Narziß und Goldmund）。

一九三一　遷入波德默（H. C. Bodmer）為他所建並供他餘生居住的房子。

和藝術史學家妮儂．多賓（Ninon Dolbin）結婚。

一九三二　《東方之旅》（Die Morgenlandfahrt）出版於柏林。

一九三二～四三　撰寫晚年巨著《玻璃珠遊戲》（Das Glasperlenspiel）。

一九三四　成為瑞士作家協會一員（該協會成立目的在於防禦納粹文化政策，並提供退休作家更有效的協助）。

詩集《生命之樹》（Vom Baum des Lebens）出版。

一九三九～四五　納粹德國政權將赫塞作品列入「不受歡迎名單」內，《車輪下》、《荒野之狼》、《觀察》（Betrachtung）、《知識與愛情》、《世界文學圖書館》（Eine Bibliothek der Weltliteratur）不得再版。原本費雪出版社計畫出版的《赫塞全集》被迫改在瑞士印行。

一九四二　費雪出版社無法取得《玻璃珠遊戲》印行許可。赫塞全集第一冊《散文詩》，在蘇黎世印行。

一九四三　自行在蘇黎世出版《玻璃珠遊戲》。

一九四四　納粹蓋世太保逮捕赫塞作品出版人舒爾坎普（Peter Suhrkamp）。

一九四五　出版《貝爾托德，小說殘篇》（Berthold, ein Romanfragment）、《夢幻之旅》（Traumfährte）（新的短篇小說和童話作品）。

一九四六　在蘇黎世出版《戰爭與和平》（Krieg und Frieden），收錄一九一四年以來有關戰爭和政治的觀察評論，之後赫塞的作品又得以在德國印行。

法蘭克福市授與「歌德獎」。

獲頒諾貝爾文學獎。

一九五〇　赫塞鼓勵舒爾坎普成立自己的出版公司，此後赫塞作品都由該出版社發行。

一九五二　舒爾坎普出版社印製六冊的《赫塞全集》當作赫塞七十五歲生日的祝賀版本。

一九五四　《皮克托變形記，童話一則》（Piktors Verwandlung. Ein Märchen）出版於法蘭克福。《赫塞與羅蘭書信集》（Der Briefwechsel: Hermann Hesse – Romain Rolland）在蘇黎世出版。

一九五五　《召喚，晚年散文新篇集》（Beschwörungen, Späte Prosa / Neue Folge）出版，獲頒德國書商和平獎（Friedenspreis des Deutschen Buchhandels）。

一九六二　八月九日，赫塞逝世於蒙塔紐拉。

赫曼赫塞作品集 E0504

荒野之狼 Der Steppenwolf

作者：赫曼．赫塞　Hermann Hesse
譯者：柯晏邾

總編輯：黃靜宜
主編：張詩薇
行銷企劃：葉玫玉、沈嘉悅
封面設計：林小乙
內文版型設計：丘銳致
排版印刷：中原造像股份有限公司

發行人：王榮文
出版發行：遠流出版事業股份有限公司
地址：104005 台北市中山北路一段 11 號 13 樓
電話：（02）2571-0297
傳真：（02）2571-0197
劃撥帳號：0189456-1
著作權顧問：蕭雄淋律師
初版一刷：2016 年 8 月 1 日
初版六刷：2024 年 3 月 20 日
ISBN 978-957-32-7867-2
定價：新台幣 350 元

國家圖書館出版品預行編目（CIP）資料

荒野之狼／赫曼・赫塞（Hermann Hesse）著；柯晏邾譯. -- 初版. -- 臺北市：遠流，2016.08
面；21 ×13.8 公分. --（赫曼赫塞作品集；E0504）
譯自：Der Steppenwolf
ISBN 978-957-32-7867-2（平裝）
875.57 105012827